Käthe Lachmann

Der Feind in meinem Beet

Montlake

Das Buch

»Warum solltest du den Nachbargarten gepachtet haben? Du sagst zu allem ›Blume‹, egal, ob es sich um einen Kaktus oder eine Ligusterhecke handelt!«

Mit dreiundvierzig hat Maren den Absprung aus ihrer eintönigen Ehe mit Lars geschafft. Ablenkung findet sie, als sie endlich einen der begehrten Kleingärten in Hamburg ergattert. Sie fällt jedoch aus allen Wolken, als Lars plötzlich im Nachbargarten auftaucht, den er offenbar gepachtet hat. Ausgerechnet Lars, für den »Grün« nur an der Ampel eine Bedeutung hat. Und nun weigert er sich, die Scheidungspapiere zu unterzeichnen, und unternimmt obendrein dubiose Versuche, Maren zurückzugewinnen. Dabei möchte sie viel lieber ihr Singledasein genießen und endlich zu sich selbst finden. Und dann ist da auch noch der verdammt lustige und attraktive Tammaro vom Garten an der Ecke, mit dem man sich nicht nur wunderbar über den Baumschnitt unterhalten kann …

Die Autorin

Käthe Lachmann, geboren 1971 im schwäbischen Reutlingen, ist Komikerin und Autorin. Mit ihren selbst geschriebenen Comedyprogrammen war sie über zwanzig Jahre bundesweit unterwegs und erhielt diverse Preise (NDR-Comedypreis, Prix Pantheon, Deutscher Kabarettpreis). Sie hat bereits drei Romane und mehrere Sachbücher veröffentlicht.

KÄTHE LACHMANN

Der Feind in meinem Beet

ROMAN

Montlake

Deutsche Erstveröffentlichung bei
Montlake, Amazon Media EU S.à r.l.
38, avenue John F. Kennedy, L-1855 Luxembourg
Juni 2025

Umschlaggestaltung: bürosüd° München, www.buerosued.de
Umschlagmotiv: © MLeer / Shutterstock; © LIly__Lu / Shutterstock;
© Sensvector / Shutterstock; © Marta Sher / Shutterstock;
© spiharu.u / Shutterstock
1. Lektorat: Angela Kuepper
2. Lektorat und Korrektorat: VLG Verlag & Agentur, Haar bei München,
www.vlg.de
Gedruckt durch:
Amazon Distribution GmbH, Amazonstraße 1, 04347 Leipzig /
CPI Druckdienstleistungen GmbH, Ferdinand-Jühlke-Straße 7,
99095 Erfurt /
CPI books GmbH, Birkstraße 10, 25917 Leck /
Libri Plureos GmbH, Friedensallee 273, 22763 Hamburg

Verantwortliche Person für Produktsicherheit in der EU:
Amazon Publishing, Amazon Media EU S.à r.l.
38, avenue John F. Kennedy, L-1855 Luxembourg
amazonpublishing-gpsr@amazon.com

ISBN 978-2-49671-824-9
e-ISBN 978-2-49671-825-6

www.montlake.de

Kapitel 1

»Das wird aber ein ganz schönes Stück Arbeit!« Mit spitzen Fingern zupfte Evi ein Blatt aus dem Boden, zerrieb es und roch daran. »Giersch. Und nicht zu knapp. Man soll den essen, der soll gesund sein. Dann nimmt er nicht so überhand.«

Das wusste ich natürlich, deshalb rupfte ich gleich ein ganzes Büschel der grünen, dreikantigen Stängel mit den spitz zulaufenden Blättern aus der Erde und stopfte es mir in den Mund.

»Lecker«, ließ ich meine beste Freundin wissen, während ich das würzige Kraut zermalmte und herunterschluckte. »Mehr Sorgen machen mir allerdings die Brombeeren.« Ich wischte mir eine blonde Strähne aus dem Gesicht, die sich aus dem Pferdeschwanz gelöst hatte, und zeigte auf die dornigen Ranken, die überall auf dem Grundstück begonnen hatten, die Weltherrschaft zu übernehmen.

Seufzend, aber glücklich sah ich mich um, blickte auf die Laube, die all die Jahrzehnte beim Vorbesitzer wacker überstanden hatte und lediglich einen neuen, schützenden Anstrich benötigte. In einem Taubengraublau mit abgesetzten weißen Fenster- und Türrahmen würde sie sich bestimmt wunderbar von den Rosenbüschen davor abheben, egal, welche

Farbe die Rosenblüten einmal haben würden. Ich hoffte, dass die Deutzien daneben sowohl weiß als auch rosa sein würden, und war gespannt, welche Sträucher und Stauden sich im Laufe der Zeit noch zu erkennen geben würden. Ich freute mich über die Obstbäume – eine Pflaume und ein Apfelbaum, beides wohl sehr aromatische Sorten –, die unbedingt mal geschnitten werden mussten, wie man mir bei der Übergabe erklärt hatte. Ob ich die Forsythien behalten würde, wusste ich noch nicht, waren sie doch nicht so nützlich für Insekten, aber jetzt galt es erst einmal, unerwünschte Bewohner wie eben Brombeeren und Giersch in meinem Garten im Zaum zu halten. In *meinem Garten*! Wie toll das klang!

Als der Vorsitzende des Kleingartenvereins Sonnenberg mich angerufen und sich mit Ulf vorgestellt hatte, hatte ich nicht im Traum zu hoffen gewagt, dass ich schon wenige Wochen später mit Gartenhandschuhen und Arbeitshose auf meinem eigenen Fleckchen Grün stehen würde. Nach drei Jahren auf der Warteliste war ich davon ausgegangen, dass der Anruf mit unbekannter Nummer irgendetwas mit der Scheidung zu tun haben musste. Aber nein, keine Anwältin war am Telefon gewesen, sondern Ulf – mein Flehen nach Buddeln und Pflanzen, Ernten und in der Sonne sitzen war erhört worden. Und es gab niemanden, der mir mit heruntergezogenen Mundwinkeln erklärte: »Ein Garten! Der macht doch nur Arbeit! Und dann muss man immer da hin!«

Dass genau das etwas war, worauf ich mich freute, nämlich Gartenarbeit, Bewegung an der frischen Luft und weit entfernt von meinem muffeligen Noch-Ehemann ein Fleckchen Erde, auf dem ganz allein ich die Bestimmerin war – das hatte Lars noch nie verstanden. Schuld daran war bestimmt sein übertriebener Ordnungssinn, der auch dazu geführt hatte, dass selbst das Bepflanzen unseres armseligen kleinen Mietwohnungsbalkons schwierig für mich gewesen war.

»Hat Lars jetzt eigentlich endlich die Scheidungspapiere unterschrieben?«, fragte Evi, als hätte sie meine Gedanken gelesen, während sie sich mit roten Wangen an einer elend langen Brombeerranke zu schaffen machte.

»Nein, er will sie erst seiner Anwältin geben.«

»Aber das will er doch schon seit Wochen.«

»Ja, aber er hat ja immer noch keine Anwältin.«

»Allein schon ›Anwältin‹. Es muss für ihn unbedingt eine Frau sein, oder?«

Ich holte tief Luft, bevor ich antwortete. »Er denkt, dass sie mich besser versteht. So ein Idiot. Darum geht es jetzt ja wohl wirklich nicht mehr.«

Mit diesem Langweiler immer noch verheiratet zu sein, machte mich jetzt, wo ich schon seit über einem Jahr ausgezogen war und wir wirklich alles geklärt hatten, ein bisschen wahnsinnig. Warum konnte er nicht den entscheidenden Schlussstrich ziehen?

»Es war eine so anstrengende Zeit, bis er endlich kapiert hat, dass es jetzt wirklich zu Ende ist mit uns. Finito. Basta. Fertig. Und jetzt hat er in die Scheidung eingewilligt und bekommt aus irgendwelchen Gründen seine Unterschrift nicht unter die Papiere – entschuldige, ich höre mich an wie eine Schallplatte mit Sprung.« Kurz hielt ich inne: »Sagen junge Leute das eigentlich auch noch, wenn sie dafür einen Vergleich suchen? Die kennen ja Schallplatten kaum noch.«

Inzwischen hatte Evi die bestimmt fünf Meter lange Brombeerranke vollständig aus dem Gebüsch gezogen und es sah drollig aus, wie diese zierliche Person mit den großen grünen Augen in der Art eines widerlichen Großwildjägers mit stolz erhobener Gartenschere kniend neben der erlegten Brombeere posierte. »Mission accomplished!«, ließ sie mich wissen, bevor sie anfing, das stachelige Monster in kleine Teile in einen Eimer zu schnippeln. »Das musst du deine Tochter fragen, die ist da die Zielgruppe.«

Mit einem Sandkastenschäufelchen, das Emilie mit ihren einundzwanzig Jahren jetzt schon eine ganze Weile nicht mehr brauchte, das mir aber in Ermangelung einer richtigen Gartenschaufel übergangsweise gute Dienste leisten würde, versuchte ich, den Giersch großflächig auszugraben.

»Zum Glück geht es Emilie gut mit unserer Trennung. Und sie hält inzwischen auch eine Scheidung für richtig. Für uns beide. Dennoch bleibt sie die Schweiz.«

Evi guckte hoch: »Sie ist in der Schweiz? Was macht sie da?«

»Ich meinte, sie bleibt neutral. Das finde ich hochanständig. Sie versteht uns beide.«

»Kannst du sie nicht bitten, mit Lars zu sprechen?«

»Bloß nicht, nein, sie hat damit nichts zu tun. Das müssen wir unter uns klären.« Wir werkelten weiter vor uns hin und ich merkte, wie sich die zentnerschwere Last, die sich mit dem Glücksgefühl über den Garten aufgelöst hatte, jetzt wieder auf meine Brust senkte. Ich versuchte, tief Luft zu holen. Es wollte mir nicht so recht gelingen. Für mich war die Scheidung einfach das letzte Kapitel, um danach ganz neu anzufangen. Womit auch immer.

Der Garten würde mir dabei helfen, den Teil von mir wiederzufinden, den ich in meiner Ehe vernachlässigt und verloren hatte. Und dafür wollte ich einfach komplett mit Lars abschließen. Was nicht bedeutete, dass wir nicht auf eine Art verbunden bleiben würden, denn das würden wir, schon allein wegen Emilie, aber eben unter vollkommen anderen, geregelten Verhältnissen.

Wie sehr genoss ich den räumlichen Abstand zu Lars; ich fühlte mich so wohl alleine in meiner kleinen neuen Wohnung, die ich mit Emilie gestrichen hatte. Endlich eine petrolfarbene Wand in der Küche und ein ochsenblutrotes Badezimmer!

– Nur zwei Möbel hatte ich aus unserer gemeinsamen Wohnung mitgenommen: das alte Küchenbüfett von meiner Oma und den Ohrensessel, den ich während des Psychologiestudiums auf einem Flohmarkt erstanden hatte. Die neue Wohnung war meine. Ganz allein. Und das würde dieser Garten auch werden.

»Wie sind denn deine Gartennachbarn so?«, durchbrach Evi die gedankenvolle Stille. Kniend machte sie jetzt Jagd auf ganz junge, winzige Brombeerpflänzchen.

Ich zeigte auf das Nachbargrundstück links von mir. »Hier, hinter der Buchsbaumhecke das Grundstück ist noch nicht vergeben. Ich hoffe nur, dass da jemand Nettes hinkommt. Und auf der anderen Seite ist ein total sympathisches älteres Ehepaar.«

»Echt? Da ist niemand drauf neben dir? Ich hätte schwören können, dass ich da eben jemanden gesehen habe.«

»Wahrscheinlich jemand vom Verein. Die haben noch eine wahnsinnig lange Warteliste und überlegen wahrscheinlich, für wen der Garten passt.«

»Na ja, du erfährst ja früh genug, wer dort einzieht.«

Kapitel 2

Beschwingt verließ ich am nächsten Tag um vier meine Praxis und schwang mich aufs Rad, um noch am Garten vorbeizufahren. Heute hatte ich bei allen Angst- und Zwangspatienten große Fortschritte verzeichnen können und ich freute mich für sie. Frau Sagmeister war zum ersten Mal seit Jahren mit ihrem Mann wieder selbst mit dem Auto durch den Elbtunnel gefahren, was wir gemeinsam wochenlang geübt hatten. Und Herr Klempowsky näherte sich gut dem Thema Spinnen, dank einer App, mit der er übte, sich die bislang ungeliebten Tiere wenigstens virtuell über die Hand laufen zu lassen. Eine neue Patientin hatte Angst vor Luftballons und war sehr motiviert, diese zu besiegen, und ein weiterer mit Waschzwang hatte es heute geschafft, sich vor dem Verlassen seiner Wohnung nur zwei Mal die Hände zu waschen.

Ich liebte meine Arbeit. Glücksgefühle durchströmten mich, wenn meine Patienten für sie bisher unüberwindbare Hürden doch genommen hatten und mutiger wurden, auch weitere Schwierigkeiten zu meistern.

Als ich in die Kleingartenkolonie einbog und auf meine Parzelle zusteuerte, überlegte ich, dass mein Garten für Herrn

K. ein wahres Übungs-Eldorado wäre: An Spinnen war dort kein Mangel.

Zwar war mein letzter Besuch ja erst gestern gewesen, dennoch hoffte ich, dass sich heute vielleicht schon ein paar weitere Pflanzen, außer Brombeeren, Giersch und Krokussen, zu erkennen gaben. Mein Herz hüpfte in fröhlicher Erwartung. Ich liebte das Entdecken neuer Gartenmitbewohner, die Ungewissheit darüber, was meine Vorgänger alles angepflanzt hatten und was sich mir erst im Laufe des Jahres zu erkennen geben würde. Waren das Pfingstrosen neben der Gartenpforte? Konnten Hortensien so unscheinbar sein, dass man sie um diese Jahreszeit nicht als solche erkannte? Wann durfte ich den Sommerflieder stutzen, und wie stark? War das eine Blutpflaume neben der Laube?

Während ich die Gartenpforte aufschloss und mein Rad hineinschob, bekam ich eine Nachricht von Evi: Ob sie »schon wieder« vorbeikommen könne, wenn sie Kuchen und eine Thermoskanne Kaffee mitbringen würde?

»Nur dann!«, antwortete ich mit Zwinkersmiley und freute mich auf meine Freundin, die mich nun schon seit unserer gemeinsamen Studienzeit begleitete. Damals waren wir unzertrennlich gewesen; Freunde wunderten sich, wenn wir mal ohne die jeweils andere unterwegs waren. Dabei ergänzten wir uns nicht nur im Wesen, sondern auch schon rein äußerlich: Die kleine, resolute, aber zierliche Evi mit dem dunklen, lockigen Pagenkopf und ich, verträumt und zaghaft, mit meinen sportlichen eins fünfundsiebzig und den schulterlangen blonden Haaren, in die sich inzwischen schon ein paar graue mischten.

Atemlos kam Evi kurze Zeit später in den Garten geradelt und warf ihr Fahrrad achtlos gegen die Hecke. Ohne Begrüßung, aber mit Entsetzen im Blick entfuhr es ihr: »Er ist hier.«

Während ich weiter Löwenzahn und Moos aus den Fugen der Terrasse zupfte, fragte ich amüsiert: »Wer? Du siehst aus, als hättest du den Leibhaftigen gesehen! Oder Voldemort, Gargamel, Gollum und wie sie alle heißen.«

Evi senkte die Stimme: »Schlimmer.« Bedeutungsvolle Pause: »Lars.«

Seltsamerweise sah ich als Erstes auf die Handyuhr: »Er müsste noch bei der Arbeit sein! Es ist Montag!«

»Ist er aber nicht. Er ist nebenan.«

»Aha?« Etwas anderes kam mir nicht in den Sinn. Den Löwenzahn und das Moos hatte ich vergessen.

»Er macht da was«, zischte Evi kryptisch.

»Wie, was denn?« Ich kapierte es nicht.

»Er räumt die Laube aus.«

»Was? Wieso denn? Kennt er die Leute, die da einziehen?«

»Ich fürchte, es ist schlimmer. Er ist mit seinem Vater zugange.«

»Werner?«

»Ja.«

»Nimmt Werner den Garten?«

»Das wäre noch die bessere Alternative.«

»Jetzt sag schon.«

Evi zuckte mit den Schultern. Ich hörte es im Nachbargarten rumpeln.

»Ich fürchte, der Nachbargarten ist jetzt wieder verpachtet. An Lars.«

Lachend schüttelte ich den Kopf. »Das kann gar nicht sein! Lars hat absolut kein Interesse an irgendetwas Lebendigem!«

»Das kannst du so nicht sagen – immerhin war er über zwanzig Jahre mit dir zusammen!«

»Ha, ha.« Schlagartig wurde mir der Ernst der Lage bewusst. Was, wenn Evi recht hatte? Wenn er mir jetzt aus Wut darüber, dass ich die Scheidung wollte, das Leben schwer machen würde?

Aus Trotz plötzlich einen auf Gärtner machte und mir mein grünes Refugium verleiden wollte?

Oder – was genauso schlimm gewesen wäre – wenn er endlich kapiert hatte, dass es zwischen uns wirklich und wahrhaftig und endgültig vorbei war, und er jetzt, da es in letzter Konsequenz um die Scheidung ging, anfangen würde, »um mich zu kämpfen«, wie es immer so schön hieß. Ich pfefferte mein Kniekissen in die Ecke und verkündete: »Ich geh' da jetzt rüber.«

»Soll ich mitkommen?« Evi umklammerte den Rucksack mit Kaffee und Kuchen wie einen Rettungsring.

»Danke, ich brauche keine Bodyguardin. Aber ruf die Polizei, wenn ich bis morgen nicht wieder zurück bin.«

* * *

Klingeln musste ich nicht. An manchen Gartenpforten gab es zwar eine Fahrradklingel, aber nicht am Nachbargrundstück. Evi musste sich einfach verguckt haben oder Lars half wirklich irgendjemandem oder er hatte einen Doppelgänger – es gab so viele Möglichkeiten. Die schlimmste musste es nun wirklich nicht sein.

Da die Pforte sowieso offen stand, marschierte ich einfach betont fröhlich rufend nach nebenan: »Hallo, liebe Nachbarn! Ich bin's, Maren von drüben! Ich will nur mal Hallo sagen!«

»Maren! Hi!« Wann hatte Lars jemals »hi« gesagt? Er klang wie ein Vertrauenslehrer, der sich mit einer flotten Begrüßung bei seinen Schülern einschleimen wollte.

Ich konnte es nicht fassen. Lars. Im Grünen. Tatsächlich. »Was machst du hier?« Den Kasernenton hielt ich für mehr als angebracht.

»Ich räume die Laube aus. Weißt ja, wie das ist, die Vorpächter lassen einfach alles Gerümpel da, was sie nicht mehr brauchen.

Und ein paar nette Dinge sind auch darunter.« Er griff in seine Jackentasche. »Guck mal, diese Likörgläschen habe ich gefunden. Die sind doch hübsch, oder?« Leider konnte ich meine Augenbrauen nicht so hoch ziehen, wie die Situation es erfordert hätte.

Lars hatte noch nie Interesse daran gehabt, wie etwas aussah, solange es seine Funktion erfüllte. Es passte etwas hinein und man konnte daraus trinken – alles andere war unwichtig für ihn. Oder fand mein Bald-Ex-Mann die winzigen, fein geschliffenen Blüten auf den Gläsern etwa plötzlich auch so entzückend, wie ich sie normalerweise gefunden hätte, wenn er nicht gerade dabei gewesen wäre, mir mein Paradies zu zerstören?

»Ja, ja. Niedlich. Aber warum räumst du die Laube aus und nicht der Besitzer? Oder die Besitzerin?« Eine Nachbarin hätte ich richtig gut gefunden. Zum Plaudern und Weinchen trinken in lauen Sommernächten.

»Äh, ich bin der Besitzer!« Lars strahlte mich an.

Ich starrte so böse ich konnte zurück. Er musste doch wissen, dass das mindestens das Allerletzte war, was ich wollte. Was zur Hölle sollte das?

»Du? Aber wieso? Du machst dir doch ü-ber-haupt nichts aus einem Garten! Geschweige denn aus Pflanzen! Du sagst zu allem ›Blume‹, egal, ob es sich dabei um einen Kaktus oder eine Ligusterhecke handelt! Alles, was irgendwie wächst, interessiert dich nicht!«, erinnerte ich ihn.

In sein Strahlen mischte sich ein nervöses Zucken am Mundwinkel, das mir neu war. »Genau! Das war bisher so. Aber das soll und wird sich jetzt ändern. Ich interessiere mich seit Kurzem für Blumen, äh, Pflanzen, Garten und Natur.«

»Und das genau neben mir? Willst du mich verarschen?«, wurde ich explizit.

Ein Mann steckte den Kopf durch eines der Laubenfenster und winkte. Werner. Evi hatte anscheinend alles richtig beobachtet.

»Was macht dein Vater hier?« Ich konnte es mir natürlich denken: Werner kannte sich aus mit Gärtnern, hatte er doch selbst jahrzehntelang einen Garten gehabt, bevor er nach dem Tod seiner Frau, Lars' Mutter, aus seinem Haus in eine kleine Zweizimmerwohnung mit winzigem Balkon gezogen war.

»Maren, wie schön, dich zu sehen!« Werner war inzwischen in den Garten gekommen, streckte mir die Arme entgegen, und ich umarmte ihn. Er konnte schließlich nichts für seinen Sohn. Oder doch? Eigentlich schon. Vielleicht. Aber ich mochte Werner einfach. Und es tat mir leid, wenn ich sah, wie er unter Lars' und meiner Trennung litt. Trotz allem war er immer fair und freundlich zu mir geblieben.

Ich hielt ihn eine Armlänge von mir weg, um ihm ins Gesicht sehen zu können. Wie vertraut mir die unzähligen Lachfältchen um seine lieben Augen waren, die schiefe Nase, auf die er als Kind einen Fußball bekommen hatte. »Werner, sag mir, dass du mein neuer Nachbar bist und nicht dein Sohn.«

Er sah hier im Grünen glücklicher aus, als ich ihn lange Zeit erlebt hatte, leuchtete geradezu wie eine Solarleuchte auf einem Gartentisch.

»Ich werde viel hier sein und Lars helfen, wenn ich darf.«

»Oh, Papa, du weißt, ohne deine Hilfe schaff ich das nicht!« Mein designierter Ex-Mann legte seinem Vater den Arm um die Schulter und ich dachte für einen Moment, dass er das nicht durfte. Das war *mein* Werner, was natürlich Quatsch war, aber er schien mir heute noch sympathischer als sonst in seiner fast kindlichen Naivität. Dabei war doch offensichtlich, dass Lars nicht plötzlich unter die Hobbygärtner gegangen war, sondern einen perfiden Plan ersonnen hatte, um mich zu nerven und mir mein Liebstes – neben Emilie – zu verleiden.

Resigniert schüttelte ich den Kopf. Diese Situation verlangte nach Alkohol. Ohne ein weiteres Wort drückte ich Werner einen Schmatzer auf die Wange, warf Lars noch einen bitterbösen Blick zu und rauschte aus dem Garten zurück auf mein Grundstück. Ich rief einer verwirrten Evi zu, dass ich bei einem Blubberwasser alles berichten würde, und schwang mich auf mein Rad.

Nur wenige Hundert Meter hinter dem Vereinsheim gab es eine scheißteure Tankstelle, und dort gab es scheißteuren Sekt. Zwar war jetzt eigentlich das Crémant-Zeitalter (in meiner Jugend war es Sekt, dann kam eine Prosecco-Periode und derzeit trank man Crémant), aber ich schmeckte sowieso keinen Unterschied zwischen all den Perlweinen. Selbst einen Champagner hätte ich im Leben nicht erkannt. Wahllos griff ich nach einer Flasche Rotkäppchen-Sekt und machte mich auf den Rückweg.

Kapitel 3

Nun saßen Evi und ich vor der knisternden und knackenden Feuerschale – neben einem Sack Brennholz mein Garteneinzugsgeschenk von Evi. Sie lauschte fassungslos meinem Bericht.

»Was für ein Idiot!« Meine beste Freundin fand mal wieder die richtigen Worte. »Ein Lügner und Betrüger! Ich weiß noch, wie er sich aufgeregt hat, als du dir erlaubt hast, auf eurem Balkon Lavendel und Rosmarin zu pflanzen. Und als Emilie mal eine Blumenampel aus dem Werkunterricht mitgebracht hat und du die Dreistigkeit hattest, sie mit einem Farn in die Küche zu hängen. Er ist ausgeflippt! Und jetzt macht er auf Gärtner, echt unfassbar, der Typ! Wenn du es nicht schon angeleiert hättest, würde ich sagen, lass dich scheiden.«

Ich nahm noch einen Schluck Sekt aus Evis Kaffeebecher und wir prosteten uns zu. »Und was, wenn er sich doch aus irgendwelchen Gründen plötzlich fürs Gärtnern interessiert? Wenn er wieder netter geworden ist? Und nur zufällig ausgerechnet diesen Garten bekommen hat? Wenn es ihm gar leidtut, dass er genau neben mir ›einzieht‹?«

Das glaubte ich nicht wirklich, aber ich wollte zumindest wissen, wie es sich anfühlte, diese Sätze zu hören. Evi bestätigte mein Gefühl:

»Pff, das glaubst du doch selbst nicht … Er ist und bleibt ein Egozentriker! Und, bitte erinnere dich: Du hast nie Blumen von ihm bekommen, wenn du ihn nicht ausdrücklich darum gebeten hast!«

Sie nahm einen großen Schluck direkt aus der Flasche und ich grapschte danach, während ich verneinte: »Das stimmt so nicht, zu Emilies Geburt gab es Blumen und auch zu meinem Geburtstag. Zumindest am Anfang unserer Ehe.«

Mir gefiel das warme Gefühl im Bauch, deshalb trank ich hastig noch ein paar Schlucke, bevor ich fortfuhr: »Und trotzdem. Er ist so ein pingeliger Mensch! Er hat immer Desinfektionslösung dabei. Die Coronazeit war für ihn ein Highlight, weil es da überall diese Steriliumspender gab. Er würde sich niemals die Hände schmutzig machen, und das meine ich nicht im übertragenen Sinn. Aber gut, dafür gibt es ja Handschuhe. Ich wette, er hat den Baumarkt leer gekauft.«

»Spielt er nicht mehr in diesem Mundharmonikaorchester? Das hat ihm doch immer völlig gereicht!«

»Doch, das macht er noch. Soweit ich weiß. Ja, das ist eigentlich sein Hobby. Bisher brauchte er kein zweites …«

»Und du bist doch schon vor einem Jahr ausgezogen! Wieso dann *jetzt* auf einmal dieses Garteninteresse?«

Ich schüttelte mich. »Weil er denkt, mich noch umstimmen zu können. Jetzt, wo der Zug wirklich schon lange abgefahren ist.« Ich hielt kurz inne. »Was ist eigentlich mit dem Kuchen, den du mitbringen wolltest? Gibt's davon noch ein Stück?«

»Natürlich! Ich dachte schon, du fragst nie!« Evi kramte aus ihrem Rucksack eine Tupperdose hervor. »Zitronenkuchen! Schon in Stücken, damit wir kein Geschirr brauchen!«

Ich nahm mir ein Stück von dem saftigen, zitronig-buttrig duftenden Kuchen und biss genüsslich hinein. »Saulecker!«, ließ ich sie mampfend wissen.

Während Evi sich auch ein Stück nahm und genießerisch daran schnupperte, sagte sie: »Reg' dich einfach nicht mehr auf. Lars macht das nicht lang. Du wirst sehen, nach ein paar Wochen ist ihm das alles zu blöd mit dem Garten. Zu viel Arbeit, zu viel Dreck, zu wenig Ergebnisse. Er schmeißt garantiert spätestens in zwei Monaten hin und du hast wieder deine Ruhe.« Versonnen sah sie sich um. »Schon ziemlich schön hier … Vielleicht sollte ich dann den Garten nehmen …«

»Das wäre spitze! Also, sowohl, wenn er bald aufgäbe, als auch, wenn du meine Nachbarin würdest. Wobei … Dann würdest du mich nicht mehr besuchen und mir helfen, oder?«

Sie wischte mir ein paar Kuchenkrümel vom Ärmel. »Doch, wir würden uns natürlich gegenseitig helfen!«

Was für eine schöne Vorstellung! Hoffentlich würde Evi recht behalten. Es war nur schwierig, dass Werner mit im Boot war. Wenn er seinem Sohn regelmäßig helfen würde, konnte es doch sein, dass Lars erst einmal blieb. Ich teilte meine Sorge mit Evi, sie schüttelte den Kopf. »Du hast doch immer erzählt, dass Werner in diversen Vereinen aktiv ist, er hat doch gar nicht so viel Zeit. Mach dir da mal keine Gedanken.«

Das stimmte. Werner war in einem Literaturkreis, er tanzte regelmäßig Tango und sang in zwei Männerchören. Außerdem spielte er regelmäßig bei Schachturnieren mit. Man konnte es kaum glauben, dass ein so vielseitig interessierter Mann einen so langweiligen Sohn wie Lars hatte. Die Zuverlässigkeit, die Fürsorge, ja, die hatte Werner seinem Sohn mitgegeben, warum dann nicht auch ein bisschen mehr Feuer? Lars war nicht immer so gewesen, natürlich nicht, sonst hätte ich mich damals nicht in ihn verliebt. Doch die Familie, seine Verantwortung als Hauptverdiener, sein Einsatz für die Bank, sein Streben nach der Beförderung, die dann ausgerechnet der wesentlich jüngere Kollege bekommen hatte – all das hatte Lars mürbe und müde gemacht. Als ich dann noch, mit Emilies Älterwerden, meine Stunden als Psychotherapeutin aufstockte und er sah, wie glücklich man im Beruf sein konnte, hatte wohl irgendetwas in ihm aufgegeben. War ich ungerecht gewesen, weil ich von ihm erwartete, dass er etwas an den Umständen änderte, um selbst wieder zufriedener zu sein? Vielleicht.

* * *

Auf der Fahrt nach Hause durch die Kleingartenanlage genoss ich das frische Grün, das sich mit einer Rasanz überall ausbreitete, als hätte es die monatelange Kargheit nie gegeben. Ich feierte die zarten grünen Spitzen an den Buchenhecken und die weißen Wolken des Weißdorns. An ein paar Stellen leuchtete schon der Löwenzahn und Wildtulpen reckten ihre kleinen weißgelben Köpfe der Sonne entgegen. Die Forsythien begannen aufzublühen und ein sanfter Duft von ersten Magnolien zog durch die Luft. Endlich wieder ohne Handschuhe Fahrrad fahren und die Sonnenstrahlen auf dem Gesicht spüren!

Lars, ey. Ich hatte nun wirklich lange genug darüber nachgedacht, warum er und ich uns getrennt hatten; warum ich mich nach all den Jahren unbedingt hatte trennen müssen, wenn ich nicht selbst vor die Hunde gehen wollte. Lange genug hatte ich darauf verzichtet, mich weiterzuentwickeln, und hatte mein Leben dem seinen, ruhigen, ereignisarmen angepasst.

Ich war mir in meiner Entscheidung sicher. Und dennoch machte es mir immer noch etwas aus, wenn ich ihn sah. Da war diese Vertrautheit, die dafür sorgte, dass ich ihn ganz genau lesen konnte; eine neue Mimik oder Gestik, eine klitzekleine Veränderung in seiner Ausdrucksweise, all das fiel mir sofort auf.

Vielleicht stimmte es auch nicht, dass es mir etwas ausmachte, ihn zu sehen – es war einfach anders, als einen Fremden zu sehen, jemanden, der vor mir an der Supermarktkasse stand oder neben mir in der U-Bahn saß. Lars hatte eine Bedeutung für mich und es wäre seltsam gewesen, wenn er die nicht gehabt hätte, schließlich waren wir zweiundzwanzig Jahre zusammen gewesen und wenn ich wollte, konnte ich noch seine Locken zwischen meinen Fingern spüren, die er allerdings schon länger nicht mehr hatte, seine trockene, stets warme Hand in meiner, hatte noch seinen Duft in der Nase. Aber ich wollte nicht mehr. Ich war mir sicher, dass, den allerletzten Schritt zu gehen, richtig war, und ich wollte ihn alleine gehen, ohne Lars. Er sollte ihn auf seiner Seite gehen und seine Seite sollte weit von meiner entfernt sein.

Dennoch fragte ich mich: Wo war der Lars hin, in den ich mich einst verliebt hatte? Der fröhliche, an so vielem interessierte Mann, der sogar jonglieren konnte? Und welchen Anteil hatte ich daran? Denn Lars hatte sich in all den Jahren ja sehr verändert. Er hatte nicht nur seine Haare, sondern auch seine Neugier nach und nach verloren, das Bekannte genügte ihm immer mehr.

Früher hatten wir uns gegenseitig vorgelesen, ganz früher, noch vor der Hochzeit und bevor Emilie kam, in meiner WG, in der er mich immer besuchte, weil meine WG die nettere Lage hatte, im quirligen Schanzenviertel. Auf meinem roten Cordsofa legte immer einer von uns den Kopf auf den Schoß des anderen und dann lasen wir uns abwechselnd aus »Herr der Ringe« vor. Und nie schliefen wir dabei ein. Lars konnte toll erzählen. Er war perfekt darin, in die Rollen der verschiedenen Figuren zu schlüpfen, und vielleicht musste er deshalb auch etwas öfter vorlesen als ich.

Später dann, als wir schon verheiratet waren, sahen wir immerhin manchmal zusammen einen Film, »Superman« oder etwas von Woody Allen. Dann las jeder von uns alleine und wenn ich Lars ein Buch, das ich für mich entdeckt hatte, begeistert empfohlen hatte, winkte er ab. Es schien fast, als hätte er sein Interesse an allem Neuen verloren, weil es ihm zu anstrengend geworden war. Er las lieber Bücher, die er als Jugendlicher oder junger Erwachsener schon mochte, ein zweites oder drittes Mal. Anfangs hatte ich das noch irgendwie besonders gefunden und fand diesen Spleen charmant. Als ich allerdings feststellte, dass er *ausschließlich* ihm bekannte Bücher las, machte mich das stutzig. Wie konnte man bei den vielen Geschichten, die sich die unterschiedlichsten Menschen ausgedacht hatten, immer dieselben lesen wollen? Man war doch neugierig darauf, was noch alles passieren konnte! Wir begannen dann, in den Ferien immer an denselben Ort zu reisen. Lars mochte es, wenn er wusste, was auf ihn zukam. Er schätzte, dass er genau wusste, welches Brot man in Lucca kaufen konnte, da es wie in Hamburg schmeckte, oder wann die beste Zeit war, um bei Peppino noch einen guten Tisch zu bekommen. Es war bequem und ich machte mit, aber wenn ich andere Ideen hatte und mal nach Finnland oder Norwegen wollte, mich für die Provence und Slowenien interessierte, konnte ich ihn nicht umstimmen. Hätte ich ihn mehr herausfordern müssen? So wurde nicht nur er langweilig, es wurde mir auch mit ihm langweilig.

Nicht ungerecht sein, ermahnte ich mich inmitten meiner Grübeleien. Ich hatte mich auch verändert und gewiss nicht nur als Reaktion auf seine zunehmende Eintönigkeit. Emilie war ein tolles Kind gewesen, sie war fröhlich und zugewandt und erforschte neugierig ihre Umwelt. Dennoch wurde ich unruhig, wenn ich stundenlang mit ihr alleine auf dem Spielplatz saß, zwar mit anderen Müttern und Spielkameraden für Emilie, aber eben nur als Mutter und nicht als eigenständiger Mensch.

Das hatte Lars nie verstanden und mich sogar beneidet, dass ich »den ganzen Tag an der frischen Luft« sein konnte. Als

Emilie dann in die Schule kam und ich mein Studium beenden und halbtags in einer psychotherapeutischen Praxis anfangen konnte, war ich glücklich. Dass ich aber mehr arbeitete und wir uns die Erziehung teilten, dagegen sperrte sich Lars. Und ich gehorchte zunächst. Ich war unsicher. Ein Kind brauchte am meisten seine Mutter, oder nicht? Doch wofür hatten Feministinnen jahrzehntelang gekämpft? In meinem Bekanntenkreis saßen auch Väter mit ihren Kindern auf dem Spielplatz, sie schmissen den Haushalt, während ihre Frauen in Vollzeit weiterarbeiteten. Ich wollte auch mehr arbeiten. Ja, er verdiente besser als ich. Aber das konnte doch nicht alles sein. Ich sorgte dafür, dass ich immer mehr Freiheiten bekam, machte Kurzurlaube übers Wochenende mit Freundinnen und ließ Lars und Emilie auch mal zehn Tage miteinander allein. Und ich war mir sicher, dass ich beiden damit auch einen Gefallen tat, weil sie so ihre Vater-Tochter-Beziehung stärken konnten. Dennoch fühlte ich mich in dieser Ehe eingesperrt und die Suche nach einem Garten war eine kleine Rebellion gewesen. Ich hatte etwas Eigenes nur für mich gewollt. Und damit hatte er nicht umgehen können. Noch nie.

Kapitel 4

Es gab in meinem neuen Haus sogar einen Fahrradkeller. Nachdem ich das Rad abgestellt hatte, stapfte ich in Gedanken die Treppe hinauf und blieb verwundert stehen. Vor meiner Wohnung saß Emilie in einem Berg vollgerotzter Taschentücher.

»Emmy, mein Schatz, was ist los?« Ich schnappte mir das Häufchen Elend und half ihr mit einer Hand hoch, während ich mit der anderen aufschloss. »Ist was mit Xenia?«, fragte ich, obwohl ich sicher war, dass etwas mit ihr war. Xenia, äußerst talentierte und ziemlich extrovertierte ausgebildete Opernsängerin (Sopran), die derzeit nur ab und zu mit Konzerten und hauptsächlich mit Gesangsunterricht ihren Lebensunterhalt bestritt, war Emilies erste große Liebe. Sie hatte sie mit achtzehn kennengelernt, Xenia war sieben Jahre älter. Ob ich sie mochte, war egal. Hauptsache, mein Kind war glücklich. Das sagte ich mir immer wieder. Und eigentlich war Xenia ja auch ganz nett, soweit ich das beurteilen konnte.

Um ehrlich zu sein, kannte ich sie gar nicht so gut, die beiden hatten nie viel Wert daraufgelegt, zusammen mit Lars oder mir Zeit zu verbringen.

Das hatte mich schon immer ein wenig gestört. Wenigstens mit mir hätten sie ja wohl mal öfter etwas unternehmen können! So Frauen-unter-sich-mäßig. Mädelsabend und so. Aber wenn ich mal den Versuch unternommen hatte, sie beide zum Essen einzuladen oder mit ihnen ins Kino zu gehen oder mich auch nur auf ein Eis in der Stadt mit ihnen zu treffen, blieb es beim Versuch und Augenrollen auf Emilies Seite oder der eilfertigen Versicherung: »Ein anderes Mal gerne, Xenia hat gerade wahnsinnig viel um die Ohren.«

Sie waren fast nur bei Xenia und so selten in Emilies WG, dass Lars und ich nicht verstanden, warum Emilie überhaupt noch Miete für das Zimmer bezahlte. In der letzten Zeit allerdings schien Xenia immer öfter nicht mehr nur für mich keine Zeit zu haben. Emilie tauchte wieder häufiger bei mir auf oder ich erreichte sie in ihrer WG. Das war mir natürlich aufgefallen. Aber ich hätte den Teufel getan und meine Tochter nach ihrem Beziehungsstatus gefragt. Oder nach irgendwelchen anderen Problemen. Solange sie mir versicherte, dass es ihr gut ging, wenn ich sie danach fragte, bohrte ich nicht nach. Oder selten. Also praktisch nie. Außer jetzt. Denn nach meiner Frage weinte Emilie noch bitterlicher als sowieso schon. Ich hielt sie einige Minuten fest in den Armen und schob sie dann liebevoll auf mein Sofa. »Was macht dich so unglücklich?«, wollte ich wissen, als ich mich auf den Couchtisch direkt vor ihr hockte und ihre Hände in meine nahm.

»Sie, sie, sie weiß nicht, ob wir uns nicht besser trennen sollten. Aber ich weiß es! Wir sollten es nicht! Wenn, dann muss schon *sie* uns trennen! Aber nicht *wir* uns!«

So eine dumme Nuss. Natürlich wusste sie es! Durch ihre Aussage signalisierte sie ja schon, dass sie eine Trennung wollte. Heuchlerin!

»Aber mein Schatz, was ist denn vorgefallen, dass sie auf so eine Idee kommt?«

»Das ist es ja! Gar nichts! Plötzlich sagt sie, sie steht mir im Weg. Bei meiner Weiterentwicklung. Und dass sie zu alt ist für mich.«

Seit sie achtzehn war, seit drei Jahren also, war meine Tochter mit dieser Sängerin zusammen und seit dem ersten Tag war ich besorgt, dass Emilie einer sieben Jahre älteren Frau zu jung sein könnte. Auch wenn ich froh war, dass es »nur« sieben Jahre waren. Siebzehn wären schlimmer gewesen. Im Prinzip war das Alter egal, aber diese Xenia wirkte auf mich so viel reifer als mein Kind, denn das war sie ja noch, ein Kind. Und sieben Jahre machten in dem Alter einfach sehr viel aus. Dennoch war Emilie sehr verliebt in Xenia, von Anfang an gewesen, und das wollte ich ernstnehmen, zumal die Sängerin auch sehr verliebt zu sein schien. Sie hatte extra für Emilie ein Lied geschrieben und ich wusste, welch große Ehre mir zuteilwurde, als meine Tochter mir damals diese interessante Opernarie auf dem Handy vorgespielt hatte.

Inzwischen lag mein Kind in Embryonalhaltung schluchzend unter der gelben Wolldecke und ich strich ihr durch die kastanienfarbenen Locken. »Das Alter hat für euch doch nie eine Rolle gespielt, oder? Ist denn jetzt irgendetwas Besonderes vorgefallen?«

»Ich glaube, sie hat sich in eine andere verliebt. Sie brauchte so viel Zeit für sich in den letzten Wochen. Wahrscheinlich brauchte sie die gar nicht für sich, sondern für eine andere. Das ist so entwürdigend. Ich fühle mich so abgelehnt. Es ist furchtbar! Und dann kommt sie mit diesem Im-Weg-Stehen. Weil sie mir nicht glaubt, dass ich als Trainerin glücklich sein kann. Sie sieht mehr in mir und findet, ich soll noch mal studieren oder irgendwas.«

Für einen Moment wurde Xenia mir richtig sympathisch. Natürlich war meine Tochter eine Sportskanone – keine Ahnung, von wem sie das hatte –, aber dass sie während der Schule schon in einem Fitnessstudio ausgeholfen und nach dem Abi dort einen Trainerschein gemacht hatte, hieß ja nicht, dass sie nicht auch andere Richtungen einschlagen konnte. Ich konnte sie mir auch als Juristin mit Rennraderfahrung oder als Gewichte stemmende Englischlehrerin vorstellen; nur im Fitnessstudio Bauch-Beine-Po-Kurse zu geben und solariumgebräunten Eppendorferinnen zu zeigen, welche Übungen sie für einen Knackpo oder After-Baby-Body brauchten, war mir zu wenig für ein intelligentes Mädchen wie sie. Aber sie war volljährig und ich konnte nichts anderes tun, als das Thema immer mal wieder zur Sprache zu bringen. Ihr Vater unterstützte mich nicht dabei, er fand, sie sei ihres eigenen Glückes Schmiedin. Danke, Lars.

Emilie griff nach dem Päckchen Papiertaschentücher, das ich ihr reichte, und schnäuzte sich ausgiebig.

»Du weißt ja, wie ich dazu stehe. Ich finde auch, dass du jede Menge Talent verschwendest, wenn du einfach bei Fitti Fit bleibst. Da hat Xenia schon recht.«

»Aber was hat sie damit zu tun? Ich bleibe doch nicht wegen Xenia, sondern weil ich den Job liebe!«

»Genau das ist es, es ist einfach nur ein Job! Du kannst so viel! Du könntest einen richtigen Beruf haben! Einen Beruf, der dich auch auf lange Sicht ernährt und dich persönlich weiterbringt!«

Emilie seufzte auf, diesmal genervt. »Ich habe einen richtigen Beruf. Und ich will ja auch noch Personal Trainerin werden, damit verdiene ich sogar noch mehr. Und es macht mir Spaß, kapier das doch endlich mal! Ich muss nicht Psychologie studieren oder Jura oder irgendwas auf Lehramt! Oder wie Papa in der Bank rumsitzen. Xenia will das auch nicht einsehen, dass es einfach Spaß machen kann, ›nur‹ Sport zu machen und anderen Leuten dabei zu helfen, sich richtig zu bewegen! Meine Güte, das ist nachhaltig und zukunftsweisend! Die Deutschen sind zu dick und zu faul! Und ich tue etwas dagegen!« Sie hatte sich aufgesetzt und starrte mich wütend an.

»Das ist gut, lass deine Wut raus! Da ist nämlich sehr viel Wut hinter deiner Trauer.«

»Oh Mann, Mama! Ich bin nicht deine Patientin! Ich hab 'ne heftige Beziehungskrise, damit kennst du dich doch auch aus! Privat!«

»Apropos, wusstest du, dass dein Vater jetzt auch einen Schrebergarten hat?«

Wahnsinn, wie plötzlich sie von Häufchen Elend zu ungläubigem Gelächter wechseln konnte.

»Papa? Niemals. Wer hat dir denn den Mist erzählt? Der will damit nichts zu tun haben, das weißt du doch.« Sie schnäuzte sich noch mal ausgiebig.

»Das musste mir niemand erzählen. Er hat den Garten neben mir.«

»Ohne Scheiß?«

»Ja. Ich kann es selbst nicht fassen.«

»Oder ist das jetzt so ein Psychotrick von dir, irgendetwas komplett Abstruses zu erzählen, damit ich abgelenkt bin?«

»Nein, nein, es stimmt wirklich. Ich habe ihn heute dort getroffen. Opa Werner hilft ihm. Ich kann es nicht fassen. Weißt du, was er vorhat?«

»Nein, natürlich nicht. Scheiße. Der hat Nerven.«

Irrte ich mich, oder schwang da etwas Anerkennung mit? Nun, es ging jetzt ja in erster Linie um die Probleme meiner Tochter. Es tat weh, sie nach dem kurzen Aufblitzen von Schalk in ihren Augen jetzt wieder so traurig zu sehen, ich nahm sie in den Arm und drückte sie fest.

»Schatz, ihr werdet bestimmt noch mal sprechen, Xenia und du. Das ist wichtig. Such' das Gespräch mit deiner Freundin! Es klärt sich gewiss. Und nein, es ist nicht immer eine dritte Person schuld daran, wenn in einer Beziehung etwas falsch läuft. Aber auch das kannst du sie fragen.«

Sie nickte, nicht wirklich überzeugt. »Aber wie soll ich das denn machen? Da findet sie mich ja erst recht doof, wenn ich eifersüchtig bin.«

Ich gab ihr einen Kuss auf die Stirn. »Ich glaube nicht; wenn du es ganz direkt benennst, wenn du sagst, ich bin durcheinander, ich weiß nicht, was los ist, ich bin eifersüchtig – wenn du dich öffnest, mit deinen Sorgen und Befürchtungen, versteht sie, dass sie sich auch weiter öffnen kann, und ihr könnt richtig sprechen.«

Sie sah mich mit großen, tränengefüllten Augen an. »Okay. Mal sehen. Kann ich heute Nacht bei dir schlafen?«

»Natürlich, mein Emmchen. Ich koche uns was, dann gucken wir einen Film, wenn du magst, und dann beziehe ich dir die Couch.«

»Spaghetti mit Tomatensoße! Mit viel Knoblauch!« Mit ihrem schiefen Grinsen stieg eine gewaltige Woge Liebe in mir auf. Sie würde immer mein Kind bleiben, egal, wie alt sie war.

Kapitel 5

Als ich ein paar Tage später wieder im Garten war, ärgerte ich mich, dass Lars schon vor mir begonnen hatte, seine Laube auszuräumen. Wahrscheinlich war er sogar bald fertig damit, während ich noch an einem zahnsteinbraunen, durchgesessenen Sofa zerrte, Unmengen an Likörgläsern (Gartenverein halt) und angekokelten Töpfen in »Zu verschenken«-Kartons für den Straßenrand stapelte und mir über staubige orange-braune Sechzigerjahregardinen Gedanken machte. In den Waschsalon oder weg damit? Auf keinen Fall wollte ich meine neue Waschmaschine damit kontaminieren.

Wie hatte ich mich gefreut, dass Emilie in den Garten mitgekommen war! Zum Helfen, wie ich in meiner Naivität dachte. Natürlich nicht. Sie hatte in der Laube in einem Karton eine Hängematte gefunden, sie mit meiner Hilfe aufgehängt und anscheinend beschlossen, diese in den nächsten Tagen nicht mehr zu verlassen, sondern sich stattdessen ausführlich ihrem Herzschmerz hinzugeben. Toll!

»Ich würde dir so gerne helfen, aber ich kann einfach nicht. Ich fühle mich so schlecht.«

»Ein bisschen Arbeiten würde dir guttun, mein Schatz. Das bringt dich auf andere Gedanken. Und du schläfst besser, wenn du dich körperlich betätigst. Und du würdest mir wirklich enorm helfen.«

Aus ihrer Hängematte kamen nur Grunzgeräusche.

»Außerdem ist es doch noch viel zu kalt, um hier nur rumzuliegen. Gerade mal vierzehn Grad!«

»Hier in der Sonne geht's«, meinte ich aus dem Kokon aus Decken, Schals, Kissen und Mützen zu vernehmen, und gab seufzend auf.

Evi hatte mir angeboten, in der nächsten Zeit mal mit ihrem guten Freund Markus und dessen Anhänger vorbeizukommen und gemeinsam mit mir das Sofa und andere schlimme Hinterlassenschaften der Laubenvorbesitzer zum Recyclinghof zu fahren.

Markus vergötterte Evi, sie hatten sich an der Uni kennengelernt und wenn es nach mir gegangen wäre, dann wären der freundliche, hilfsbereite und witzige Englischlehrer und meine beste Freundin schon längst ein Paar geworden. Aber mich fragte ja keiner. Und wenn es einfach an der körperlichen Anziehung mangelte, wie Evi mir immer wieder erklärte, war wohl auch nichts dran zu ändern. Selbst meine Versuche, sie ihn sich schöntrinken zu lassen, waren bisher gescheitert. »Ich mag ihn ja wirklich gern, aber seine kleinen Augen stören mich. Er hat so einen leicht irren Blick, seit er Kontaktlinsen trägt.«

Davon abgesehen, dass ich mich an nichts Irres in seinem Blick erinnerte, fand ich, dass Evi maßlos übertrieb. Und überhaupt: Sprach man so über einen Freund?

Der Tisch in der Laube hatte einmal eine Resopalplatte gehabt, was mir sehr gut gefallen hätte, aber leider war die wegen zahlreicher Brandlöcher, Rotweinflecken und wie abgebissen aussehender Ecken fast nicht mehr zu erkennen. Was zur Hölle hatten die Vorbesitzer damit gemacht? Schwarze Messen darauf gefeiert?

Vor mich hin fluchend probierte ich, den Tisch irgendwie durch die Tür nach draußen zu zirkeln, guckte in einem naiven Anflug von Hoffnung zur Hängemattenwurst – vielleicht würde meine Tochter ja doch … nein – und beschloss, auf meine Freunde zu warten.

Es gab eine schlampig grün gestrichene Kommode, die über intakte Schubladen und Schranktüren verfügte. Ich würde sie erst einmal behalten, nach dem Motto: Nicht schön, aber schon da. Irgendwann konnte ich sie ersetzen. Die Häkeltopflappensammlung, die ich darin vorfand, würde ich bei Gelegenheit verbrennen, auch wenn in der Gartensatzung stand, man dürfe nur Brennholz anzünden. Aber die Topflappen waren so hart und in verschiedenen Brauntönen gehalten – wer konnte sie schon mit Sicherheit von gut abgelagertem Kaminholz unterscheiden?

Ich schleppte gerade drei Müllsäcke voller mottenzerfressener Kissen, Tischdecken und Handtücher, Stuhlauflagen und Altpapier in Richtung Gartenpforte, als ich vom Nachbargrundstück fröhlich begrüßt wurde: »Hi, Maren! Kann ich helfen?«

Seit wann hatte Lars schon so früh Feierabend? Oder war er auch, wie Emilie, krankgeschrieben? Ich musste kurz auflachen, vermutlich auch wegen Liebeskummer.

»Oh, du bist aber gut gelaunt! Warte, ich komme rüber und helfe dir mit dem Müll!«

»Untersteh dich!«, zischte ich. Was fiel dem denn ein? »Ich kriege das sehr gut alleine hin! Und außerdem habe ich bald Hilfe. Meine Freunde helfen mir! Denn ich habe ja zum Glück Freunde.« Ich konnte nicht anders, als das noch hinzuzufügen. Und ich fühlte mich nur ganz kurz schlecht deswegen.

»Wie schön, das freut mich!« Mein Ex-Mann-to-be trug eine Baseballkappe, eine lange Schürze und Lederhandschuhe, die bis zu den Ellbogen reichten, soweit ich das durch das Loch in der Buchsbaumhecke erkennen konnte. Was konnte man nur davor pflanzen, was schnell genug wuchs, um die Sicht nach drüben und besonders von drüben zu mir zu verdecken?

»Du weißt aber schon, dass man Wespennester nicht einfach selbst entfernen darf?«, fragte ich, auf seine Schutzkleidung zeigend. »Die sind geschützt!«

»Nein, nein, ich habe kein Wespennest, ich pflanze Kräuter.«

Oh, gefährlich. »Brauchst du eine FFP2-Maske?«

»Nein, danke, ich habe alles! Und du bist dir sicher, dass du keine Hilfe brauchst?«

»Ja. Ganz sicher. Guten Tag.« Ich verschwand aus seinem Blickfeld. Haselnuss wuchs doch sehr schnell, hatte ich gelesen, vielleicht war das eine gute Idee.

Aber auch wenn wir uns nicht mehr sehen konnten, konnte ich ihn dennoch vernehmen: »Ich habe nämlich meine Laube schon komplett ausgeräumt. Habe also Kapazitäten frei!«

Ich schlich leise auf die Rückseite meiner Laube und tat so, als hätte ich ihn nicht gehört.

Das konnte ja heiter werden.

* * *

Und tatsächlich war Lars in den nächsten Wochen fast jedes Mal, wenn ich im Garten war, entweder schon da, oder er kam wenig später. Hatte er gekündigt? Sollte ich Emilie bitten, ihn auszuhorchen? Ihr schien es auf meiner Seite der Hecke besser zu gefallen als bei ihm. Sie war nur ein Mal drüben gewesen, hatte seinen Garten als »sehr steril, so Englischer-Garten-mäßig« bezeichnet und sich dann wieder mit Kopfhörern in ihren Kokon bei mir verzogen.

Wenn ich meinen Ex-Mann mal nicht persönlich zu Gesicht bekam, fand ich Nachrichten und Aufmerksamkeiten von ihm an meiner Gartenpforte vor: »Diese Ambossschere gab es gerade im Angebot, da hab ich dir eine mitgebracht!« oder »Du magst doch so gerne Hornveilchen, die hier hab ich über.« Und: »Mir sind das zu viele Erdbeerschösslinge. Vielleicht möchtest du ja welche abhaben.«

Ich hängte alles grußlos wieder an seine Pforte, was Emilie, als sie es mitbekam, herzlos fand. »Er bemüht sich doch! Das ist doch wirklich nett! Vor allem, wenn man bedenkt, dass ihn das alles eigentlich überhaupt nicht interessiert und er zuvor niemals freiwillig in ein Gartencenter gegangen ist.«

»Vielleicht ist das nett, mag sein. Aber es ist zu spät für nett. Was ist eigentlich mit Xenia?« Das war gemein, ja. Anscheinend konnte ich manchmal ein bisschen gemein sein.

Und schwups war Emilie schweigend in ihrem Kokon verschwunden. Aber dieses Mal wollte ich mehr wissen.

»Echt jetzt, was ist los mit deiner Freundin? Oder Ex-Freundin? Seht ihr euch gar nicht mehr? Oder ist euer Status nur ›kompliziert‹?« Allmählich machte ich mir nämlich auch Sorgen, schließlich war meine Tochter fast nur noch bei mir im Garten, schien kaum noch zu arbeiten und auch sonst nichts mit Freundinnen zu unternehmen. Besorgt grub ich mich durch die Decken und Kissen, auf der Suche nach ihrem Kopf, der schließlich auch mit genervtem Blick auftauchte. »Ja, es ist kompliziert. Wir schreiben aber jeden Tag. Und morgen treffen wir uns.«

»Freust du dich darauf?«

»Ja. Und nein. Ich hab' ein bisschen Angst, dass sie richtig Schluss macht.«

»Ach, mein Schatz, lass uns mal in Ruhe darüber reden. Evi und Markus kommen zwar gleich zum Helfen, aber komm doch bis dahin mal aus deinem Nest.«

»Ich will nicht reden. Ich höre gerade einen Podcast.«

»Worüber denn?«

»Über Waffengeschäfte. Echt interessant, wer wem auf der Welt Waffen liefert.«

»Oh ja, das ist aufbauend. Schön. Was ist eigentlich mit deiner Arbeit?«

»Ich hab Urlaub.« Sie grub sich wieder ein und ich machte mich seufzend über die Wildkräuter her, bis Evi und Markus kamen und wir zu dritt zum Recyclinghof fuhren. Emilie hatte keine Lust mitzukommen. Und Evi hatte schon ein bisschen recht, Markus guckte seltsam, seit er Kontaktlinsen trug. Manche Menschen gewannen mit einer Brille.

Zum Dank für ihre Hilfe wollte ich die beiden zum Essen in unser Lieblings-Sushi-Restaurant einladen und rief Emilie an, ob sie nicht nachkommen wollte. Schließlich mochten sie und Evi sich sehr und mit Markus blödelte sie gerne herum, aber ich konnte sie nicht erreichen. »Handy ist aus«, erklärte ich schulterzuckend.

Als ich während des Essens von meinen Sorgen wegen der Beziehungsprobleme meiner Tochter erzählte, beruhigten mich Evi und Markus. »Wir alle haben unsere Erfahrungen gemacht in der Liebe. Du kannst ihr das nicht abnehmen.« Obwohl er mit mir sprach, guckte Markus dabei Evi sehr ernst an.

Diese fing übertrieben fröhlich an zu singen: »Liebeskummer lohnt sich nicht, my darling …«, hörte aber sofort wieder auf, als sie mein Augenrollen zur Kenntnis nahm. Die beiden mussten da unbedingt auch etwas klären – ich würde mir Evi mal vorknöpfen.

»Ich weiß, dass sie da durchmuss, und ja, das mussten wir alle schon mal. Aber es ist echt schwierig als Mutter, wenn das Kind so leidet. Sie liegt die ganze Zeit nur mit Kopfhörern bei mir im Garten in der Hängematte und hört Podcasts.«

»Immerhin ist sie an der frischen Luft. Und nimmt keine Drogen. Sieh es positiv!« Hätte sie mir dabei nicht zugezwinkert, hätte ich Evis Kommentar doof gefunden.

»Mensch Evi, ich meine, ich würde ihr da so gerne helfen! Ihr sagen, dass das bestimmt nicht der letzte Liebeskummer ist, den sie in ihrem Leben haben wird. Und vielleicht auch nicht der schlimmste. Dass das einfach Erfahrungen sind, und dass sie eines Tages vielleicht darüber lachen kann! Aber gleichzeitig weiß ich, dass ihr das gerade gar nicht hilft.«

»Äh, du bist nicht zufällig Psychotherapeutin? Und was machst du beruflich?« Ich trat Markus unter dem Tisch wirklich nur sehr leicht gegen das Schienbein.

»Aua! Apropos Liebeskummer, Evi hat erzählt, dass dein Ex jetzt nebenan gärtelt. Darüber müssen wir sprechen, das ist ja fast so was wie Stalking! Kann man den da nicht belangen?« Markus tunkte ein California-Maki in sein Sojasoßenschälchen. »Ich konnte mich eigentlich immer prima mit Lars unterhalten, wenn wir uns mal getroffen haben. Ich finde es nach wie vor irgendwie cool, dass er in einem Mundharmonikaorchester spielt. Kenne niemanden sonst, der das macht.« Er stopfte sich das Fisch-Reis-Bällchen in den Mund.

»Kein Wunder. Das macht auch kein normaler Mensch. Hallo? Mundharmonika?« Meine Freundin schüttelte den Kopf, während sie versuchte, mit ihren Stäbchen ein Stück Nigiri vom Teller zu heben. Es drehte sich immer wieder, bevor es herunterfiel.

Zögernd protestierte ich: »Da muss ich doch tatsächlich Lars mal in Schutz nehmen. Mir gefällt, dass er sich überhaupt für irgendwas interessiert. Wie viele Menschen gibt es, die gar kein Hobby haben? Für nichts brennen? Keine Leidenschaft für irgendetwas haben? Und es ist immerhin Musik, ich war ja früher auf etlichen seiner Konzerte, sie klingt sogar ganz schön. Es ist ungewöhnlich, das stimmt, aber Musik ist doch eigentlich immer toll, oder?«

»Jaaa, hast ja recht.« Evi hatte ihre Taktik geändert, sie spießte jetzt ihre Sushistücke mit dem Stäbchen auf, bevor sie sie in die Sojasoße tunkte.

»Wie auch immer. Ihr findet das mit dem Garten aber auch total merkwürdig, oder? Zwar glaube ich nicht, dass ich da irgendwas machen kann, außer mit ihm zu reden, aber ich finde es richtig scheiße, ihn als Nachbarn zu haben.«

»Ja, reden, klar.« Markus sah mich aufmunternd an. »Und Grenzen setzen. Ich drücke dir echt die Daumen!«

»Ich auch!«, bestätigte Evi nickend.

Nach einem leckeren Essen und fröhlichen Abend radelte ich etwas beschwipst nach Hause und war froh, noch eine SMS von Emilie aus ihrer WG bekommen zu haben. Sie schlief anscheinend nicht in der Hängematte.

Kapitel 6

Natürlich war Lars am Samstag schon nebenan zugange, obschon ich wirklich früh – um neun – meine Pforte aufschloss. Er mähte seinen Rasen. Jetzt schon. Woher hatte er denn all die Gartengeräte? Alle von seinem Vater? Ich versuchte eine ganze Weile, Lars zu ignorieren, doch es gelang mir nicht und es war auf Dauer sowieso keine Lösung. Es half alles nichts. Statt mich darüber aufzuregen, dass er andauernd da war, musste ich das Gespräch suchen. Ich wartete eine Mähpause ab, ging hinüber und rief seinen Namen. Er trug kniehohe Gummistiefel, obwohl es seit zwei Wochen nicht geregnet hatte und das Gras gerade mal knöchelhoch stand. Er hatte meinen irritierten Blick bemerkt: »Inzwischen gibt es bei uns die gefährlichen Zecken. Ich will da vorsichtig sein.« Ein Lächeln breitete sich auf seinem Gesicht aus. »Wie schön, dass du rüberkommst! Ich habe Pflücksalat für dich, wenn du magst. Hab ich gestern gekauft, Biopflänzchen. Mindestens drei habe ich über!«

Ich fühlte mich schlecht, als ich bemerkte, wie er sich krampfhaft an seinem Mäher festhielt und mich ansah wie ein waidwundes Reh, tapfer lächelnd.

»Lars.«

»Ja, Maren?«

»Können wir reden?«

»Na klar, gerne! Ich hab Kaffee! Und Zimtschnecken! Und Gartenstühle! Von Werner! Auf der Terrasse!« Er sprach mit lauter Ausrufezeichen, bemüht, fröhlich zu wirken. Es kam mir vor, als hätte er auf diesen Moment gewartet, sich regelrecht darauf vorbereitet.

Sogar ganz hübsche blau-weiß gestreifte Stuhlkissen hatte er, passend zum kleinen weißen Bistrotisch.

Ich setzte mich auf die Stuhlkante und ließ mir Kaffee einschenken. Natürlich hatte er, wie ich es mochte, schon vorher einen ordentlichen Schwung Hafermilch in meinen Becher gegeben. Als ich den ersten Schluck nahm, merkte ich, dass meine Hände den Becher wie ein Schraubstock umkrallten und zwang mich, sie zu lockern, bevor ich fragte:

»Warum hast du diesen Garten? Also, warum hast du überhaupt einen Garten, und warum dann ausgerechnet neben mir?«

»Maren«, begann er, räusperte sich und machte die Merkelraute, während er mir gegenüber Platz nahm. »Ich glaube, ich habe dich in den letzten Jahren vernachlässigt. Das tut mir unendlich leid. Ich habe zu wenig Rücksicht auf deine Bedürfnisse genommen, dich nicht ernstgenommen. Die Sache mit dem Garten: Obwohl du es mir gesagt hast, immer wieder, habe ich nicht verstanden, vielleicht nicht verstehen wollen, wie wichtig so ein Stück Grün für dich ist. Ich will dich verstehen. Lernen. Kapieren, was dich interessiert.«

»Lars«, begann ich und in mir zog sich alles zusammen, doch er unterbrach mich.

»Nein, warte, ich will, dass alles wieder gut ist. Und ich fange schon an, zu verstehen, warum du das hier alles magst. Es ist … schön? Die Vögel zwitschern. Die Luft ist mild. Haha, ja, das hat was!«

Er konnte mir eigentlich nur leidtun, aber ich merkte, wie sich mein Puls beschleunigte. Wieso fing er JETZT damit an? Das wollte ich wirklich wissen. »Echt jetzt? Sag mal, Lars, jetzt kann ICH DICH echt nicht mehr ernstnehmen! All die Jahre hast du keinerlei Versuch unternommen, nix hast du gemacht, gar nichts, und jetzt willst du mich plötzlich verstehen? JETZT? Wo alles zu spät ist? Ich habe gekämpft, die ganze Zeit, ich wollte mit dir sogar zur Paartherapie, du hieltest das nicht für notwendig, du warst immer nur mit dir beschäftigt, ich habe mich zum Glück weiterentwickelt und du wolltest nicht mit!«

Er hob an, sich zu verteidigen, aber dazu ließ ich es nicht kommen.

»Es ist zu spät!«, wurde ich laut. »Ich möchte nicht mehr, dass du mich verstehst. Es ist vorbei, aus und für immer. Kapier das doch endlich! Unterschreib endlich die Scheidungspapiere! Und tu mir den Gefallen, wenn dir jetzt wirklich aus irgendwelchen Gründen das Draußensein gefällt, such dir anderswo einen Garten!«

Ich stand auf, kippte den Kaffee auf den Boden und wollte gerade losstapfen, da hielt er mich zurück: »Ich verstehe ja, dass du sauer bist. Aber ist späte Einsicht nicht besser als gar keine? Lass es uns wenigstens versuchen, nebeneinander, bitte. Ulf meinte erst gestern bei der Probe, er hätte jetzt fast alle Gärten vergeben. Ich glaube nicht, dass ich noch einen anderen haben kann.«

»Bei der Probe? Der Vereinsvorsitzende ist in deinem Orchester? Aha! Daher weht der Wind! Das darf doch wohl nicht wahr sein!« Ich stieß den Stuhl so heftig zur Seite, dass er umfiel, und rauschte aus dem Garten in Richtung Vereinsheim. Als ich fast dort war, sah ich zu meinem Glück, wie Ulf gerade mit jemandem hineinging.

»Heute ist keine Sprechstunde! Die ist erst wieder am Montag!« Ein junger Mann stellte sich mir in den Weg und versuchte, mich daran zu hindern, das Vereinsheim zu stürmen.

Mit den Worten: »Ist mir egal, ich muss mit Ulf sprechen. Jetzt.« schob ich den verdutzten Langhaarigen zur Seite und marschierte hinein. Anscheinend war Ulf mit einem potenziellen Kunden im Gespräch, dem er den großen Saal für eine Feier vermieten wollte, denn er pries gerade die Musikanlage an.

»Also, die hat ordentlich Wumms, da könnt ihr es richtig krachen lassen … hallo? Ich bin gerade im Gespräch! Komm bitte in die Sprechstunde am Montag!«

Ich sah wohl noch nicht verärgert genug aus, also fauchte ich den armen Miet-Interessenten an: »Entschuldigung, ich muss was klären – Ulf, in Ihr Büro.«

Dass er mir gehorchte, konnte ich mir nur damit erklären, dass er ein schlechtes Gewissen hatte. Warum sonst sollte er mir seufzend folgen, seinen Gast um »Eine Minute« bitten und sein Büro aufschließen?

Er bot mir den Platz vor seinem mit Ordnern und Papieren überladenen Schreibtisch an und setzte sich dahinter.

»Wieso haben Sie meinem Ex-Mann den Garten neben mir gegeben?«

»Wir duzen uns hier alle, nech. Und nich so hastig. Immer eins nach dem anderen.«

Er hörte sich an wie ein Hamburger Urgestein und sah auch noch aus wie ein Seebär, mit dem grauen Rauschebart und der Helmut-Schmidt-Gedächtnismütze.

»Wieso hast du meinem Ex-Mann Lars ausgerechnet den Garten direkt neben meinem gegeben?«

»Ach, min Deern.« Als wären Bart und Kopfbedeckung nicht schon Klischee genug, begann er sich eine Pfeife zu stopfen. »Wenn ich immer vorher gucken müsste, wer mit wem kann und wer nicht, dann hätte ich viel zu tun.«

»Du musstest nicht groß gucken. Lars hat dich bestimmt eingeweiht. Hast du nicht etwas anderes für ihn?«

Er guckte mich belustigt an. »Er hat doch schon 'ne Menge gemacht, die Laube ausgeräumt und allerhand. Da geht er bestimmt nicht so gern woandershin.«

»Er interessiert sich null Komma null für einen Garten! Er will mir nur auf die Nerven gehen!«

»Nein, ganz bestimmt nicht.« Er lehnte sich mit seiner Pfeife über den Tisch. Eigentlich mochte ich den Geruch von frisch angezündetem Tabak ganz gerne, den ersten Qualm, den Duft nach Pflaumenmus und Rosinen, schwer und süß, aber ich wusste, dass mir der Rauch sehr bald zu viel werden würde. »Er bereut das, wenn ich ihn richtig verstanden hab, gib ihm doch eine Schangse! Also, wenn jemand um mich so kämpfen würde, ich würde mich …«

An der Stelle musste ich ihn unterbrechen: »Es geht aber nicht um dich! Ich finde eure Männerkuppelei ätzend und kämpfen hätte er mal vor drei Jahren sollen, jetzt ist nichts mehr mit kämpfen!« Ich holte tief Luft und atmete ganz lange aus. »Wenn du für ihn nichts anderes hast, dann vielleicht für mich?«

Als hätte er die Frage schon erwartet, griff er mit seiner freien Hand nach einem der Ordner und zeigte auf den Lageplan. »Hier, am Wald ist noch ein schönes Stück. Zwar ohne Laube, aber sogar etwas größer als dein jetziges.«

»Das kenne ich, da ist den ganzen Tag Schatten! Und ohne Laube! Gib das doch Lars!«

»Mönsch, Maren, wir sind doch erwachsen! Das kriegt ihr doch hin, ihr zwei. Sonst sitzt auf der zweihundertsiebenundsechzig auch Monika, die hat das studiert, die könnt ihr auch mal fragen.«

Ich war irritiert. »Was hat sie studiert? Anderen auf den Sack gehen?«

Ulf lachte. »Hier, so Psychologie und so was.«

»Das habe ich auch. Und trotzdem will ich meine Ruhe in meinem Garten!«

»Tja, tut mir leid, ich kann da nichts weiter tun. Und jetzt muss ich wieder zu Knut.« Er war aufgestanden, die Pfeife noch in der Hand, und lehnte sich kumpelhaft zu mir: »Vierzig Jahre verheiratet sind Knut und Sabine. Wollen sie hier in unserem Vereinsheim feiern. Überleg doch mal.«

Hatte er wirklich erwartet, dass ich jetzt sagte: »Ach Mensch, hast ja recht, wir lassen das mit der Scheidung. Wenn Knut und Bine so lange durchgehalten haben, sollte das für uns ein Leichtes sein!«? Stattdessen schnaubte ich nur, stürmte aus dem Büro und bremste kurz vor einem Mann ab, den ich hier in der Kleingartenkolonie nicht erwartet hätte, denn er trug einen eleganten grauen Anzug und blitzblank gewienerte braune Halbschuhe.

»Ist Ulf da?«, fragte er, und ich zeigte nur nickend Richtung Saal.

»Verkaufsgespräche«, ließ ich ihn wissen und wunderte mich noch darüber, dass ich trotz meiner Rage seine Wangengrübchen wahrnahm.

Kapitel 7

Emilies Treffen mit Xenia war solch eine Katastrophe gewesen, dass ich in meiner Ratlosigkeit kurz davor war, Lars anzurufen, obschon ich mir nichts davon versprach. Es regnete in Strömen, deshalb wollte ich nach der Arbeit nicht in den Garten und auch meine Tochter hatte ihre Hängematte kurzfristig gegen mein Sofa eingetauscht. »Wie kann man sagen, dass man jemanden liebt und dass man ihn, beziehungsweise sie, deshalb gehen lassen will? Man will doch zusammen sein, wenn man sich liebt!«

»If You Love Somebody, Set Them Free«, fiel mir ein und »Lieben heißt loslassen können« und all diese Sprüche, die meiner Tochter überhaupt nichts genützt hätten. Zu dieser Situation passte eher mein Abimotto: »Denn grau ist alle Theorie und grün des Lebens güld'ner Baum.«

Ich fand, dass sie die Lage nicht sofort radikal akzeptieren musste; sie konnte schon versuchen, sich noch einmal mit Xenia auseinanderzusetzen und nach den genaueren Beweggründen für die Trennung und die damit verbundene Ablehnung zu fragen. Während ich ihre Lieblingssüßigkeiten vor ihr auf dem Couchtisch auftürmte, fragte ich: »Hast du ihr erklärt, dass du auch ohne sie genau das machen würdest, was du jetzt machst?«

»Jaaaa.« Sie heulte schon wieder los. Schrecklich, so ein Liebeskummer.

Was ich konnte, um ihr Leiden erträglicher zu machen, tat ich: Ich kochte Grießbrei mit Zimt und Zucker, von dem sie allerdings nur zwei Löffel aß, nahm sie in den Arm und bedauerte sie. Von Lösungsvorschlägen sah ich ab, die hätten sie nur genervt.

* * *

Es regnete die ganze restliche Woche und ich ärgerte mich, dass ich noch keine Regentonne im Garten hatte. Die von den Vorbesitzern hatte ein Loch gehabt und war schon auf dem Recyclinghof.

Emilies Urlaub musste allmählich vorbei sein, aber sie war immer noch sehr schlecht drauf. Selbst zu einem Regenspaziergang konnte ich sie die ganze Woche lang nicht überreden, dabei hätte ihr etwas Bewegung sicherlich gutgetan. Ein bisschen genoss ich bei aller Sorge aber auch, dass meine Tochter da war, wenn ich von der Arbeit nach Hause kam; auch, dass ich für uns beide kochen konnte, wobei ich mich natürlich ebenso gefreut hätte, wenn sie sich mal an den Herd gestellt hätte, aber das würde noch kommen. Immerhin aß sie mit der Zeit etwas mehr.

Ich nutzte die Abende, um im Internet nach schnell wachsenden Pflanzen zu googeln, zu recherchieren, wer meine beiden Obstbäume schneiden konnte, und mir Saatgut von insektenfreundlichen Wildpflanzen zu bestellen.

Am Samstagabend saß ich mal wieder mit einem Becher Ingwer-Zitronen-Honig-Tee vor dem Rechner, als Lars anrief. Emilie guckte im Wohnzimmer eine romantische französische Komödie, von der ich ihr wohl nicht deutlich genug abgeraten hatte. In französischen Komödien kam es ja bekanntermaßen leider öfter vor, dass sie sich am Ende nicht kriegten, im Gegensatz zu amerikanischen.

Ich wollte eigentlich überhaupt nicht mit Lars sprechen, machte mir aber leise Hoffnung, dass er wegen des Dauerregens vielleicht doch keine Lust auf Garten mehr hatte und mir das schon einmal mitteilen wollte.

Aber nein. Es war so typisch Lars! Er hatte eine Nachricht von Emilie bekommen, dass es ihr schlecht ging und wollte sich bei mir erkundigen, was los war. »Kannst du das deine Tochter nicht selbst fragen? Sie öffnet sich dir und dann rufst du mich an? Oh Mann!«

»Na ja, ich will sie ja nicht stören, wenn es ihr nicht gut geht, und da dachte ich …«

»Wenn du sie nicht stören sollst, schreibt sie dir wohl kaum. Ruf sie jetzt sofort an!«

Wieso musste ich meinem erwachsenen, designierten Ex-Mann immer noch erklären, wie Familie funktionierte? Er dankte mir für meinen Rat, erzählte mir noch, dass er die Regentage nutzte, um seine Laube innen zu renovieren, versprach auf meine Frage hin, dass sich seine Anwältin bald bei mir melden werde, und wir legten auf. Jetzt brauchte ich Schokolade, zum Glück hatte ich wegen Emilie einige köstliche Sorten zu Hause und entschied mich für Schoki mit Spaghetti-Eis-Füllung.

* * *

Montag hielt ich es nicht mehr aus. Ich fuhr nach der Arbeit auf dem Weg zum Garten am Baumarkt vorbei, kaufte mir Regentonne und Gummistiefel und parkte auf dem Vereinsparkplatz. Bevor ich im strömenden Regen tapfer in Richtung meiner Parzelle einhundertzweiunddreißig marschierte, wettete ich mit mir selbst, dass mein Ex bestimmt schon da sein würde, und hoffte, dass ich diese Wette verlieren würde.

In seiner Laube brannte Licht. Natürlich. Seufzend schloss ich meine Gartenpforte auf. Selbst diese Information war mir zu viel, warum musste ich das überhaupt sehen? Sollte ich vielleicht erst einmal jede Menge Stangenbohnen als Sichtschutz wachsen lassen? Die wurden ja wirklich sehr schnell sehr hoch, hatte ich von meiner Internetrecherche in Erinnerung. Ich musste mich da noch mal genauer informieren.

Ich platzierte die Regentonne vor der Laube und blickte zu meinem Pflaumen- und Apfelbaum. Im Internet hatte ich eine Person gefunden, die Obstbäume schnitt, allerdings mit nur wenigen Bewertungen. Als ich mir die Bäume so ansah, überlegte ich, ob ich nicht doch lieber erst einmal im Verein nachfragen sollte. Vielleicht gab es da jemanden, der hier alle Bäume schnitt und von dem man wusste, dass er es gut machte.

»Es ist leider zu spät für einen richtigen Schnitt. Aber ein kleiner Formschnitt geht noch. Die toten Äste raus und so. Also, wenn es nicht mehr regnet!« Ein Mann in Gummistiefeln und gelbem Regenmantel mit großer Kapuze stand am Zaun, nickte in meine Richtung und zeigte auf die Bäume. Irgendetwas an dem Mann zog mich an und machte, dass ich mich ihm zuwandte. »Oh ja, darüber denke ich gerade nach – kennen Sie, Entschuldigung, kennst du jemanden, der das macht?«, fragte ich.

Er lachte. »Ich mache das immer selbst bei meinen Bäumen. Ich kann dir zeigen, worauf du achten musst.«

»Das ist toll, leider habe ich arge Höhenangst, bitte niemandem verraten, denn eigentlich bin ich ja Verhaltenstherapeutin für genau solche Ängste, es ist auch schon viel besser geworden, aber in einem Baum herumklettern, das ist für mich schon sehr beängstigend. Was ich natürlich überwinden muss, das ist mir schon klar. Werde ich auch, davon bin ich überzeugt.« Was war in mich gefahren, einen völlig Fremden so zuzutexten mit Sachen, ja Problemen, die wirklich niemanden etwas angingen?

»Oh, Ängste sind eine schlimme Sache. Ich kenne das von meiner Schwester. Das tut mir leid. Ich kann aber auch deine Bäume schneiden, und du guckst zu. Wenn du möchtest.«

Weil er immer noch vor der Pforte stand, bat ich ihn herein und wir stellten uns auf den überdachten Teil meiner Terrasse. Als er seine Kapuze herunterzog, sah ich die Wangengrübchen. Er war der Anzugmann und er hatte einen Namen: »Hallo, ich bin Tammaro. Du bist neu hier, ne?«

»Maren, ja.« Ein Gefühl, das ich von vor sehr langer Zeit kannte, wuselte durch meinen Magen und machte, dass mir fast ein bisschen schwindelig wurde und ich mir sehr heiser vorkam. Zum Glück sprach er, lächelnd, mit besonnener Stimme: »Ich wohne in dem Haus am Parkplatz am Eingang zur Gartenkolonie. Ich bin ein sogenannter Festbewohner. Aber ich kenne hier viele Leute und helfe gern oder leihe mir auch manchmal Geräte von euch aus. Ich hab nämlich selbst einen großen Garten.«

»Oh, okay.« Tammaro, war das italienisch? Dazu passte sein schwarzer Strubbelkopf. Aber es konnte mir ja auch egal sein. Und weil er das bestimmt andauernd gefragt wurde, würde ich den Teufel tun und ihm dieselbe Frage stellen, sondern lieber zu Hause googeln. Oder auch nicht, schließlich war es wirklich egal. Meine Gedanken wirbelten durcheinander, mein Gott, wann hatte mich zuletzt jemand so verwirrt?

»Also, wenn du möchtest, helfe ich dir gern mit den Bäumen. Du weißt ja jetzt, wo du mich findest. Maren.« Sein Lächeln konnte man nur als süß bezeichnen, obschon das eigentlich kein Maßstab war, mit dem ich Männer … egal. Ich hatte heute eindeutig zu wenig gegessen.

»Danke, ja, ich komme bestimmt darauf zurück.«

Als ich Tammaro zur Pforte begleitete, sah ich nebenan einen Schatten in die Laube huschen.

Kapitel 8

Ein paar Tage später war die Regenzeit endlich vorbei und ich konnte es kaum erwarten, weiter in meinem Garten zu werkeln. Und natürlich war der Erste, der mir begegnete, Lars. Er hatte ein hellblaues Hemd an, ein neues Hemd, das fiel mir sofort auf, das sehr gut zu seinen Augen passte. Auch der Dreitagebart stand Lars gut, bemerkte ich, als er mir mal wieder ein Geschenk herüberreichen wollte. Weil Freitag war, hatte ich etwas früher Schluss machen können – er anscheinend leider auch. »Goldlack. Du magst doch gelbe Blumen gerne! Das ist eine ganz alte Sorte, ich hab die Samen über eine Tauschbörse im Internet erstanden.« Er lächelte und obwohl ich eigentlich ja sehr genervt war von meinem Ex-Mann, konnte ich nicht anders, als kurz zurückzulächeln. Immerhin hatten wir eine gemeinsame Geschichte, eine tolle Tochter und ich hatte ihn einmal geliebt, sagte ich mir.

Und außerdem wollte ich diese Goldlacksamen. Unbedingt.

»Danke, das ist lieb! Nehme ich gerne.« Ich schnappte das Päckchen und verkroch mich schnell hinter meine Laube, um sie direkt im sonnigen Hang, weit entfernt vom Nachbargrundstück, einzusäen. Lars sollte sich bloß nichts einbilden.

Emilie schien es etwas besser zu gehen, sie hatte jetzt schon zwei Nächte wieder in ihrer WG verbracht, war wieder bei der Arbeit und klang am Telefon nicht mehr ganz so niedergeschlagen. Hoffentlich hielt diese Phase etwas länger an. Als ich ihr sagte, dass ich mich über ihre bessere Stimmung freute, erzählte sie, Xenia habe ihr eine WhatsApp-Nachricht geschrieben und ihr einen schönen Tag gewünscht. Ogottogott, dachte ich, hoffentlich wird das jetzt nicht so eine On-off-Geschichte. Warum ließ diese Frau sie nicht einfach in Ruhe? Wahrscheinlich war sie jetzt doch ungehalten darüber, dass Emmy ihr nicht hinterherlief wie ein Entenküken seiner Mutter.

»Triffst du dich denn auch mal mit Jenna oder Fee?«, erkundigte ich mich betont beiläufig bei meiner Tochter, weil ich hoffte, dass sie ihre Zeit wieder mehr ihren alten Freundinnen widmete. Ich konnte Emilies Augenrollen förmlich durch das Telefon hören. »Mama … ich muss dann jetzt auch wieder. Tschüssi!« Sie ließ mich darüber im Unklaren, was genau sie jetzt wieder musste.

Ich hatte im Internet gelesen, dass die Zeit, Obstbäume zu schneiden, hier endgültig vorbei war, hoffte aber, dass Tammaro (oder der Wangengrübchenmann, wie ich ihn heimlich nannte) vielleicht doch noch einen Trick auf Lager hatte. Also hatte ich nach einigem Hin-und-her-Überlegen (*Ich kann doch keinen wildfremden Mann einfach bitten, mir zu helfen, selbst wenn er es mir angeboten hat.* Doch, siehe zweiter Teil des Satzes. *Verpflichtet mich das zu irgendwas?* Hä? Wozu denn? Was hab ich denn für Gedanken … *Wie kann ich mich revanchieren?* Das kann ich ihn ja dann fragen) beschlossen, nachher kurz bei ihm vorbeizugehen. Für meine Patienten zog ich mich immer gut an, heute trug ich außerdem meine Lieblingsohrringe mit den grünen Turmalinen, die ich mir während einer Traumaweiterbildung in Wien selbst gekauft hatte, und hatte passenden Lidschatten aufgetragen.

Es war noch hell, als ich die Gartenpforte öffnete und den Kiesweg zu Tammaros Haus entlangstapfte. Lieber wäre mir gewesen, ich hätte ihn noch einmal zufällig getroffen, aber weil das nicht passiert war, würde ich nun vorbeigehen. Wenn ich doch nur seine Telefonnummer gehabt hätte! Ein Blöckchen und einen Stift hatte ich dabei, um ihm eine Nachricht dalassen zu können, falls er nicht zu Hause war. Wie um mich zu unterstützen, kam eine rot-weiß gestreifte Katze, die auf einer Bank vor dem Haus gelegen hatte, maunzend auf mich zu und strich mir um die Beine. »Wer bist du denn, du hübsches Tierchen?«, fragte ich sie, während ich sie streichelte, was sie sichtlich genoss. Dann weckte ein Vogel ihre Aufmerksamkeit und sie lief eilig davon. Ich schlenderte weiter in Richtung Haus. Kurz vor seiner Tür verließ mich der Mut und ich dachte: Die Bäume kann man bestimmt auch nächstes Jahr noch schneiden, ich kenne den ja gar nicht, ich kann den doch nicht bitten.

Da ging die Tür auf und Tammaro lächelte mich an: »Hey, Maren, welch eine Überraschung! Ich hab dich schon durchs Fenster gesehen, wie du mit Kollege gekuschelt hast, komm rein!«

Ein wenig überrumpelt, platzte ich direkt raus: »Hallo, oh, Kollege heißt die Katze? Also, der Kater? Toller Name! Deiner?« Er nickte und sah mich fragend an, weshalb ich mich beeilte, fortzufahren. »Also, ich wollte nur kurz fragen, weil man ja die Bäume nicht ewig schneiden kann, hab ich gelesen, und ich würde gern auf dein Angebot zurückkommen, kannst du vielleicht am Wochenende, also Samstag, morgen?« Etwas verlegen von meinem Wortschwall schloss ich wie in Zeitlupe den Mund, aber Tammaro nickte nur nachdenklich.

»Ja, also, tatsächlich ist es wirklich zu spät für einen richtigen Baumschnitt, aber ich will mir die Bäume gerne noch mal genauer ansehen, vielleicht wäre ja ein kleiner Formschnitt machbar. Leider ist morgen allerdings schlecht, ich verreise übers Wochenende, aber vielleicht Montag? Komm doch erst mal rein, ich habe gebacken, vielleicht möchtest du einen Tee mit mir trinken.«

Er verreiste. Doch bestimmt nicht alleine. Er hatte gebacken. Für sich und …? Was machte ich hier eigentlich? Vehement schüttelte ich den Kopf.

»Oh, ich kann gar nicht so lange, ich wollte das nur kurz gefragt haben, Montag ist super!« Der Versuch, im Kopf meine Montagstermine abzuklappern, misslang und ich entschied, dass ich einfach Zeit haben würde. Und wenn ich dafür eine Patientin verschieben musste! Ich erschrak über mich. Hatte ich das jetzt ernsthaft gedacht?

»Na prima, dann Montag. Es sollte noch hell sein, natürlich. Gegen halb fünf, fünf?«

Frau Meckenroth, eine neue Patientin, die eigentlich um vier hatte kommen wollen, hatte abgesagt, erinnerte ich mich erleichtert. Ich konnte also so früh im Garten sein. »Super, das passt gut!«, ließ ich ihn wissen, sah zu, dass ich mich auf den Weg in meinen Garten machte und ärgerte mich unterwegs über meine Unsicherheit.

* * *

Während ich versuchte, ein hölzernes Hochbeet zusammenzubauen, ertappte ich mich dabei, dass ich mir immer wieder seine Augen in Erinnerung rief, die, obwohl sie tiefbraun waren, hellwach und fröhlich blitzten und von einer Menge Lachfalten eingerahmt wurden. Er sah aus wie jemand, der voller Tatendrang steckte. Und er hatte einen Kater! Wie grundsympathisch.

Eines der Bretter hatte sich verzogen, es passte partout nicht in die eigentlich dafür vorgesehene Nut. Infernalische Verwünschungen ausstoßend versuchte ich es immer und immer wieder – erfolglos.

»Kann ich dir helfen?«

Mist! Ich hatte zu laut geflucht. Ganz versunken in mein Projekt hatte ich nicht bedacht, dass man zwar nicht durch die Hecke gucken, wohl aber sehr gut hindurch*hören* konnte. Lars wartete meine Antwort gar nicht erst ab, sondern stand unvermittelt in meinem Garten, noch dazu mitten im Kräuterbeet.

»Raus da! Du zertrampelst mir ja alles!«, fuhr ich ihn so heftig an, dass er aus dem Stand einen Satz nach oben und dann schnell zur Seite machte.

»Bitte entschuldige, das war keine Absicht. Ich hörte dein zartes Stimmchen und dachte, ich kann vielleicht helfen.« Er hatte das halbe Hochbeet schon entdeckt und stürzte sich darauf.

»Lars«, erklärte ich genervt, »würdest du bitte nicht einfach so in meinen Garten latschen? Auch wenn man über und durch das Gartentor sehen kann, wartet man doch, bis man hineingebeten wird. Bitte.«

Er runzelte die Stirn. »Wieso? Hast du etwas zu verbergen?«

Puh. Innerlich stöhnte ich auf. »Ja. Natürlich. Sehr viel sogar. Was meinst du genau? Meine Schlafmohnplantage? Oder die Schnapsbrennerei in der Laube?« Ich schüttelte den Kopf. »Es ist schlichtweg total unhöflich, einfach hier hereinzumarschieren!«

»Kapiert. Okay. Tut mir leid.« Er schien wirklich zerknirscht zu sein, stellte ich zufrieden fest. »Also, das kommt nicht wieder vor! Brauchst du denn nun Hilfe?«

Ich musste mir eingestehen, dass mir etwas Unterstützung tatsächlich sehr willkommen war, selbst wenn sie von Lars kam. Was nämlich eigentlich bedeutete, dass ich nicht viel erwarten konnte, schließlich hatte er zwei linke Hände und wenn es in unserem Haushalt etwas zu reparieren gegeben hatte, dann hatte er das selten hinbekommen, sofern er es denn überhaupt versucht hatte.

»Ja, guck mal, ich krieg das Brett da einfach nicht rein, die anderen gingen ganz leicht, aber dieses ist irgendwie verzogen. Hast du vielleicht einen Gummihammer?« Als ich erneut versuchte, das Brett mit Wucht in die Nut zu rammen, legte Lars mir die Hand auf den Arm und sagte besänftigend: »Nicht mit Gewalt, du weißt doch, ›Nach fest kommt ab‹! Auf keinen Fall machen wir das mit dem Gummihammer. Ich hole mal Seife.« Sprach's und verschwand nach drüben. Seife?

»Ja«, da war er bereits wieder neben mir und hatte inzwischen meine Gedanken gelesen, »damit es flutscht!« Er rieb nun sowohl das Brett als auch die dazugehörige Nut kräftig mit einem großen Stück der guten alten Fa-Seife ein und siehe da, er konnte es mit etwas Ruckeln tatsächlich hineinschieben.

Ich war fast ein bisschen beeindruckt. »Toll, danke! Woher hast du denn diesen Trick?«, fragte ich erfreut.

»Von meinem Vater natürlich. Genau wie die Seife. Ich hab damit eine Kommode in der Laube aufgebaut!« Er klang ein wenig stolz. Zu Recht, wie ich fand, schließlich hatte er während unserer Ehe nie etwas Derartiges hinbekommen.

»Hast du später noch etwas Zeit auf ein Glas Wein bei mir drüben? Ich würde gerne mit dir über Emmy sprechen.« Als er meinen perplexen Gesichtsausdruck sah, fügte er schnell hinzu: »Ich hab einen Radiator in der Laube. Wir werden nicht frieren. Bitte.«

Nichts war umsonst im Leben, dachte ich kurz, hätte ich mir doch nur nicht helfen lassen! Und auch wenn ich wirklich überrascht darüber war und zweifelte, woher dieser Sinneswandel bei ihm kam, begrüßte ich es doch, dass er sich endlich auch mal Gedanken um unsere Tochter machte.

»Okay, ich komme nachher. Jetzt mache ich erst einmal mit dem Hochbeet weiter.« Sofort schien er mir wieder Hilfe anbieten zu wollen, weshalb ich ihn direkt wissen ließ: »Ich schaffe das jetzt alleine. Vielen Dank für deine Hilfe!«

Kapitel 9

Er musste diesen Abend von langer Hand geplant haben, denn als ich später bei ihm vorbeischaute, stellte ich fest, dass er nicht nur meinen Lieblingscamembert besorgt hatte, sondern auch noch eine gute Flasche Rotwein und das Baguette von »unserem« Bäcker. In der Laube war es tatsächlich angenehm warm, was zum Teil bestimmt auch an den unzähligen Kerzen lag, die er auf dem Tisch, dem Regal und dem Sideboard arrangiert hatte. Ich holte tief Luft und ließ sie geräuschvoll wieder ausströmen: »Was soll das bedeuten? Lars, das hier ist kein Date. Wir wollen nur über Emmchen sprechen.«

»Aber das können wir doch auch in angenehmer Atmosphäre, oder? Wenn es dir aber lieber ist, können wir auch mit dicken Decken draußen auf der Terrasse sitzen. Falls es nicht regnet.« Er ging zum Fenster. »Ups, doch, tut es. Vielleicht ist es besser, wir bleiben hier. Baguette?«

Natürlich hatte ich noch nicht zu Abend gegessen, also griff ich dankend zu. Ich würde versuchen, das schnell hinter mich zu bringen und kam direkt zum Punkt. »Also, in den letzten Tagen ging es ihr wieder besser, hatte ich den Eindruck. Sie war wieder in der WG und bei der Arbeit«, begann ich und strich den fast flüssigen Käse – er war genau so, wie ich ihn am liebsten mochte – auf ein großes Stück Brot. Als Lars uns Wein in hübsch geschliffene Gläser einschenkte, vermied ich es, mich dazu zu äußern. Sollte er doch plötzlich Geschmack bekommen haben? Egal.

Lars nahm sich nun ebenfalls ein Stück Baguette. »Tja, die Beziehung ist das eine, aber was sie jobmäßig aus ihrem Leben macht, ist das andere. Sie muss ihre Erfahrungen machen mit Xenia und anderen Frauen, das können wir ihr nicht abnehmen. Aber uns darum bemühen, dass sie ihr Talent nicht verschwendet, das sollten wir schon. Ich weiß, dass sie ihren Job als Fitnesstrainerin liebt, und das ist ja auch wunderbar, aber gleichzeitig wird sie das nicht ewig machen können und dann sitzt sie da, ohne ordentliche Ausbildung.«

Es war gefühlt für mich sehr lange her, dass ich Lars solch vernünftige und verständnisvolle Gedanken aussprechen hörte, und ich traute dem Braten nicht, stieg aber in das Thema ein. »Sie sagt, sie will Personal Trainerin werden, damit kann sie mehr verdienen als nur mit Kursen. Und wer weiß, vielleicht gibt es ja auch noch andere Berufe, die sie mit ihrer Ausbildung machen kann, Sportlehrerin zum Beispiel.« Ich nahm einen Schluck Wein. »Der schmeckt mir sehr gut.«

Lars lächelte mich an. »Ich hab so sehr gehofft, dass du ihn magst!« Schon irgendwie süß, wie er sich anstrengte.

»Vielleicht sprichst du mal mit ihr. Letztendlich ist sie natürlich erwachsen und weiß, was sie will. Und dennoch ist es gut, wenn sie merkt, dass wir uns Gedanken um ihre Zukunft machen.« Und ich nicht die ganze Arbeit alleine übernehmen muss, fügte ich insgeheim hinzu.

Jetzt strahlte er und nickte: »Ja, denn das tun wir, du und ich. Uns ist ihre Zukunft nicht egal. Und das werde ich ihr sagen!«

Weil er kurz davor war, mit seinem Stuhl näher an meinen heranzurutschen, stand ich auf und guckte mich interessiert in seiner Laube um. Er hatte die Holzvertäfelung an den Wänden weiß gestrichen und einen robusten Sisalteppich ausgelegt, nur am Eingang gab es eine Art »Sauberlaufzone« mit einer großen alten Fußmatte. Ein Foto aus besseren Zeiten, als wir zu dritt im Toskanaurlaub gewesen waren, hing über dem Sofa. Sonst gab es – außer den Kerzen – nur praktische Gegenstände in der Laube, etwas Geschirr in einem Regal, die obligatorische Herdplatte, Werkzeug und verschiedene Polster und Kissen.

Lars folgte meinem Blick zu dem Bild. »Das war so schön in der Toskana, auch, weil in diesem Urlaub unsere Tochter ihr Handy im Museum vergessen hat. Erinnerst du dich?«

Natürlich erinnerte ich mich. Wir hatten in Bozen einen Zwischenstopp gemacht und Emilie hatte im Messner Mountain Museum jede Menge fotografiert und dann ihr Handy auf der Museumstoilette liegen lassen. Seltsamerweise war ihr das erst Stunden später aufgefallen, als wir Südtirol längst verlassen hatten und schon ziemlich weit unten in der Toskana an unserem Urlaubsziel angekommen waren. Lars hatte anderntags im Museum angerufen und tatsächlich hatte eine ehrliche Finderin das Telefon abgegeben. Wir entschieden uns – gegen Emilies Protest – es erst auf der Rückfahrt zwei Wochen später wieder einzusammeln. In solchen Belangen waren Lars und ich uns meist einig gewesen. Überhaupt waren Urlaube – abgesehen vom Reiseziel – mit Lars immer sehr entspannt gewesen, wir unternahmen gerne dieselben Dinge wie Wandern, Museumsbesuche und Essengehen und konnten gut auch mal getrennt voneinander etwas machen, wenn ich etwa am Strand lesen wollte und er sich für ein technisches Museum interessierte.

»Es war so angenehm, dass wir mit unserer Tochter sprechen konnten, ohne dass sie andauernd einen Bildschirm vorm Gesicht hatte, es war doch richtig entspannt!«

»Ja«, pflichtete ich ihm bei. »Und sie hat in den zwei Wochen drei Bücher gelesen! Über die wir dann auch diskutiert haben! Ich glaube, ihr hat das auch richtig gutgetan.«

Er grinste. »Du warst ein bisschen genervt, weil das gerade die Anfangsphase mit dieser Sarah war und sie ständig mit unseren Handys telefonieren wollte.«

»Puh, diese Sarah! Wir haben sie ja nur ›diese Sarah‹ genannt, Gott sei Dank ging das nicht lang. Gut, Emilie war ja auch erst fünfzehn …«

Wir redeten noch eine ganze Weile miteinander und erstaunlicherweise nervte er mich kaum. Ich spürte sogar etwas von unserer alten Vertrautheit bei mir aufkommen. Vielleicht war es ja doch nicht so furchtbar, dass wir jetzt Gartennachbarn waren. Erst spät machte ich mich auf den Heimweg und zum Abschied umarmten wir uns kurz und es war nicht unangenehm.

Es fühlte sich viel besser an, in Frieden neben Lars zu werkeln, als mich immerzu aufzuregen. Ich merkte schon am nächsten Tag, wie ich gelassener wurde. Wenn übermorgen Tammaro vorbeikommen würde und er direkt in den Baum klettern wollte, konnte ich mir sicherlich von Lars eine Leiter borgen. Er hatte sich Montagabend mit Emilie verabredet und ich freute mich, dass er sofort Nägel mit Köpfen machte und das Gespräch mit ihr nicht auf den Sankt-Nimmerleins-Tag verschoben hatte. Es schien ihm wirklich ernst zu sein.

Evi besuchte mich Samstag im Garten und Sonntag kam sogar Emilie und half mir, ein Staudenbeet anzulegen. Sie telefonierte anscheinend jetzt immer öfter mit Xenia und sie wollten sich bald noch mal treffen. Ich riet ihr, nicht zu viel Hoffnung in das Treffen zu legen, denn ich befürchtete nichts Gutes, obschon oder gerade weil Emilie wieder viel besser gelaunt war.

Kapitel 10

Der Montag war ein typischer Wochenanfang, die Internet- und Telefonanlage in der Praxis war aus irgendwelchen Gründen lahmgelegt und ein Patient, der sonst immer sehr zuverlässig war, kam einfach nicht. Ich erreichte ihn auf dem Handy und er entschuldigte sich; sein Hund war tags zuvor überfahren worden und er hatte darüber alles vergessen, was für mich natürlich verständlich war. Eine Krisenintervention brauchte er aber nicht, er wollte ein paar Tage bei Freunden auf dem Land verbringen. Es war gut, dass er nicht alleine war. Dafür waren die Patienten, die heute da waren, durch die Bank maulfaul und genervt. Ich fragte mich schon, ob vielleicht die Sterne komisch standen, auch wenn ich an so etwas eigentlich nicht glaubte. Als Herr Klempowsky um zwanzig vor vier noch ein vollkommen neues Thema aufmachte, nämlich, dass er das Gefühl hatte, dass seine Ex-Frau einen Privatdetektiv auf ihn angesetzt hatte, erlitt meine Professionalität einen Dämpfer und ich musste mich sehr zusammenreißen, ihn nicht unsanft abzubügeln, damit ich mich rechtzeitig auf den Weg zum Garten machen konnte.

Natürlich war der Gemeinschaftsparkplatz unseres Gartenvereins voll, sodass ich ein bisschen weiter weg parken musste. Auf keinen Fall wollte ich Tammaro warten lassen, also rannte ich mit wehenden Haaren zum Garten. Er stand an meinen Zaun gelehnt und telefonierte, in einer Hand hatte er eine Astschere. Als er mich kommen sah, bedeutete er mir mit der Schere, langsam zu machen und beendete das Gespräch.

»Hallo, Maren, schön, dich zu sehen!« Hatte er vor dem Wochenende auch schon diesen sonnengeküssten Teint gehabt, der ihm wirklich ausgezeichnet stand? Als wäre es das Normalste der Welt, legte er mir zur Begrüßung kurz die Hand auf den Rücken. Sein Aftershave war dezent und angenehm zitronig.

»Ich danke dir so sehr, dass du dir die Bäume anschaust! Entschuldige bitte, dass ich zu spät bin, heute war definitiv nicht mein Tag!«

»Du bist nicht zu spät. Es tut mir leid, dass du einen doofen Tag hattest, aber es ist schön, dass du jetzt hier bist! JETZT kannst du das Doofe vergessen und ganz hier sein.« Er sprach das gedehnte »oo« in Doofe schneller aus, dass es wie »Doffe« klang. Mir gefiel das.

Während ich das Gartentor aufschloss, stimmte ich ihm zu: »Ach ja, Achtsamkeit, ein Trendwort, aber es ist tatsächlich so wichtig, bei dem zu sein, was man gerade macht und nicht immer nur nach vorne oder in die Vergangenheit zu gucken. Da kommt man ja überhaupt nicht zur Ruhe. Das sage ich meinen Patienten auch immer.«

Wir gingen zu den Obstbäumen und ich folgte ihm, als Tammaro den Apfelbaum umkreiste, hier und da ein paar herunterhängende, morsche Zweige abknickte und mich anschließend wissen ließ: »Eigentlich sieht er ganz gut aus, er wurde nur lange nicht geschnitten, das müssen wir nächsten Winter nachholen. Jetzt würde ich nur das tote Holz rausholen.« Dann ging er nickend um den Pflaumenbaum herum. »Ja, hier ist es dasselbe. Also los! Hast du eine Leiter?«

Ich schüttelte den Kopf. »Leider nein, aber wir können uns nebenan bestimmt eine borgen.«

Er zeigte in Richtung Lars' Garten: »Du kennst deine Nachbarn schon? Das ist ja wunderbar!«

»Nein, nein, also, ja, das ist mein Ex-Mann, da nebenan, Lars.«

»Ah?«, machte Tammaro fragend, folgte mir aber ohne weitere Worte in Richtung Lars' Garten.

Der war gerade dabei, die Fenster seiner Laube zu putzen, wie wir von der Gartenpforte aus sehen konnten. Als er uns sah, hörte er auf und winkte uns, in den Garten zu kommen.

»Hey, Nachbar, darf ich vorstellen, Tammaro – Lars, Tammaro ist Festbewohner, vom Eingang am Parkplatz, kannst du mir deine Leiter borgen?«

Mein Ex-Mann-to-be musterte meinen Begleiter einen Tick zu lange, bevor er sagte: »Hallo, schön, dich kennenzulernen! Tammaro – ist das skandinavisch?«

»Nein, mein Vater war Italiener! Mit einem m wäre es hebräisch, die männliche Form von Tamara. Aber mich schreibt man mit zwei m.«

Lars guckte mich mit verstohlenem Augenrollen an, als wollte er sagen: Was für ein Klugscheißer! Immerhin sagte er nichts, sondern verschwand nur im Schuppen.

Ich zuckte vorsichtshalber entschuldigend mit den Schultern, falls Tammaro Lars' Blick gesehen hatte. Kurz darauf tauchte Lars mit einer ausziehbaren Leiter wieder auf. Während wir ihm die Leiter abnahmen, fragte er, wofür wir sie denn brauchten.

»Tammaro hilft mir, die Obstbäume zu schneiden.«

»Das ist viel zu spät! Außerdem kann ich dir da doch helfen!«

Einmal tief durchatmen, bevor du antwortest, ermahnte ich mich. Wo war der Frieden hin, den ich das Wochenende über in Lars' Gegenwart gespürt hatte? »Wir wissen, dass man das eigentlich viel früher macht. Und woher weißt ausgerechnet du so was? Es geht nur um Totholz, abgestorbene Äste und so.«

»Ja, die schneide ich dir selbstverständlich!«, rief Lars mehr, als er sprach, und erklärte dann an Tammaro gewandt: »Sie hat nämlich Höhenangst. Obwohl sie selbst Therapeutin ist! Psychotherapeutin.«

Ich war Tammaro sehr dankbar, dass er gar nicht darauf einging, sondern sich nur für die Leiter bedankte und versprach: »Ich mache das kurz und bringe die Leiter dann gleich wieder zurück.«

Weil mein Ex-Mann aussah, als wäre er drauf und dran, Tammaro die Leiter wieder abzunehmen, verabschiedete ich mich schnell: »Bis nachher, Lars. Viel Spaß beim Fensterputzen!«

»Soll ich mitkommen? Falls was ist?«

Ich war plötzlich sehr müde. »Was soll denn sein? Bis später.«

Dafür, dass er – wieder drüben – Lars mit keiner Silbe erwähnte, war ich Tammaro sehr, sehr dankbar. Er kletterte einfach flink in die Bäume, knipste ein paar Äste ab und rief: »Hast du eine Feuerschale? Dann kannst du die trocknen lassen und verbrennen.« Während ich das Holz aufsammelte, war mir, als ob ich Lars nebenan hinter der Hecke schnaufen hörte.

»Ich danke dir sehr!«, sagte ich, als wir fertig waren und bedeutete Tammaro, mit mir hinter die Laube zu kommen, wo Lars uns nicht hören konnte. »Lars ist ein bisschen seltsam, entschuldige bitte.«

»Du brauchst dich für deinen Mann nicht zu entschuldigen!«

»Ex-Mann«, stellte ich schnell richtig, bevor ich fortfuhr: »Alleine vom Zugucken ist mir ein wenig schwindelig geworden, wie du da über die Äste geturnt bist!«

Er lächelte. »Anfangs war ich auch immer sehr vorsichtig und ich bin auch nicht völlig frei von Höhenangst, aber inzwischen habe ich das so oft bei meinen eigenen Bäumen gemacht, dass ich Routine habe. Gerne schneide ich die Bäume im Februar noch mal richtig.«

Seine Stimme war besonders, besonders sanft und liebevoll, als er sagte: »Das sind gute Sorten, ich kannte deinen Vorgänger, den alten Klaus. Er war schon weit über neunzig, als er den Garten abgegeben hat. Sein Sohn, der junge Klaus, hatte kein Interesse daran, hat ihm aber immerhin ab und zu einen Gärtner bestellt. Ich durfte ihm nur manchmal helfen, saß aber an manchen Abenden mit ihm bei einem Glas Wein zusammen und er erzählte von früher. Und immer wieder habe ich Äpfel und Pflaumen bekommen, obwohl ich ja selbst auch welche habe. Aber es ist mir nicht gelungen, das Obst abzulehnen.«

»Na ja, du konntest davon ja auch wieder etwas abgeben. Oder?«, startete ich einen unbeholfenen Versuch, mich nach seiner Familiensituation zu erkundigen, was mir gründlich misslang.

Denn er antwortete: »Ja, klar, ich nehme oft selbst geerntetes Obst mit ins Büro.« Seine Lachfältchen und die Wangengrübchen gefielen mir wirklich ausgesprochen gut und ich überlegte, wie ich Tammaro noch etwas länger in meiner Nähe halten konnte, auch wenn es angefangen hatte, ein wenig zu nieseln.

Wir stellten uns unter das Laubendach und ich nahm meinen Mut zusammen: »Es ist ziemlich ungemütlich, ich mache uns einen Kaffee, was meinst du? Ich wollte sowieso endlich mal meinen Wasserkocher ausprobieren – einen Kasten Wasser und Kaffeepulver habe ich da.«

Vorsichtig schlug er vor: »Oder wir gehen irgendwohin, wo es warm ist. Zu dem Bäcker neben der Tankstelle, zum Beispiel? Der hat auch ein paar Tische.«

»Au ja!«, scherzte ich erleichtert, »das klingt richtig gemütlich! Das könnte auch der Titel eines romantischen Frauenromans sein: ›Die Bäckerei auf der Verkehrsinsel‹ oder ›Das kleine Café am Klärwerk‹. Dahin lade ich dich ein!«

Sein Lachen war ansteckend, und ich freute mich, wie jemand so erfrischend herzlich losprusten konnte. Während wir lachend Richtung Straße stapften, erfanden wir immer neue Buchtitel: »Die Buchhandlung im Industriegebiet« oder »Das zauberhafte Café am Schlachthof« oder »Die monströse Bäckerei an der A7«.

Schmunzelnd sagte er: »Das wäre eine super Kolumne für unser Gartenmagazin! Ausflugsziele!«

»Arbeitest du in dem Bereich?«, fragte ich neugierig.

»Ja, ich bin Onlineredakteur bei der *GartenFlora.* Und da wäre eine lustige Kolumne echt eine gute Sache! Haben wir bisher noch nicht.«

Das war ja der Hit! »Ich habe die abonniert!«, rief ich freudig aus. »Ich freue mich immer so, wenn die neue Ausgabe im Briefkasten liegt! Darf ich dich mal anfassen?«

Gespielt ehrfürchtig stupste ich ihn in den Arm, worauf er wieder herzhaft loslachte: »Hahaha, ja, ich mag die auch, bin jetzt schon vier Jahre da und wir sind ein tolles Team, es macht echt richtig Spaß. Und du? Psychotherapeutin? Ist das nicht hart, wenn es den Leuten so schlecht geht?«

Ich erzählte ihm, dass mir manche Schicksale wirklich sehr nahe gingen, ich im Laufe der Zeit aber auch die nötige Distanz zu meinen Patienten aufbauen und den meisten ja auch gut helfen konnte, was mich immer sehr glücklich machte. Tammaro war ein so interessierter und aufmerksamer Zuhörer, dass der Weg zur Bäckerei wie im Flug verging.

Leider hatte sie schon geschlossen, also stellten wir uns mit zwei dampfenden Bechern Tankstellenkaffee an einen der Stehtische im Tankshop und studierten die Titelseiten der ausliegenden Illustrierten.

»Bist du eher Team Bunte oder Team Gala?«

So eine Frage hatte ich nun überhaupt nicht erwartet, antwortete aber wie aus der Pistole geschossen: »Beide! Ich gucke mir die allerdings im Internet an. Manchmal steht auf der einen Seite etwas, was die andere noch nicht in Erfahrung bringen konnte.«

Schmunzelnd erklärte Tammaro: »Das war eine Fangfrage. Ich kenne beide nur aus dem Wartezimmer. Mich interessieren nur Gartenzeitschriften und seriöse Nachrichtenmagazine.« Er grinste.

»Haha, Wartezimmer, das ist doch geflunkert!«

Wir schwatzten noch eine ganze Weile und machten immer wieder Witze – ich erinnerte mich nicht, wann ich das letzte Mal so viel gelacht hatte.

Als wir uns verabschiedeten, war es schon nach zehn und wir hatten jeder zwei labberige Käsebrötchen und ein Bier intus. Bei meinem Auto angekommen, registrierte ich, dass Lars' Wagen auch noch auf dem Parkplatz stand.

»Das war schön heute!«, sagte Tammaro und drückte mich kurz an sich.

»Fand ich auch!«, erwiderte ich heiser und hoffte, dass er mein aufsässiges Herz nicht bemerkte. »Pass auf, dass du dich nicht verläufst!«, ermahnte ich ihn grinsend, während ich auf sein Haus auf der anderen Seite des Parkplatzes zeigte.

»Hahaha, es wird gehen, ich nehme mir ein Taxi. Wir sehen uns!« Tammaro hob die Hand zum Abschied und sein süßer Kater lief ihm entgegen, als er sich auf den Weg zu seinem Haus machte.

Ich schloss mein Auto auf, setzte mich hinein und holte erst einmal tief Luft, um mich ein bisschen zu beruhigen. Dann kurbelte ich die Scheibe herunter und ließ etwas kühle Luft herein. Was war das denn für ein durch und durch sympathischer Mensch? Er gefiel mir! Und wahrscheinlich fand er mich auch ganz nett, sonst hätte er doch nicht gesagt, dass es schön war, oder? Meine Güte, welche Gedanken machte ich mir eigentlich? Ich steckte mitten in einer Scheidung, solche Gefühle konnte ich gerade wirklich nicht gebrauchen!

Als ich das Auto anließ, bemerkte ich, dass in Tammaros Haus das Licht angegangen war. Er hätte doch bestimmt nicht so viel Zeit mit mir verbracht, wenn er verpartnert gewesen wäre, oder?

In dieser Nacht träumte ich vom kleinen Café am Klärwerk, das ich mit einem mysteriösen Mann führte, dessen Gesicht ich nicht erkennen konnte. Auch wenn es im Traum etwas streng roch, fühlte es sich gut an.

Kapitel 11

Mit dem Wecker am Dienstagmorgen fiel mir auf, dass Lars' Auto ja gar nicht mehr im Kleingartenverein hätte stehen dürfen, weil er doch mit Emilie verabredet gewesen war. Oder hatte sie ihn im Garten besucht?

Ich schrieb ihr eine kurze Nachricht:

> Hallo, mein Schatz, wie war's mit Papa? Hab einen guten Tag und sei feste gedrückt von mir, Ma.

Umgehend kam die Antwort:

> Pa hat abgesagt. Er fühlte sich nicht gut. Hörst du heute nach ihm? Kuss, E.

Abgesagt. Na toll. Wenn er jetzt nicht mindestens mit hohem Fieber im Bett lag, war ich echt sauer. Ich probierte mehrmals, ihn anzurufen, aber entweder war er schon bei der Arbeit oder er war tatsächlich krank, jedenfalls ging er nicht ans Telefon, weshalb ich um Rückruf bat.

* * *

Unsere Mittagspause verbrachten Evi und ich ab und zu gerne in einem schnuckeligen Feinkostgeschäft, das genau zwischen unseren beiden Psychotherapiepraxen lag. Es hatte nur sechs Sitzplätze und bot zwei Gerichte zum Mittagstisch an. Heute gab es Steinpilzravioli und einen kleinen Salat. Da wir früh dran waren, hatten wir Glück und bekamen noch einen Tisch. Der kleine Laden war vollgestopft mit Regalen voller Soßen-, Chutney- und Senfgläser, Käsespezialitäten, Brot und Brötchen, und von der Decke baumelten Salamis und Schinken. Die italienische Ladeninhaberin telefonierte anscheinend mit der Heimat, sie lachte und gestikulierte wild. Ihre Angestellte räumte flink gerade angekommene Ware ein und ständig schneiten Bekannte und Kunden herein, um einen schnellen Espresso am Tresen zu trinken oder etwas Mortadella und Salami einzukaufen.

»Hast du eigentlich ›Anatomie eines Falls‹ gesehen?«, fragte Evi, während sie ihren gemischten Salat sortierte. Weil sie am allerliebsten Tomaten mochte, hob sie sich diese immer bis zum Schluss auf. Und die Tomaten hier waren wirklich besonders aromatisch.

»Nein, den möchte ich noch sehen.« Die Steinpilzravioli waren himmlisch, ich nahm direkt noch einen Bissen.

»Ich hab ihn gestern mit Markus gesehen, richtig toll war der. Sandra Hüller ist umwerfend, es ist praktisch ein Kammerspiel, und dennoch total spannend. Also, absolute Empfehlung!«

Ich war an einem Detail hängen geblieben. »Ach, mit Markus? Wie schön! Wie war es?« Ich hätte mich echt gefreut, wenn meine beste Freundin und ihr guter Freund endlich zusammengekommen wären! Sie passten wirklich prima zueinander, verstanden sich gut, hatten ähnliche Interessen und ich wünschte es beiden.

Aber Evi guckte mich nur verständnislos an: »Hab ich doch gerade erzählt, tolle Schauspieler, packend, sehr guter Film …«

»Jaha, aber ich meine, ihr beide? Kino? Wart ihr danach noch was essen? Und trinken? Hat er dich nach Hause gebracht? Wann?«

Mit einem Schnalzgeräusch und anschließendem Stoßseufzer ließ Evi sich in die Rückenlehne des gemütlichen Sessels fallen. »Och nö, ne? Jetzt fang nicht wieder damit an! Ich war mit meinem guten, alten Freund im Kino. Punkt. Ja, danach waren wir noch auf ein Bier, und das war's. Hallo?«

Ein paar Krümel musste ich von der Tischplatte wischen, bevor ich mich auf meine Unterarme stützen und zu ihr hinüberlehnen konnte: »Merkst du wirklich nicht, wie hingerissen Markus von dir ist? Empfindest du wirklich nicht mehr für ihn? Er ist ein feiner Mensch und mag dich sehr, das sieht man. Hat er dir das nie gesagt?«

Evi beugte sich wieder vor. »Maren, lass gut sein.« Sie schien wirklich genervt. »Ich brauche niemanden und habe niemanden und will niemanden. Und vor allem nicht Markus. Was ist jetzt eigentlich mit Lars?« Sie schob ihren leeren Teller von sich und bestellte noch einen Espresso. Ich schloss mich an und blickte dann seufzend wieder zu Evi.

»Er hat wieder versagt. War mit Emmchen verabredet und hat abgesagt. Wahrscheinlich hatte er die Hosen voll vor einem Vater-Tochter-Gespräch, das muss man sich mal vorstellen. Gott, bin ich froh, dass ich den los bin! Ich hatte mir von ihm eine Leiter geliehen, weil ein Gartennachbar mir mit den Obstbäumen helfen wollte, was meinst du, was Lars da für einen Aufstand gemacht hat? Wie er den angeguckt hat und gleich sein Revier markiert … Dabei hat er überhaupt keine Rechte an mir! Hatte er noch nie! Es war mir echt peinlich vor Tammaro.«

Evi guckte erstaunt hoch: »Tammaro? Wer ist das? Erzähl! Was läuft da?«

Jetzt war ich diejenige, die im Kreuzverhör saß. »Wie, was läuft da? Mensch, Evi, wir sind doch keine sechzehn mehr!«

»Sehen aber noch so aus!«, meinte die Kellnerin, die eben fröhlich unsere Espressi auf den Tisch stellte und mir zuzwinkerte.

»Danke.« Ich lächelte zurück und fuhr dann an Evi gewandt fort: »Man duzt sich doch im Gartenverein und Tammaro hat mir seine Hilfe angeboten. Das ist alles. Und nachdem er die toten Äste aus den Bäumen entfernt hatte, hab ich ihn noch auf einen Kaffee eingeladen. Das war's.« Keine Ahnung, ob mein Versuch, möglichst gleichgültig zu klingen, gelang.

»Und wieso hat Larsi-Mausi dir nicht geholfen? Das hätte er bestimmt gerne gemacht!« Evi nahm mir mein Desinteresse offensichtlich nicht ab, dafür kannten wir uns einfach zu gut.

»Er kennt sich doch überhaupt nicht aus mit Pflanzen, geschweige denn mit Baumschnitt. Alles, was er weiß, hat er von Werner. Dieser Tammaro hat selbst einen großen Garten.«

»Warst du schon einmal in seinem Garten? Wenn ja, warum hast du mir das nicht erzählt?« Süffisant grinsend nahm Evi einen Schluck von ihrem Espresso.

Da hatte ich mich in was hineinmanövriert! Ich merkte, wie mir das Gespräch langsam zu viel wurde. Ich wollte die Begegnung nicht größer machen, als sie gewesen war, und bereute, dass ich überhaupt davon angefangen hatte. »Nein, ich war noch nicht da, er hat es mir erzählt«, log ich und versuchte wenig elegant, das Gespräch wieder von mir wegzulenken. »Ich an deiner Stelle würde mir das mit Markus noch mal überlegen. Ihm eine Chance geben.«

Evi schüttelte nur den Kopf. »Da gibt es nichts zu überlegen, meine Liebe, da muss doch das Gefühl stimmen, das weißt du doch. Ich kann das doch nicht herbeizaubern!«

Wenn Evi »meine Liebe« sagte, wurde es ernst; ich musste sie in Ruhe lassen.

Heute würden wir uns nicht mehr einig werden, deshalb mieden wir fortan diese heiklen Themen und unterhielten uns nur noch über Berufliches, bevor wir wieder zur Arbeit gingen – entschieden aber, uns bald wieder im Garten zu treffen.

* * *

Zwei Tage später rief ich Evi um die Mittagszeit aus der Praxis an. »Er sagt, es war der Zünsler im Buchs!« Mir war bewusst, dass sich meine Stimme überschlagen hatte, also versuchte ich es noch einmal ruhiger, was mir aber nicht so recht gelang. »Evi, der Zünsler! Aber da war kein Zünsler, jedenfalls nicht auf meiner Seite, und wenn er nicht auf meiner Seite war, dann bestimmt auch nicht auf seiner! So eine Raupe frisst einfach alles, die denkt doch nicht: ›Oh, das ist der Nachbargarten, da darf ich nicht rein‹. Der tickt doch nicht richtig! Komplett runtergesäbelt hat er die Hecke!«

Ich hörte Evi am anderen Ende der Leitung tief Luft holen.: »Maren, Süße, beruhige dich, ich kann leider nicht lange sprechen, ich habe gleich eine Patientin. Nur ganz kurz: Wer um alles in der Welt ist dieser Zünsel?«

Ich schnaubte. »Die Buchsbaumzünsler, diese Raupen, die haben doch in ganz Deutschland sämtliche Buchsbäume auf dem Gewissen! Und ausgerechnet bei uns, wo wir eine kerngesunde Buchsbaumhecke haben, wahrscheinlich die einzige Hecke im ganzen Land, die dieses Drecksvieh noch nicht zerstört hat, muss mein durchgeknallter Ex die dem Erdboden gleichmachen. Damit er mich besser kontrollieren kann. Ich muss den anzeigen!«

Emilie hatte mir vorher aus dem Garten ein Foto geschickt, auf dem zu sehen war, dass nichts mehr zwischen Lars und mir stand. Jedenfalls keine Hecke. Ich beziehungsweise er hatte freie Sicht auf das jeweilige Nachbargrundstück. Würde ich jemals wieder in Ruhe mit einer Tasse Kaffee auf meiner Terrasse sitzen können, ohne direkt von ihm gegrüßt, mit Hilfsangeboten belästigt oder mit doofen Fragen behelligt zu werden?

»Maren, wirklich, ja, das ist großer Mist, aber anzeigen, nein, das ist deine Wut, das bist nicht du. Lass uns später in Ruhe darüber sprechen. Du fährst doch bestimmt noch hin und guckst dir das selbst an, ruf mich dann einfach noch mal an. Ich habe um vier Feierabend. Oder warte – ich komme auch! Ja, lass uns das so machen, wir sehen uns nachher in deinem Garten.«

»Du bist ein Schatz, ich hab noch zwei Patientinnen und dann radele ich hin und vielleicht kannst du mich davon abhalten, ihn direkt umzubringen.«

Frau Meckenroth, die ich auf heute verschoben hatte, und die mit dem Gedanken spielte, sich aus ihrer zehnjährigen Partnerschaft zu lösen, riet ich vielleicht etwas zu dringend dazu, das jetzt aber auch wirklich wahr zu machen.

Kapitel 12

Evi hatte Frischkäsebagel mitgebracht und Rosinenbrötchen, wahrscheinlich um mich zu besänftigen, dazu tranken wir Tee. Wir saßen auf meinen Klappstühlen mit den orange-pinkfarbenen Blumenkissen und starrten auf Lars' Laube, die sich uns jetzt in aller Pracht offenbarte. Die frische Farbe – natürlich rostbraun – glänzte und um die Terrasse herum war alles, was wuchs, entweder stark beschnitten oder zusammengebunden. Der Rasen war wirklich ein Rasen und mein Ex-Mann hatte die Staudenbeete mit Teilen alter Autoreifen eingefasst.

»Ich fass es nicht. Wie hässlich! Wie aus der Zeit gefallen!«, kommentierte Evi, und ich wollte gar nicht nachfragen, was genau sie jetzt meinte. Die Plastikhochbeete in Pflastersteinoptik, die bunten Windmühlen oder die Solarleuchten, die als Riesenkröten daherkamen. »Hatte er schon immer so einen schlechten Geschmack? Das wäre mir doch aufgefallen!« wunderte sich meine Freundin, steckte sich noch ein Stück Rosinenbrötchen in den Mund und spülte es mit Tee hinunter.

»Ich fürchte, da ist auch eine Menge Werner dabei. Der hatte auch Gartenzwerge. Und Zwerginnen mit sehr viel Oberweite. In seinem Garten damals. Er fand das witzig.

Wenn er die jetzt bei Lars in den Garten stellt, schicke ich Alice Schwarzer vorbei.«

»Aber da muss Lars sich doch wehren!«

Ich atmete ein: »Das ist sein Garten«, und schnaubte geräuschvoll aus, »es ist mir egal, was er da mit wem auch immer macht. Aber ich will es nicht sehen! Und das muss ich, jetzt, wo die Hecke weg ist!«

»Das ist doch auch deine Hecke gewesen, oder? Eigentlich müsste er Schadenersatz zahlen! Und wahrscheinlich nicht wenig … Pflanzen, und noch dazu ausgewachsene, sind doch bestimmt nicht ganz günstig, nicht wahr?«

»Sie wuchs anscheinend tatsächlich genau auf der Grenze.« Ich stand auf und schob mit dem Fuß die dornigen Zweige einer Mahonie zur Seite. »Hier ist der Grenzstein, siehst du? Und da hinten ist der andere.«

»Und was willst du jetzt machen? Anzeigen würde nichts bringen, wofür wolltest du ihn denn überhaupt anzeigen?« Natürlich hatte Evi recht.

»Ich weiß. Aber irgendwas muss ich doch machen können! Vielleicht spreche ich mit Ulf. Schließlich habe ich den Garten in einem komplett anderen Zustand übernommen!«

Evi schüttelte den Kopf. »Ulf hat doch da auch keine Handhabe. Lass uns lieber überlegen, welche Pflanze schnell wächst, die du dann hier anpflanzen kannst. Und vielleicht können wir erst einmal Sichtschutzwände, natürlich hübsche, in den Boden rammen.«

»Die kann er mir aber dann bezahlen!«

Da die Abende immer noch ziemlich frisch waren, verabschiedeten wir uns bald. Zu Hause versuchte ich erneut, Lars anzurufen, aber er nahm schon wieder nicht ab. »Er wird wissen, warum, dieser feige Armleuchter«, grummelte ich vor mich hin, aber so schnell gab ich nicht klein bei. Ich machte mir einen Salat und probierte es erneut. Elf Mal musste ich seine

Nummer wählen, bis ich ihn endlich erreichte. Ohne mich mit Begrüßungsfloskeln aufzuhalten, geigte ich ihm erst mal ordentlich die Meinung. Er versicherte mir, dass er die Hecke nur wegen des Schädlings heruntergeschnitten hatte, und ich glaubte ihm kein Wort.

»Keine einzige Raupe war auf meiner Seite, der Buchs war gesund und munter, aber dir in deinem Kontrollwahn genügt es nicht, dich direkt neben meinem Garten einzunisten, nein, du brauchst auch freie Sicht! Was sagt eigentlich Werner dazu?«

Patzig kam es aus der Leitung: »Der ist auf Reisen. Mit seiner Tanzgruppe. Außerdem muss ich nicht meinen Vater fragen, wenn ich meinen Garten von Ungeziefer freihalte.«

»Lars«, schnaubte ich, »das ist wirklich das Allerletzte! Und die Sichtschutzwände, die ich jetzt anbringen lasse, die bezahlst du mir! Inklusive Montage! Apropos Montag: Dass du unsere Tochter einfach versetzt und dich nicht einmal entschuldigst oder einen neuen Termin vorschlägst, macht mich wirklich rasend! Du bist ihr Vater! Du kannst dein Mädchen nicht so behandeln!«

Er jammerte irgendetwas von wegen Magen-Darm, was ich nicht hören wollte, und ich musste mich sehr zusammenreißen, um nicht loszubrüllen. Schließlich konnte ich seinen Monolog nicht mehr ertragen und schnaubte wütend: »Das geht gar nicht, Lars. Und lass mich im Garten endlich in Ruhe!!!« Mit diesen Worten legte ich auf.

Kapitel 13

Mit der Zeit erblickten immer mehr Blümchen und grüne Blätter das Licht der Welt. Mir schien es, als hätte ich mich noch nie so sehr nach Frühling gesehnt wie dieses Jahr.

Jedes Mal, wenn ich zum Garten fuhr, hoffte ich insgeheim, Tammaro zu treffen, aber wir begegneten uns nie, wenn ich auch seinen Kater ab und zu traf und mir eine Kuscheleinheit abholte. Immerhin war Lars die ganze Woche ebenfalls nirgendwo zu sehen gewesen. Meine Worte mussten endlich einen Nerv getroffen haben. Dass ich Tammaro jedoch nie über den Weg lief, hinterließ ein seltsames Gefühl der Enttäuschung.

Als ich an einem milden, sonnigen Sonntagnachmittag zum Garten radelte, war das Bedürfnis, Tammaro zu treffen, besonders stark. Ich wollte ihn wiedersehen. Unbedingt. Das war mir so richtig bewusst geworden, als Emilie am Vorabend am Telefon erzählt hatte, dass sie einen »wunderschönen, wenn auch nicht auf Wiederholung angelegten« Abend mit Xenia gehabt hatte. Sie hatten bei Xenia gekocht, sehr viel geredet und miteinander geschlafen und Letzteres musste geradezu überirdisch gewesen sein, wenn ich Emilie Glauben schenken durfte. Es war mir ehrlich gesagt ein bisschen zu viel Information, die sie da mit mir teilte. Mit meiner Mutter hatte ich solche Gespräche praktisch nie geführt und ich musste mich noch immer daran gewöhnen, dass es bei vielen jungen Leuten von heute anders war, dass Sexualität viel normaler war und einfach dazugehörte und man ungeniert darüber sprach. Es war ja auch schön, dass sie sich mir anvertraute, aber ich fand, dass sie solche Dinge auch mit einer Freundin wie Fee oder Jenna besprechen konnte.

Außerdem erinnerte ich mich nicht daran, wann bei mir Sex einmal »überirdisch« gewesen war. Jedenfalls nicht in den zwanzig Jahren mit Lars. Den hatte ich übersichtlich und eher leidenschaftslos in Erinnerung. Vielleicht nicht ganz am Anfang, als wir frisch verliebt gewesen waren. Da waren wir einmal während eines Einkaufsbummels so heiß aufeinander gewesen, dass wir sogar im Kaufhaus zusammen in der Herrenumkleidekabine verschwanden (weil da weniger los war als bei den Damen), uns gierig Rock und Hose hoch-, beziehungsweise runterschoben und mit Schuhen und Unterhose auf den Knöcheln im Stehen einen hektischen Quickie auf engem Raum hatten, der durch die ganzen Begleitumstände des möglichen Erwischtwerdens, der Unverschämtheit unserer Tat noch Jahre später zu einem verschwörerischen »Weißt-du-noch-Moment« zwischen uns wurde; beim Gedanken daran spürte ich noch monatelang ein leichtes Kribbeln im ganzen Körper. Aber überirdisch? Nein, das war Sex mit Lars auch am Anfang nicht gewesen.

Dennoch dachte ich in diesem Zusammenhang seltsamerweise an Tammaro, der irgendetwas in mir angestoßen hatte, was ich – da war ich mir relativ sicher – eigentlich gar nicht wollte; aber ein leiser Zweifel und die Verlockung, die Neugier auf diesen neuen Menschen, einen fremden, attraktiven Mann blieben. Nicht nur Tammaros Attraktivität und das Gefühl, ihn schon ewig zu kennen, hatten es mir angetan, ich sehnte mich auch nach dem warmen Klang seiner Stimme, der sich wie ein schützendes Laken in einer heißen Sommernacht um mich schmiegte. Er musste einfach nur reden und mich angucken, das hätte mir schon genügt. Herrgott noch mal, was war nur los, ich kannte ihn doch gar nicht. Warum fühlte ich mich so zu ihm hingezogen?

Und vor allem, wie konnte ich ihn wiedersehen? »Zufällig« an seinem Haus vorbeispazieren, auf dem Weg in meinen Garten, auch wenn das bedeutete, einen Umweg zu machen? Wie damals mit sechzehn, als ich in Tommy Seiffert aus der Stufe über mir verknallt war und ich auf dem Weg zu meiner Freundin Annie immer einen riesigen Schlenker gemacht hatte, nur, um an Tommys Elternhaus vorbeizulaufen? In dieser Zeit trafen Annie und ich uns nie bei mir, immer nur bei ihr, und wir machten meist von ihr aus einen Spaziergang am Haus der Seifferts vorbei – heute würde man das wahrscheinlich Stalking nennen. Der Arme. Getroffen haben wir ihn nur ein einziges Mal, und das ist unspektakulär gewesen, denn er saß auf seinem Fahrrad und radelte in einer affenartigen Geschwindigkeit an uns vorbei. Ich habe nie erfahren, ob das Zufall war oder ob er mich schon aus der Ferne erspäht hatte und deshalb möglichst fix an uns vorbeiwollte.

Wollte ich heute, knapp dreißig Jahre später, wirklich an so etwas anschließen? Hatte ich nichts gelernt in all den Jahren?

Ich hätte auch vor dem Vereinshaus herumlungern und darauf warten können, dass er vorbeikam. Ich versuchte, mich genau daran zu erinnern, um welche Uhrzeit ich ihn dort getroffen hatte, und kam darauf, dass es an einem Samstagmittag gewesen war. So lange wollte ich nicht warten. Und überhaupt, das war doch alles Quatsch! Kindisch! Ich würde gar nichts unternehmen, redete ich mir ins Gewissen. Mir war langweilig, wieso sonst sollte ich mich für einen Mann interessieren, nachdem ich meinen gerade erst so gut wie vollständig losgeworden war – wenn er denn endlich die

Scheidungspapiere unterschrieb. Letztendlich würde doch nur alles von vorne losgehen. Und ich wusste überhaupt nicht, wie Tammaro zu mir stand. Vielleicht war er auch verheiratet oder hatte zumindest eine Freundin. Oder einen Freund.

Ich machte mir viel zu viele Gedanken! Warum konnte ich nicht einfach das tun, was ich allen immerzu predigte: Im Hier und Jetzt leben, bei mir sein und nicht die ganze Zeit überlegen, was wäre, wenn und so weiter.

Mitten in den Grübeleien bog ich um die Ecke zu meiner Parzelle. Da stand er. Er versuchte gerade, etwas an meinem Zaun zu befestigen. Als er mich sah, steckte er das zusammengefaltete Papier schnell in seine Hosentasche und strahlte mich an: »Hallo, da bist du ja! Ich wollte dir schon eine Nachricht hinterlassen!«

Mein Puls hatte unvermittelt so stark beschleunigt, dass ich Sorge hatte, dass er meine Halsschlagader sehen konnte, die sich anfühlte, als würde sie wie ein außer Kontrolle geratener Gartenschlauch in meinem Hals herumfetzen.

»Hey«, sagte ich betont lässig, während ich mein Rad an den Zaun lehnte und abschloss, »schön, dich zu sehen!«

Ich hätte mir noch die Haare waschen sollen, statt bis nach der Gartenarbeit damit zu warten. Und ich hatte eine alte Jeans an und dreckige Gartenschuhe.

»Du siehst gut aus!«, ließ er mich wissen, als hätte er meine Gedanken gelesen.

»Danke!«, keuchte ich. Mir blieb tatsächlich ein bisschen die Luft weg und ich versuchte vergeblich, mich an irgendeine Entspannungsübung für meine Patienten zu erinnern – es war gar nicht leicht, mit solch einem Puls normal zu sprechen. Ich war froh, dass sein kleiner Kater ihn begleitet hatte und ich mich bücken konnte, um ihn zu streicheln.

»Habe ich meine Astschere bei dir vergessen?«, fragte Tammaro, als er mich zur Begrüßung kurz an sich drückte.

Ach so. Deshalb kam er. Ich versuchte, mir meine Enttäuschung nicht anmerken zu lassen. »Ja, die liegt auf dem Kompost. Komm doch mit rein!«

In dem Moment, als ich die Gartenpforte aufschloss, schoss Lars' Kopf nebenan in die Höhe. Natürlich. »Hallo, Maren!« Er bedachte Tammaro mit einem angestrengt-freundlichen Blick: »Hallo, äh, wie heißt du noch mal?«

Idiot. Er wusste ganz genau, wie Tammaro hieß. Er ließ sich nicht beirren. »Tammaro. Und dein Name war?«

Frostig bemerkte ich: »Das ist Lars. Ach so, deine Leiter.« Ich reichte sie ihm über die ehemalige Hecke hinweg. »Danke und hab einen schönen Tag, Lars.« Mit diesen Worten lenkte ich meinen Besucher zur Rückseite meines Gartens, weit hinter meiner Laube. Kollege hatte sich, wahrscheinlich wegen Lars' unsympathischer Ausstrahlung, wieder auf den Weg zu anderen Abenteuern begeben.

»Hast du die Hecke weggemacht?«, fragte Tammaro irritiert.

Ich lachte schnaubend auf. »Ich? Wofür hältst du mich? Dieser Vollhorst war das! Ich bin stinksauer! Er will mich kontrollieren!«

»Oh.« Er sah aus, als müsste er ein Lachen unterdrücken. »Das ist ein bisschen witzig.«

Ich stöhnte. »Finde ich überhaupt nicht! Er geht mir so auf den Senkel, das glaubst du gar nicht!«

»Er kämpft um dich! Er will dich nicht verlieren«, stellte Tammaro fest, während er mir direkt in die Augen sah, was meinen Puls weiter in die Höhe trieb, dennoch wich ich seinem Blick nicht aus.

»Erstens ist das eine üble Art, um jemanden zu kämpfen, und zweitens hätte ihm das mal vor drei Jahren oder so einfallen sollen. Meine Güte, ich habe die Scheidung schon vor über einem Jahr eingereicht und allmählich sollte er es mal kapieren, dass es so was von endgültig vorbei ist, dieser Idiot!«

Wütend rupfte ich Blätter von einer Forsythie, sodass Tammaro meine Hand nahm und sagte: »Die kann da auch nichts dafür.« Dann lächelte er. »Warum nehmt ihr zwei Gärten nebeneinander, wenn du nichts mehr mit ihm zu tun haben möchtest?«

Jetzt drehte ich fast durch. »Er! Er, der niemals auch nur ein Fünkchen Interesse für irgendetwas Grünes hatte, außer vielleicht an einer Ampel, er kriegt von seinem Musikfreund Ulf genau neben mir den Garten – und nimmt ihn auch! Um mir auf den Sack zu gehen! Um mich zu kontrollieren! In meiner Nähe zu sein! In der Hoffnung, dass ›alles wieder gut wird‹. Ha! Dass ich nicht lache! Ich bin so wahnsinnig genervt, das kannst du mir glauben. Ich hab's versucht mit Toleranz, mit Freundlichkeit – und da kappt dieser Arsch die Hecke! Den einzigen Sichtschutz nach drüben! Ich war so auf Zinne und bin es immer noch!« Ich schnappte nach Luft.

Tammaro guckte ernst. »Das ist tatsächlich ein starkes Stück. Hm. Und du bist dir sicher, dass dir nichts mehr an ihm liegt?«

Entgeistert funkelte ich ihn an. »Was?!«

»Na ja, weil du doch sehr in Rage bist …«

»Weil er mich zur Weißglut bringt mit seinen Aktionen! Ich wollte weg von ihm, aber anstatt mich einfach in Ruhe zu lassen, folgt er mir in meinen Garten, in mein Refugium, von dem ich mir Erholung und Abstand erhofft habe. Und dann reißt er auch noch die Hecke herunter. Verstehst du nicht, dass ich da sauer bin? Die Trennung war das Beste, was ich in meinem Leben je gemacht habe, und dann klebt er an mir wie ein Kaugummi an der Schuhsohle, das, das …« Mir versagten die Worte. Zu meiner Überraschung stiegen mir plötzlich Tränen in die Augen und ich fing an zu schluchzen. Tammaro nahm mich ohne weitere Worte in die Arme und drückte mich fest an sich. Ich inhalierte seinen Zitronenduft, als er sanft meinen Rücken streichelte und beruhigend auf mich einredete.

»Hey, alles gut, weine ruhig.« Und obschon wir uns kaum kannten, war es wohltuend, an seiner Schulter zu weinen. Es fühlte sich richtig an.

Als ich mich schließlich ausgeweint hatte, fragte er behutsam: »Hast du Lust, mit zu mir zu kommen? Ich könnte uns etwas kochen, wenn du magst. Ich hab nicht viel zu Hause, aber für ein paar Bratkartoffeln mit Spiegelei müsste es reichen. Also, wenn du möchtest …«

»Das klingt super!« Schniefend zog ich ein Taschentuch hervor und wischte mir mit Spucke notdürftig die vermutlich verschmierte Mascara unter den Augen weg. Tammaro griff nach der Astschere und wir machten uns auf den Weg, ohne noch einen Blick auf Lars' Grundstück zu werfen.

Kapitel 14

Tammaros Haus hätte auch am Strand liegen können, so klar und hell, wie es eingerichtet war. Weiß gestrichene Dielenböden, hellgraue, offen liegende Balken, dazu viele Fenster mit kleinen Lampen auf den Simsen. Eine großzügige Wohnküche mit blauem Samtsofa und abstrakte graugrüne Bilder in schmalen weißen Rahmen an den Wänden, dazu gelbe, duftige Vorhänge an den Fenstern. All das rief Urlaubsgefühle hervor.

»Du hast es wunderschön. Wohnst du alleine hier? Außer mit Kollege, natürlich«, traute ich mich endlich zu fragen, nachdem ich meine Schuhe ausgezogen und mich in der Wohnküche umgesehen hatte.

»Ja, seit drei Jahren, da ist meine Partnerin ausgezogen, nachdem wir uns getrennt haben.« Er führte mich zum Sofa. »Und jetzt mach es dir bequem, während ich uns etwas koche. Ich habe richtig Hunger, du auch?« Ohne meine Antwort abzuwarten, fuhr er fort: »Magst du irgendetwas nicht? Fleisch mache ich sowieso nicht, ich bin Vegetarier. Aber Spiegelei ist okay für dich?«

Ich nickte und sah mich weiter um. Der Strauß Narzissen auf dem Tisch stand in einem hellblauen Keramikkrug, grüne, blaue und graue Becher hingen an einer Stange über der Spüle, die Kacheln dahinter waren cremefarben und gelb. »Es sieht bei dir alles so frisch aus, so frühlingshaft.«

Tammaro, der dabei war, eine Zwiebel zu schneiden, nickte. »Danke schön! Ich habe alles umgestaltet, nachdem Karina weg war. Davor war es ziemlich ›gemütlich‹, also eher voll und bunt. So, etwas schlichter, mag ich es lieber.« Er holte bereits gekochte Kartoffeln aus dem Kühlschrank und winkte ab, als ich helfen wollte. Ohne dass ich fragen musste, erzählte er weiter, während er die Kartoffeln in Scheiben schnitt. »Karina war einfach zu jung, sie wollte noch mehr vom Leben, mal hier wohnen, mal da, immer unterwegs sein, neue Leute kennenlernen. Ich dagegen bin froh, dass ich einen Platz gefunden habe, an dem ich bleiben möchte, wo ich mich wohlfühle, mit dem Garten, dem Kater und lieben Freunden um mich. Außerdem wohnt meine Schwester nicht weit weg. Ich unternehme viel mit ihr, letztes Wochenende waren wir in Kopenhagen, da hat sie ausgestellt. Die Bilder hier sind alle von ihr.«

Ich stand auf, um mir die in Pastellfarben gehaltenen Acrylbilder aus der Nähe anzusehen. »Wow, die sind echt beeindruckend! Tolle Farben! Ist sie jünger oder älter als du?«

»Giulia ist ein Jahr jünger als ich.« Er sah mich an. »Und du, hast du Geschwister?«

Es schien ihn wirklich zu interessieren, denn sein Blick ruhte eine ganze Weile auf mir.

»Leider nein, aber meine beste Freundin Evi ist fast wie eine Schwester für mich.«

»Wie schön!« Er nickte lächelnd und schnippelte die Kartoffeln zu den Zwiebeln in die Pfanne, dann fiel ihm etwas ein: »In Kopenhagen hat Giulia gerade nur drei Bilder in einer Sammelausstellung. Aber hier in Hamburg ist kommenden Freitag in der Galerie am Weiher eine Vernissage von ihr alleine. Hast du Lust, mich dorthin zu begleiten?«

»Total gerne!«

Jetzt strahlte er mich glücklich an. »Ach toll, das finde ich schön!«

Wir aßen leckere Bratkartoffeln mit Spiegelei, tranken schweren Rotwein und erzählten uns aus unseren Leben. »Wusstest du schon immer, dass du Psychotherapeutin werden wolltest?«, fragte er, während er mir noch etwas Wein einschenkte.

»Oh nein, ich wollte als Kind unbedingt Floristin werden. Ich habe meiner Mutter immer Blumensträuße gepflückt und stellte es mir herrlich vor, den ganzen Tag von Blumen umgeben zu sein und anderen Leuten damit eine Freude zu machen.« Ich nahm noch einen Bissen.

»Das klingt wunderschön. Was hat dich davon abgehalten?«

»Ich glaube, vor allem das frühe Aufstehen. Um fünf auf den Großmarkt – als ich das erfahren habe, habe ich mich umorientiert!« Wenn er, wie jetzt, herzlich lachte, kamen seine Wangengrübchen noch deutlicher zum Vorschein.

»Sträuße zu binden kann ja wenigstens ein Hobby bleiben. Und deine Arbeit als Therapeutin macht dir doch bestimmt auch viel Spaß, oder?«

»Ja, ich finde es großartig, zu erleben, wie Menschen sich mit der Zeit immer mehr zutrauen, aus ihrer Enge herauskommen, und ja, aufblühen können – da sind wir wieder bei der Floristin –, die Ängste und Zwänge hinter sich lassen oder zumindest nicht mehr so stark von ihnen eingeschränkt werden. Etwa jemand, der furchtbare Todesangst bekommt, wenn er irgendwo einen Luftballon sieht …«

Er unterbrach mich staunend: »So was gibt's?«

»Es gibt die erstaunlichsten Ängste. Und Luftballons sind ja andauernd überall. Zum Beispiel als Deko bei einer Ladeneröffnung. Wenn jemand mit Luftballonphobie nach ein paar Monaten Therapiearbeit an einem neuen Laden mit Hunderten von Luftballons über der Tür nur noch die

Straßenseite wechseln muss, um daran vorbeizugehen, und nicht das ganze Viertel meidet – dann ist das ganz wunderbar.«

Ich spürte seinen Blick auf mir, während ich erzählte, und merkte, wie mir heiß wurde. Tammaro nickte und nahm einen Schluck Wein. »Oh ja, das kann ich mir vorstellen, das muss ein erhebendes Gefühl sein. Das ist ein so wichtiger Beruf, den du da hast, und er scheint für dich auch wirklich eine Berufung zu sein, oder?« Er sah mir tief in die Augen und eine gefühlte Ewigkeit sagten wir beide nichts.

Dann räusperte ich mich. »Ja, ich denke schon, dass es eine Berufung ist.« Ich trank einen Schluck, bevor ich ihn fragte: »Und du, wolltest du immer schon Journalist werden?«

»Ich wollte auf jeden Fall auch nicht zu früh aufstehen müssen!« Sein gespielt verzweifelter Blick brachte mich zum Lachen. »Ja, ich wollte schon früh Journalist werden und bin auch heute noch stolz darauf, dass ich damals mit meinem besten Freund in meiner Schule eine Schülerzeitung gegründet habe. Und nach ein paar Umwegen über eher wirtschaftsjournalistische Medien habe ich mich auf eine Stelle bei der *GartenFlora* beworben. Und da gefällt es mir richtig gut!« Er beugte sich verschwörerisch zu mir. »Wenn ich Homeoffice mache, muss ich auch gar nicht so früh aufstehen!«

»Würdest du sagen, das ist dein Traumjob?«, fragte ich und wir nahmen noch einen Bissen.

Er kaute zu Ende, bevor er antwortete. »Ja, schon. Der Garten ist mir sehr wichtig und ich empfinde es als großes Geschenk, dass ich Beruf und Hobby so gut miteinander verbinden kann.«

Wenn Tammaro meinen Arm oder meine Hand kurz berührte, um eine Aussage zu unterstreichen, oder mich nach meiner Meinung zu einem Thema zu fragen, bitzelte es an der Stelle gewaltig. In seine Augen konnte ich richtig eintauchen, es fiel mir sehr schwer, mich von seinem Blick zu lösen. Es war schon fast zwölf, als ich, ein Gähnen unterdrückend, auf die Handyuhr sah.

»Ich muss nach Hause und schlafen. Um acht steht morgen meine erste Patientin auf der Matte«, sagte ich und ärgerte mich gleichzeitig über meine Vernunft. »Das war ein wunderschöner Abend, vielen Dank.«

»Das fand ich auch. Und ich freue mich sehr, dass wir Freitag zusammen zu der Vernissage gehen.« Es war beruhigend zu sehen, dass sich seine Brust genau wie meine sehr schnell hob und senkte. Wir standen beide auf und gingen verlegen schweigend zur Tür. Bevor er sie öffnete, nahm er meine Hände in seine und berührte sie sanft mit seinen Lippen. Ich zog seinen Kopf zu mir und meine Lippen fanden seine, wir küssten uns erst sanft, dann immer gieriger, bis mir schwindelig wurde. Nach einem nicht enden wollenden Kuss umarmten wir uns schwer atmend, drückten uns fest aneinander, als wollten wir uns nie wieder loslassen, bis ich zu mir kam und flüsterte: »Wir müssen unbedingt noch Handynummern tauschen.«

Seine Stimme klang rau. »Ja, das müssen wir.«

Nachdem wir diese lästige Pflicht erledigt hatten, küsste er mich erneut, bis ich zu fliegen schien. Den letzten Rest Verstand zusammenkratzend, nahm ich ihn wieder in den Arm und ließ ihn wissen: »Ich muss jetzt wirklich. Wir sehen uns Freitag. Spätestens.«

Er nickte und wir gaben uns noch einen kurzen Abschiedskuss: »Gute Nacht!«, sagte er heiser und strich mir eine Strähne aus dem Gesicht. Wie unfassbar lieb er mich dabei ansah, würde ich nie vergessen, da war ich mir sicher.

Kapitel 15

Am Montag fuhr ich vor der Arbeit zum Garten, weil ich dort für Herrn Klempowsky zum Üben eine Spinne fangen und mitnehmen wollte. Glücklicherweise hatte ich meinen ersten Termin erst um zehn und die Sonne schien sogar, als ich um kurz vor neun, ein fröhliches Liedchen pfeifend, an meinem Garten ankam. Das Gras war in letzter Zeit stark gewachsen, sodass ich mir vornahm, bald zu mähen, weil ich sonst das Gartentor gar nicht mehr aufbekommen würde. Ich rupfte einige Grasbüschel aus und warf sie unter die Hecke.

»Auf dem Rad braucht man fast noch Handschuhe, ne?«, rief mein anscheinend hier komplett sesshaft gewordener Ex-Mann mir zu. »Bist du noch oder schon hier?«, fragte ich, obwohl es mich nicht so richtig interessierte.

»Dasselbe könnte ich dich fragen!«, antwortete er, sichtlich stolz, dass ihm das eingefallen war.

»Aber du siehst mich doch gerade ankommen!« Genervt schloss ich die Gartenpforte auf und schob mein Rad hinein, er stürzte hinter mir her. »Darf ich kurz stören?« Ohne eine Antwort abzuwarten, erklärte er: »Ich weiß ja nicht, von wo du kommst!«

Abgesehen davon, dass ihn das überhaupt nichts anging, störte mich, dass er wieder einmal völlig selbstverständlich meine Privatsphäre missachtete. »Lars, bitte. Das hatten wir doch schon! Du kannst hier nicht einfach so reinlatschen!« Ich stellte das Rad hinter die Laube, er trottete hinterher.

»Aber ich habe doch gefragt! Und du sollst nicht ablenken. Was machst du so früh im Garten? Oder warst du sowieso schon hier in der Nähe?« Er blinzelte nervös und zuckte mit der Nase.

»Du musst meine Antwort abwarten! Mann, Lars. Es geht dich nichts mehr an, was ich tue und wann und wo ich bin und alles. Sonst noch was?« Hinter der Holzbank auf der Terrasse gab es ein großes und mehrere kleine Spinnennetze. Dort würde ich bestimmt fündig werden. Lars pflanzte sich direkt vor mir auf die Bank. »Was ist mit diesem Tammo?«

Ich atmete einmal tief durch, bevor ich etwas sagte. Das war mir wirklich zu blöd. »Lars, gehst du bitte und lässt mich in Ruhe?«

Seine Augen waren gerötet, diesmal zuckte sein Mundwinkel und er schluckte. »Also willst du nicht darüber reden? Triffst du ihn? Hier?«

»Himmelherrgott noch mal.« Ich bedeutete ihm, aufzustehen, drehte ihn um und schob ihn Richtung Ausgang. »Geh mir nicht auf die Eierstöcke, sondern nach nebenan und lass mich endlich in Frieden!« Dann schloss ich hinter dem protestierenden Typen die Gartenpforte wieder ab.

Bestimmt gab es hinter der Laube oder drinnen auch noch Spinnen, die ich fangen konnte. »Wir haben vereinbart, dass wir es uns sagen, wenn wir jemand Neues haben! Ich habe niemand Neues! Du?«, hörte ich ihn in meinem Rücken weiter krakeelen. Während ich mit einem großen Gurkenschraubglas und einem flachen Stück Pappe auf Spinnenjagd ging, überlegte ich. Nein, ich hatte auch keinen »Neuen«. Und ich würde mir jetzt auch noch keine Gedanken darüber machen, was das gestern mit

Tammaro gewesen war. Ich würde mich einfach darüber freuen, beschloss ich.

* * *

Es kostete mich einige Überwindung, die dicke schwarze Spinne mit ihren behaarten Beinchen in meine Handtasche zu stecken, auch wenn ich den Deckel des Glases mehrmals überprüft hatte. Er war dicht. Und das Glas war groß genug, dass das Tierchen nicht ersticken würde, bevor ich es wieder in die Freiheit entlassen würde. Außerdem hatte ich einen toten Käfer gefunden und als kleinen Snack dazu gepackt. Hoffentlich hatte diese Spinne keine Angehörigen hier im Garten, die sich jetzt um sie sorgten, ich wollte sie nämlich nachher gleich im Hinterhof meiner Praxis entlassen, um ihr eine weitere Fahrt zu ersparen.

Herr Klempowsky machte seine Sache sehr gut. Er nahm das Glas vorsichtig in seine zitternde Hand und luscherte hinein. »Es ist ganz, ganz toll, dass Sie schon so weit sind, das Glas in die Hand zu nehmen. Erinnern Sie sich noch, wie Sie zu mir kamen? Es fiel Ihnen schwer, sich auch nur ein Bild einer Spinne anzusehen. Und jetzt? Sie machen das wirklich großartig! Auf einer Skala von eins bis zehn, wie groß ist Ihre Angst jetzt?«, fragte ich und hoffte, dass der Deckel hielt.

»Eine Sechs, würde ich sagen.« Er schwitzte stark und ich sah seine Halsschlagader pulsieren.

»Das ist doch wunderbar! Erwartet hatten Sie eine Elf!«

Er lächelte gequält. »Aber aufmachen müssen wir das Glas ja nicht, oder?«

»Nein, erst einmal nicht. Sehen Sie sich das Tier genau an. Sie wissen ja, dass Spinnen sehr intelligente Tiere sind. Ich meine, alleine schon welche Kunstwerke sie herstellen! Haben

Sie eine Idee, was Sie tun könnten, damit Sie jetzt gerade weniger Angst vor ihr haben?«

Er schluckte. »Nein, außer das Glas sehr weit wegzustellen, fällt mir nichts ein.« Schnell stellte er es ganz ans andere Ende des Tisches und rückte sogar seinen Stuhl noch weiter nach hinten.

»Wie wäre es, wenn Sie sich einen Namen für sie einfallen lassen würden?«

»Marie-Louise. Das kam mir sofort in den Sinn. Sie sieht aus wie eine Marie-Louise.« Jetzt hellte sich sein Gesicht ein wenig auf.

»Machen wir noch ein paar Übungen.« Er sollte sich das Glas mit dem Tier auf die Hand stellen und mit dem Gesicht ganz nah herankommen. Es war nicht zu übersehen, wie schwer ihm das fiel, aber ich lobte ihn, dass er es immerhin wagte. Weil sich sein Angstlevel um ein Vielfaches steigerte, als er den Deckel aufschrauben sollte, und Marie-Louise in den Startlöchern stand, um auszubüxen, verschoben wir diesen Teil des Experiments auf die Zeit nach Herrn Klempowskys Urlaub. »Sie haben das heute wirklich toll gemacht, und haben Sie gemerkt, Sie haben es gut überstanden, obwohl Sie starke Angst hatten. Sie waren sehr mutig und Ihr Mut wurde belohnt! Seien Sie stolz auf sich! Sie sind heute wieder einen Riesenschritt weitergekommen!« Ich hoffte, er würde das auch anerkennen und stolz auf sich sein.

Der Tag in der Praxis verging wie im Flug und ich freute mich, dass Emilie abends zum Essen vorbeikommen wollte.

* * *

»Wieso kriege ich die Gemüselasagne nie so hin wie du?«, fragte meine Tochter, durch das Handy scrollend und dabei kauend. »Bei mir wird die nie so saftig!«

Ich bedeutete ihr, das Telefon wegzulegen, und gab uns beiden noch ein kleines Stück Nachschlag. Mit einem Augenrollen legte sie das Handy auf die Fensterbank und ich antwortete. »Ich hab dir das Rezept doch gegeben, ich mach das immer genau so. Und wenn sie mir zu trocken ist, gebe ich einfach noch etwas Gemüsebrühe oder Sahne dazu.«

»Aha.« Emilie schmatzte genüsslich. »Das steht nicht im Rezept. Da bin ich mir sicher.« Sie nahm noch einen großen Bissen. »Fag mal, waf hat Papa mir da getegftet?«

»Kind, schluck erst runter, ich verstehe kein Wort – wer hat dich denn erzogen?« Die Lasagne war mir wirklich gelungen, fand auch ich.

Sie kaute zu Ende und fragte dann: »Hast du einen Lover?«

Ich merkte, wie mir das Blut in den Kopf schoss, und ließ die Gabel mit einem Stück mit besonders viel knusprigem Käse sinken. »Wie kommst du denn darauf?«

»Papa hat mir geschrieben und mich gefragt, ob ich etwas über deinen neuen Freund weiß.« Sie nahm noch einen beherzten Bissen.

»Papa wieder.« Würde diese Seufz-Zeit irgendwann vorbei sein? Bestimmt. Bis dahin seufzte ich noch mal ausführlich, bevor ich mir die volle Gabel in den Mund steckte und aufaß, bis ich sprechen konnte. »Ich weiß, ich soll und will nicht schlecht über deinen Vater sprechen, aber er benimmt sich gerade wirklich pubertär. Herrgott noch mal, ich habe keinen Freund. Und auch keinen Lover. Aber eine Privatsphäre habe ich, eigentlich.« Ich knallte mein Besteck auf den Tisch. Emilie zuckte mit den Schultern. »Er schrieb, ihr wolltet euch eigentlich sagen, wenn ihr jemanden kennengelernt habt …«

»Ja, und das machen wir auch, wenn es so weit ist. Da bin ich mir sicher.« Den Rest der Zeit aßen wir schweigend. Aber sie konnte ja nichts für ihren Vater, also versuchte ich, versöhnlicher zu klingen. »Möchtest du Eis zum Nachtisch? Ich hab Eierlikör-Eis gekauft, das hast du doch so gern.« Etwas zu hastig stellte ich die Teller so zusammen, dass es klirrte, knallte das Besteck darauf und räumte alles in die Spülmaschine. Emilie kam kauend mit einem großen Rest Lasagne in der Auflaufform hinterher. »'tschuldigung, ich dachte nur, ich erzähl dir, wie Papa drauf ist.« Sie umarmte mich von hinten und ich nahm ihre Hände in meine und drückte einen herzhaften Schmatzer darauf. »Du brauchst dich nicht zu entschuldigen. Dein Vater … ach, egal.« Ich nahm das Eis aus dem Gefrierschrank, während Emilie Dessertschälchen und Löffel holte.

»Nein, nicht egal. Ich fände es viel schöner, wenn ihr euch besser verstehen würdet. Das geht doch eigentlich nach einer Trennung, oder?«

»Na klar. Und mir wäre das auch lieber. Ist vielleicht noch zu früh … Aber wie geht es dir jetzt eigentlich mit Xenia nach eurem schönen Treffen?« Ich strich eine Strähne aus ihrem Gesicht, in dem sich die Augen mit Tränen füllten. »Sie sagt, das war ein Fehler und wir sollten jetzt mal eine richtige Pause machen. So ganz ohne Kontakt und so. Sendepause. Damit wir wissen, ob wir uns fehlen.«

Oh Mann, ging mir dieses Weib auf den Zeiger! »Was will sie denn? Das nervt mich ja schon vom Zuhören. Dieses Hin und Her. Lass dir das nicht gefallen. Säg sie endlich ab. Das hat doch keinen Sinn. Und ja, es ist eine abgegriffene Redewendung, aber wenn sie doch nun einmal stimmt: Das hast du nicht verdient. Du hast eine bessere Partnerin verdient.« Energisch hieb ich mit dem Eislöffel in die Packung und klatschte mir einen riesigen Klumpen in meine Schale.

Emilie schüttelte den Kopf. »Mamilein, ich glaube, es ist besser, wenn wir nicht mehr darüber sprechen. Ich komme damit schon klar. Aber wie kommt Papa denn darauf, dass du jemanden hast?«

Nun grinste sie. Sie nahm sich einen Löffel und schleckte ihn genüsslich ab. Ich wunderte mich über den plötzlichen

Stimmungswandel. »Ein Gartennachbar hilft mir. Das bedeutet für deinen Vater anscheinend gleich so etwas wie einen Heiratsantrag. Jetzt verstehst du auch, warum wir verheiratet waren. Ein einziges Missverständnis!«

»Ha, ha«, machte Emilie, »wenn das alles ist. Seit wann ist er denn so eifersüchtig? Du hast ja schließlich auch männliche Patienten, und damit hat er kein Problem?«

»Frag ihn.« Ich schaufelte meine Eisportion in mich hinein und bildete mir währenddessen ein, dass ich mir damit etwas Gutes tat.

»Hmm. Ich dachte mir schon, dass Papi fantasiert. Schließlich würdest du nie so schnell nach einer langen Beziehung eine neue anfangen. Man braucht erst einmal Zeit für sich. Und die nehmen wir uns jetzt, du und ich.«

»Ja«, sagte ich zögernd. Wahrscheinlich hatte meine Tochter recht.

»Gehst du denn trotzdem zusammen mit Papa zur Mitgliederversammlung vom Gartenverein? Er deutete so was an.«

Ach ja, ich hatte die Einladung per Post bekommen und war schon sehr gespannt darauf. Meine erste Vereinsversammlung! »Ich denke nicht, dass ich mit Lars hingehe, ich weiß ja noch gar nicht, von wo ich am Samstag dann komme und außerdem will ich ja NETTE Leute kennenlernen, das geht einfacher, wenn man alleine unterwegs ist!« Sie rollte mit den Augen und hörte endlich mit dem Lars-Thema auf; stolz zeigte sie mir stattdessen ein paar neue Posts, die sie auf Instagram gemacht hatte und die ich noch nicht gesehen hatte, weil ich mich äußerst selten dort tummelte, und wir sprachen über die Taylor Swifts und Shirin Davids dieser Welt und alle anderen, denen sie folgte.

Bald nach dem Eis machte Emilie sich auf den Weg in ihre WG, sie wollte am nächsten Morgen zur Arbeit und lehnte deshalb mein Angebot ab, bei mir zu übernachten. Es war immer so schön, wenn wir zusammen waren, doch obschon ich die Zeit mit ihr richtig genoss, waren meine Gedanken immer wieder zu Tammaro und dem Abend mit ihm abgeschweift. Wenn ich seine Küsse heraufbeschwor, flatterten sofort Schmetterlinge in meinem Magen umher und mein Herz schlug wie wild. Wie hatte ich nur all die Jahre ohne diese Gefühle auskommen können? Ich hatte solche Sehnsucht nach weiteren Küssen und mehr. Und trotzdem: Es stimmte, was Emilie gesagt hatte: Es war viel zu früh, um mit einem neuen Mann anzubandeln, ich musste doch erst einmal mit mir alleine glücklich sein, meinen Garten genießen und gestalten und alles machen, worauf ich mit Lars verzichtet hatte! Und damit meinte ich nicht, fremde Männer küssen, nein, Zeit mit Freundinnen verbringen, neue Hobbys ausprobieren, Sport machen, reisen und all das. Und mich nicht gleich wieder nach jemand anderem richten. Es galt herauszufinden, ob ich mir genug war.

* * *

Aus diesen Gedanken heraus und weil ich Lars keinen Grund bieten wollte, irgendwelche Theorien zu entwickeln, wenn Tammaro mich im Garten besuchte, antwortete ich nur knapp auf seine Textnachricht, die kurz vor dem Zubettgehen kam. Auch wenn mein Herz hüpfte, als er mir schrieb, dass er sich auf die Vernissage freute und sich sicher war, dass seine Schwester und ich uns gut verstehen würden. Und, was noch schöner war: Er fand, dass es bis Freitag noch ziemlich lang hin war und fragte, wann ich im Garten war und ob er vorbeikommen konnte. Mir mit einer Antwort viel Zeit zu lassen, fand ich doof. Überhaupt wollte ich keine Spielchen spielen, aber mich auch nicht so schnell ganz und gar in etwas reinplumpsen lassen – wenn die Verlockung auch groß war. Ich musste mir Zeit nehmen. Und so schrieb ich ihm, dass ich mich über seine

Nachricht sehr freute, aber leider ausgerechnet diese Woche ungewöhnlich viel zu tun hätte, weil ich nach der Arbeit einer Freundin helfen musste, dass ich es aber schön fand, dass wir uns Freitag sehen würden.

Das mit der Freundin war nicht einmal gelogen, denn Evi hatte mir am Telefon krächzend erzählt, dass sie Covid mit hohem Fieber hatte, und Markus und ich würden uns abwechselnd um sie kümmern.

Kaum hatte ich die Nachricht abgeschickt, kam von Tammaro:

Freue mich auf Freitag!

Und das war's. Es gefiel mir, dass er nicht nachhakte, mich nicht überreden wollte, nicht rumjammerte oder sonst etwas.

Kapitel 16

Anderntags fuhr ich nach getaner Arbeit und dem Besuch bei Evi – ich hatte ihr ein Stück Lasagne zum Aufwärmen und Medikamente aus der Apotheke an die Türe gebracht – zum Garten, um endlich Feuerbohnen vor die ehemalige Hecke zu säen und zu mähen. Natürlich bereute ich, dass ich Tammaros Besuch abgelehnt hatte. Nicht nur meine Knie, auch die Arme wurden weich, wenn ich an ihn dachte und ich wollte natürlich mehr von ihm, ihn besser kennenlernen, auf allen Ebenen. Doch zum Glück hatte meine Vernunft die Handbremse angezogen und würde sie auch nicht so schnell wieder lösen. Ich aß ja auch nicht unentwegt Spaghetti-Eis-Schokolade, auch wenn mir schon beim Gedanken daran das Wasser im Mund zusammenlief. Man musste ein bisschen auf sich achten. Also, ich auf mich. Und außerdem würden wir uns ja Freitag sehen. Was sollte ich da nur anziehen?

* * *

Zwei Gitarristen eröffneten den Abend mit klassischer Musik. In dem ehemaligen Fabrikgebäude im Schanzenviertel hatte jetzt eine kleine, hippe Galerie ihren Platz. Tammaros Schwester

Giulia begrüßte mich so herzlich, dass sich mein Kopf ganz heiß anfühlte, wahrscheinlich war ich puterrot, was hatte er ihr über mich erzählt? Wir hatten uns getextet, dass wir uns vor Ort treffen würden, und Tammaro und seine Schwester hatten mich gleich am Eingang in Empfang genommen, er küsste mich auf die Wange, sie umarmte mich. Mir schien es, als hätte er mir eine andere, frühere Anfangszeit als den anderen Gästen genannt, denn diese trudelten erst eine Viertelstunde später nach und nach ein. Mir gefiel Giulias fröhliche, aufgedrehte Art, sie sauste zur Bar, um mir ein Glas Sekt zu holen, rückte auf dem Weg ein Bild an der Wand gerade, schnappte sich mit den Worten »Ich hab heute nur gefrühstückt!« ein Kanapee vom Tablett eines Kellners und lachte ein perlendes, helles Lachen, um das Kamala Harris sie beneidet hätte. In den weiß verputzten, hohen Räumen mit den frei liegenden Holzbalken kamen die großformatigen, beeindruckenden Werke von Giulia gut zur Geltung.

»Ist das Öl oder Acryl?«, fragte ich, auf bunte, riesige Blütenbilder zeigend.

»Acryl. Für Öl bin ich zu ungeduldig!« Wieder lachte sie und drehte sich im nächsten Moment zu einem Paar, das gerade hereingekommen war, um es zu begrüßen.

Tammaro stand ruhig neben mir und mir war, als könnte man mit der elektrischen Energie der Stellen, an denen sich unsere Körper leicht berührten, eine deutsche Kleinstadt versorgen.

Ich spürte seinen Blick auf meinem Gesicht und es fühlte sich gut an. Endlich nahm er mich am Arm und zog mich zu einem großformatigen Bild, das mir schon beim Hereinkommen aufgefallen war: In den in verschiedenen Grün- und Grautönen gemalten abstrakten Formen sah ich ein Paar, das eng umschlungen auf einem Felsen zu liegen schien, ihre Verbundenheit ließ ein Gefühl von Wärme und Geborgenheit in meinem Bauch entstehen, Innigkeit hatte ich noch nie so glaubhaft bildlich dargestellt gesehen.

»Das ist mein Lieblingsbild. Leider passt es bei mir nirgends an die Wand. Ich finde besonders schön daran, dass es egal ist, wer die beiden sind, auch die Geschlechter sind nicht auszumachen. Es strahlt einfach nur Liebe aus.«

»Ja, mir geht es genauso mit dem Bild! Du sprichst aus, was ich gedacht habe!« Was für ein besonderer Mensch Tammaro war. Und diese Wangengrübchen! Ich wollte ihn küssen, aber nicht hier vor all den Leuten.

Denn inzwischen war der große Raum gut gefüllt mit Kunstinteressierten jeden Alters, einige Freunde und Bekannte von Giulia waren dabei und sie stellte Tammaro und mich einigen von ihnen vor, immer zusammen, und ich merkte, dass sich das für mich ein wenig seltsam anfühlte. Zwar sagte sie immer: »Mein Bruder Tammaro und seine Freundin Maren« und nicht »seine Freundin, Maren«, dennoch war das für mich zu früh, ich fand, ich war noch nicht einmal »eine« Freundin, auch wenn ich das gerne gewesen wäre.

Es fühlte sich in diesem Moment nicht stimmig für mich an, und ich überlegte, wie es wohl für ihn war. Wie konnten wir schon unsere »Roter-Teppich-Premiere« haben, wenn wir uns doch erst nähergekommen waren? Es war doch alles so frisch und verwirrend und, vor allem, nur etwas zwischen uns beiden! Was, wenn die Freunde ein Komma hörten? Ich fügte meist hinzu: »Wir kennen uns aus dem Garten, Tammaro und ich«, wobei ich natürlich auch nicht wusste, ob die Leute mit dem »Garten« irgendetwas anfangen konnten. Die meisten lächelten freundlich und wandten sich dann wieder Giulia zu, was mir ganz recht war.

Am liebsten wäre ich natürlich mit ihm allein gewesen und hätte ihn geküsst, ohne zu wissen oder darüber nachzudenken, was das jetzt war. Einfach nur küssen und fühlen und das Gehirn ausschalten. Ich merkte, wie alles in mir sich so sehr nach Nähe und Berührung sehnte, viel zu lange hatte ich darauf verzichten müssen. Und gleichzeitig schalt ich mich innerlich dafür, ich musste doch erst einmal zu mir kommen, bei mir sein, mit mir im Reinen sein, meine letzte Beziehung und die Gründe für ihr Scheitern aufarbeiten, wie ich es mir vorgenommen hatte. Es war wirklich nicht einfach.

Der Galerist, auch ein Freund von Giulia und Tammaro, hielt jetzt eine witzige und informative kleine Ansprache und erklärte einiges zu den Gemälden, aber Tammaro und ich waren nicht so ganz bei der Sache, wir konnten die Augen nicht voneinander lassen, und nicht nur die, immer wieder versuchten wir, uns wie beiläufig zu berühren, wiesen uns auf ein besonderes Detail in einem Bild hin oder lachten gemeinsam über die Bonmots des Galeristen. Als dieser fertig war, hielt ich es nicht mehr aus und schmiss all meine Bedenken über Bord. »Können wir irgendwo hin, wo …«

Tammaro ließ mich nicht zu Ende sprechen, sondern packte mich am Arm und schob mich Richtung Eingang, um kurz davor in einen Lagerraum, der mir bisher nicht aufgefallen war, abzubiegen. Er machte die Tür hinter uns zu und drückte mich gegen die Wand, während wir uns küssten wie zwei Verdurstende. Seine Hände wanderten von meinem Hals über meine Brüste und ich krallte mich mit beiden Händen in seinen Hintern, unsere Lippen und Zungen fanden zueinander und mir wurde schwindelig.

»Maren, Maren, du wunderschöne Frau!«, keuchte er und wir küssten uns weiter, erforschten uns, wir waren gierig und wie von Sinnen, natürlich wollte ich ihn, ich wollte ihn so sehr, wie ich selten etwas gewollt hatte, aber dennoch hatte mein Verstand noch etwas zu melden und als er meinen Rock hochschob und sich daranmachte, seine Hose zu öffnen, machte ich keuchend einen Schritt zurück. Sofort schob er seinen Gürtel wieder in die Schnalle, ordnete meinen Rock und streichelte mir sanft übers Haar. »Puh …« Ich musste kurz verschnaufen, um wieder zu mir zu kommen, da küsste er mich wieder fordernd, drängend und ich ließ mich darauf ein, nur noch ein bisschen, nur küssen, seine Küsse waren überwältigend, da klopfte mein doofer Verstand wieder an. »Nicht hier, nicht jetzt«, hauchte ich mehr, als ich es sagte, und er nickte, lächelte, atmete tief durch und küsste mich auf die Stirn. Ich war trotz Vernunft so heiß auf ihn, ein weiteres Mal suchte meine Zunge sich ihren Weg in seinen Mund, und obschon ich eigentlich vernünftig sein wollte, wollte ich es gleichzeitig so sehr. »Stopp«, sagte ich mehr zu mir als zu ihm und schnappte regelrecht nach Luft, während ich mich von ihm löste. »Entschuldige, ich kann nicht von dir lassen, dabei will ein Teil von mir …« Weiter kam ich nicht, denn er küsste mich noch mal so sanft und gleichzeitig so fordernd, er saugte an meiner Unterlippe und strich dabei über meinen Hals, dass ich Gänsehaut bekam.

Seine Stimme war heiser, als er sagte: »Du hast recht, wir sollten das lassen, es könnte jeden Moment jemand reinkommen und das hier ist Giulias Tag, ich möchte nicht, dass es peinlich wird. Lass uns abhauen. Zu mir.«

Ich musste mich mehrmals räuspern, bevor ich antworten konnte: »Ich glaube, in meinem ganzen Leben ist mir selten etwas so schwergefallen wie das, was ich jetzt sage: Nein. Ich kann nicht. Ich brauche noch etwas Zeit, auch wenn es nicht danach aussah …« Ich grinste verschämt, bevor ich fortfuhr. »Du machst mich ganz Karussell, aber ich muss erst mal darüber nachdenken.«

Er wischte sich lächelnd mit dem Handrücken über die Stirn. »Wie kannst du überhaupt denken?« Er atmete geräuschvoll aus. »Aber ja, natürlich, entschuldige, du hast recht, wir sollten nichts überstürzen.« Er sah mich wieder mit einem so liebevollen Blick an, dass ich dahinschmolz, und nahm meine Hände in seine, während er fortfuhr. »Wir haben alle Zeit der Welt, und ich möchte sie nutzen, dich kennenzulernen, auch wenn du mir irgendwie schon sehr vertraut bist.« Er küsste mich auf die Stirn, und in dem Moment öffnete sich mit einem Quietschen die Tür und ein Kellner kam herein.

So wie er von Tammaro zu mir guckte, wusste er ganz genau, wie der Hase lief, er lächelte aber nur kurz und ließ uns dann mit professioneller Stimme wissen: »Sie haben sich auch schon auf die Suche nach Crémant gemacht? Hier hinten in den Kühlschränken ist genug, ich gebe Ihnen gleich eine Flasche mit.«

Wir guckten ihn verlegen an, er drückte uns eine Flasche in die Hand, die Tammaro schon beim Hinausgehen öffnete, und wir holten Gläser und mischten uns unter die anderen Ausstellungsbesucher.

Kapitel 17

Es ging nicht anders. Ich musste mit jemandem reden. Und mit wem sprach man, immer, egal, ob man zwölf, zweiundzwanzig oder zweiundvierzig war? Natürlich mit der besten Freundin. Weil die noch krank war, telefonierten wir nur. Gleich am nächsten Morgen, denn am Spätnachmittag fand die Mitgliederversammlung statt. Ich saß im Wohnzimmer auf der Couch, streckte die Beine auf den Tisch und erzählte.

Als ich fertig war, klang Evi begeistert. »Maren, das hört sich ja ganz wunderbar an! Also, eher gesagt, er! Dieser Mann!« Ich hörte, wie sie sich schnäuzte. »Entschuldige. Siehst du, ich dachte mir schon, dass das nicht nur irgendein Gartennachbar ist. Dich hat es richtig erwischt, du bist volle Kanne verknallt!«

»Sagt man volle Kanne überhaupt noch?«, gab ich zu bedenken.

»Du weißt, was ich meine. Sag, bist du volle Kanne verknallt?« Sie nieste.

»Gesundheit. Das ist ja gerade, was ich nicht weiß und was ich mit deiner Hilfe herausfinden möchte.«

»Sieht er gut aus?«, krächzte es am anderen Ende.

»Er sieht fantastisch aus. Er hat Wangengrübchen! Und seine Augen sind so warm und so lebendig und fröhlich. Und er hat wahnsinnig schöne Hände, das ist mir erst gestern aufgefallen, die haben irgendwie genau die richtige Größe und stell dir vor, er hat eine Katze, genauer gesagt, einen Kater …«

Sie unterbrach mich. »Du bist verknallt. Eindeutig.« Ihr Husten klang fürchterlich, trocken und tief sitzend. Hustenstiller hatte ich ihr schon gebracht.

»Evi, mein Herz, brauchst du vielleicht noch Hustenlöser?«

»Danke, ich habe alles. Erzähl weiter! Warum blieb es beim Küssen?« Sie schnäuzte sich abermals.

»Weil wir in einem Lagerraum einer Galerie waren«, erklärte ich lahm, bevor ich fortfuhr, »und weil sich irgendetwas in mir gesperrt hat. Ich mag da altmodisch sein, aber ich möchte keine Affäre.«

»Maren, Maren, Maren«, ich sah Evi förmlich durch das Telefon den Kopf schütteln, »das kannst du dann doch immer noch sehen. Erst einmal Spaß haben, etwas für deinen Hormonhaushalt tun! Was ist denn dabei? Wenn ich es richtig mitbekommen habe, seid ihr beide Singles, oder? Dann könnt ihr doch miteinander ins Bett! Und wenn das gut ist, auch öfter! Da muss doch nicht gleich ein Etikett drauf, ›One-Night-Stand‹, ›Affäre‹ oder ›Beziehung‹. Was um Himmels willen hält dich denn ab? Du kannst mit einem tollen Mann Sex haben, er kann mit einer tollen Frau Sex haben, du hattest Ewigkeiten keinen mehr, bei ihm weiß ich es nicht, also ab dafür!« Sie musste ihre Predigt mit einem heftigen Hustenanfall bezahlen und krächzte danach: »Also, meine Liebe, ich würde mich nicht zweimal bitten lassen. Wo ist dein Problem?«

Darüber hatte ich mir die halbe Nacht Gedanken gemacht. Ich war bald nach unserem Stelldichein im Lagerraum nach Hause gefahren, weil ich es kaum aushalten konnte, mit Tammaro in einem Raum zu sein, ohne ihn zu küssen auf der einen Seite und weil ich so durcheinander war auf der anderen Seite. Er hatte mich rausbegleitet, als ich ging, und wir hatten uns nur einen schnellen Abschiedskuss gegeben, was mir einerseits zu wenig, andererseits fast ein bisschen zu vertraut gewesen war. Auf sein »Wir schreiben!« hatte ich nur genickt und mich auf den Weg gemacht.

»Ich bin erschrocken über die Heftigkeit meiner Gefühle. Als wäre ich jahrelang durch die Wüste gewandert und endlich an einer Oase angekommen, bei der ich mir nicht sicher sein kann, ob sie nicht eine Fata Morgana ist.«

»Ha, ha«, machte Evi trocken, »sehr schönes und noch nie da gewesenes Bild. Und doch stimmt es: Mit Lars saßt du ja wirklich auf dem Trockenen. Und jetzt ist da dieser zauberhafte Mensch, und du machst einen Rückzieher.«

Ich nahm das Telefon ans andere Ohr, weil das linke schon heiß geworden war. »Ich will mich nicht in eine Liebelei stürzen. Dazu ist mir mein Seelenheil zu wertvoll. Und ich will mich nicht von meinen Hormonen leiten lassen. Ja, natürlich tut mir das wahnsinnig gut, gesehen zu werden und begehrt zu werden, aber ich kenne den Mann doch kaum und wenn ich mit ihm etwas anfange, und er lässt mich fallen wie eine heiße Marone, was mach ich dann? Dann habe ich schon wieder Beziehungskummer. Und den hatte ich jetzt genug mit Lars. Ich brauche Zeit!«

»Kartoffel.«

»Was?«

»Es heißt, fallen lassen wie eine heiße Kartoffel. Wie kommst du jetzt überhaupt auf Maronen? Es ist Frühsommer. Und übrigens musst du doch dein Herz gar nicht involvieren. Du kannst doch wirklich einfach Spaß mit ihm haben. Und es hört sich so an, als könne man Spaß mit ihm haben.«

Ich überlegte kurz, dann sagte ich: »Ich kann das nicht. Mein Herz wird immer mitmachen. Ich bin keine sechzehn mehr. Und ja, ich weiß, viele junge Leute machen das heutzutage anders; wo wir damals höchstens geknutscht haben auf einer Party, gehen die heute gleich miteinander ins Bett. Und lernen sich danach kennen. Aber ich kann das nicht!« Ich machte eine kurze Pause, um zu überlegen. »Außerdem ist er zu besonders, um einfach nur Spaß mit ihm zu haben, selbst wenn ich es könnte.«

»Dann lerne ihn kennen! Und geh dann mit ihm ins Bett.«

»Das ist ja das Problem! Ich kann ihn nicht einfach kennenlernen. Wenn ich bei ihm bin, muss ich ihn anfassen, küssen und am liebsten noch mehr. Deshalb will ich lieber Abstand. Ich rassele sonst sofort in die nächste Beziehung oder Affäre oder was auch immer. Zuerst möchte ich eine Beziehung zu mir aufbauen. Zu der Maren, die ich eigentlich bin, ohne Mann.« Jetzt musste ich mich schnäuzen.

»Oh, hab ich dich doch angesteckt? Obwohl wir uns nur an der Türe gesehen haben? Oder weinst du?«

»Nein, nein.« Ich war froh, dass sie nicht sehen konnte, wie ich mir eine Träne aus dem Augenwinkel wischte. »Weißt du, es ist so toll für mich, alleine zu wohnen und den Garten alleine zu gestalten – mit deiner Hilfe natürlich – und mir alleine genug zu sein. Unabhängig zu sein und zu sehen, es geht. Ich kann gut alleine sein, ich fange sogar an, es zu genießen. Und jetzt will ich gucken, wie es weitergeht mit mir. Zeit für mich haben. Und dann kommt vielleicht irgendwann auch ein neuer Mann. Aber jetzt bin ich erst einmal für mich.«

Ich hörte Evi tief Luft holen. »Tja, wenn du meinst. Aber ich an deiner Stelle würde mir die Chance mit einem so tollen Mann nicht entgehen lassen. Verstehen tu ich dich trotzdem. Was hat Markus neulich noch zu mir gesagt? Am wichtigsten ist es, dass man gerne mit sich selbst Zeit verbringt.«

»Oh, Markus? Ja, das hat er schön gesagt. Und ich kann das schon ganz schön oft, möchte das aber noch mehr verinnerlichen. Dann bin ich auch bereit für jemand anderen.«

»Okay. Du kannst Tammaro ja meine Nummer geben. Spaß. Ich glaube, ich möchte mich wieder hinlegen. Aber ruf mich jederzeit an! Ich drücke dich, bis bald!«

»Werd mal schnell wieder gesund! Damit wir wieder essen gehen können, in unser Lokälchen! Ich gucke morgen noch mal nach dir. Zurückgedrückt!«

Bald würde ich diese Teenagerschwärmerei ad acta legen können, davon war ich fast überzeugt. Ich musste mich nur ein wenig zurückhalten.

Nach dem Gespräch mit Evi putzte ich gerade das Bad, als es schon die erste Bewährungsprobe gab. Mein Telefon machte das Textnachrichtsignal und es kribbelte wie verrückt in meinem Bauch, als ich las: »Du gehst mir nicht mehr aus dem Kopf. Mit dir würde ich sogar in die Bäckerei am Klärwerk ziehen. Bis dahin dauert es noch, fürchte ich, deshalb: Wann sehe ich dich wieder? Ich küsse dich, T.«

Ich legte den Putzlappen zur Seite und setzte mich auf den Rand meiner Badewanne. Verdammt, ich hätte das nicht tun sollen, gestern, diese Knutscherei. Wir waren doch erwachsene Menschen! Ganz egal, wie schön ich dieses Gefühl fand, wie gerne ich zwischendurch abtauchte in diese Erregung und dieses Aufgewühltsein, das ich gestern gespürt hatte, wie gut es tat, es immer und immer wieder in Gedanken zu durchleben, gleichzeitig war mir doch dabei bewusst, wie impulsiv und irrwitzig das alles war. Vielleicht sollte ich verreisen, allein oder mit Emilie. Aber andererseits war ja jetzt die Zeit für den Garten, die ich nutzen musste. Ich würde das auch hier aushalten können. Ohne ihn. Was konnte ich schreiben, ohne ihn zu verletzen?

Fünf Anläufe brauchte ich, bis ich einigermaßen zufrieden mit meinem Text war: »Lieber Tammaro, ich bin durcheinander, es war wunderschön mit dir gestern. Und dennoch: Lass es uns langsam angehen. Ich weiß, du verstehst das. Ich umarme dich, M.«

Seine Antwort kam postwendend: »Ich habe schon so lange auf dich gewartet, ich kann noch länger warten. Kuss, T.«

Es waren keine Schmetterlinge, es waren Flugsaurier, die durch meinen Bauch tobten, wenn ich diese Worte las und mir dabei sein ebenmäßiges und freundliches Gesicht vorstellte. Aber auch wenn es schwer war, ich würde stark bleiben.

Kapitel 18

Das Vereinsheim, ein schmuckloser, aus der Zeit gefallener Bau mit einer Bar aus dunklem Nussbaumholz, dunkelroten Bodenfliesen und abgehängter Decke, war an diesem sonnigen Samstag nicht gerade ein Sehnsuchtsort, aber immerhin waren sämtliche Türen geöffnet, um Luft und Leute hereinzulassen – und dennoch war es stickig und warm. Ich hatte zu meiner Freude ganz hinten am Eingang einen Sitzplatz ergattert und war direkt mit einer jungen Frau, Serpil, ins Gespräch gekommen. Sie war schon seit fünf Jahren mit ihrem Mann und ihren Kindern im Verein und erklärte mir, dass sich so eine Versammlung ganz schön ziehen konnte.

»Aber deshalb sitzen wir ja am Eingang. Da kann man sich einfach rausschleichen, wenn es einem zu viel wird!«, ließ sie mich mit einem Augenzwinkern wissen.

Prima, bisher hatte ich also alles richtig gemacht. Es sollte heute um verschiedene Belange gehen, die Zufahrt zum Vereinsheim etwa musste nach einem Wasserrohrbruch neu betoniert, Schlaglöcher ausgebessert werden und die vom Zünsler zerstörten Buchsbäume, die bisher die Zufahrt gesäumt hatten, mussten ersetzt werden – wodurch, das sollte heute entschieden werden, sowie eine Sonderumlage dafür. Außerdem stand auf der Tagesordnung die Wahl eines neuen Kassenwarts, nachdem der bisherige aus Krankheitsgründen ausfiel, und es sollte über die Einrichtung eines Kinder-Gartens auf einer der leer stehenden Parzellen für die nahe gelegene Kindertagesstätte abgestimmt werden.

Das letzte Mal, dass ich unseren Vorsitzenden Ulf gesehen hatte, war ja in eher unschönem Zusammenhang gewesen und heute schien mir, dass seine Seebärigkeit noch zugenommen hatte. Sein Bart war länger, die Stimme brummiger und der Bauch war größer geworden. So eine Sitzung zu leiten, traute ich ihm absolut zu, wenn ich auch noch keinen blassen Schimmer davon hatte, wie sie ablaufen würde. Ulf schien sich auf alles, was kam, zu freuen. Er strahlte in die Menge und begrüßte uns so feierlich, als wären wir auf der Taufe der Queen Mary 2. Dann stellte er die Beschlussfähigkeit fest, während ich mich fragte, warum er das konnte, also was dafür die Kriterien waren. Später würde ich das googeln. Unser Vorsitzender begann die Tagesordnungspunkte vorzustellen, die auch in der Einladung standen und die ich als aufmerksames Vereinsmitglied natürlich zur Hand hatte, als plötzlich eine Frau in wallendem schwarzem Gewand den Festsaal betrat und ohne Not begann, direkt neben dem Eingang und somit neben mir, mit Inbrunst das Ave Maria von Schubert zu schmettern.

Irritiert guckte ich zu meiner Sitznachbarin, die genauso verstört dreinblickte und mir zuzischte: »Das gehört nicht zu einer Mitgliederversammlung!«

»Aufhören!«, kreischte da auch schon eine Gartenfreundin, die einen roten Sonnenhut trug, und ein paar Umsitzende stimmten ihr, allerdings wesentlich leiser, zu. Thore vom Festausschuss sprang auf und zeigte mit einer Geste an, dass man den Vortrag nicht stören sollte. Der Gesang war zwar gut gemeint und mit kräftiger Stimme ausgeführt, aber es saßen längst nicht alle Töne dort, wo sie eigentlich hingehörten.

Als das Lied nach einer gefühlten Ewigkeit vorbei war, klatschte hier und da jemand, was zu weiteren Unmutsäußerungen einiger Gartenfreundinnen und Gartenfreunde führte. Die Rothutlady trompetete: »Was war denn das? Wir sind hier nicht auf dem Jahrmarkt!«

Jetzt ergriff die Sängerin das Wort: »Guten Abend zusammen! Manche von euch kennen mich vielleicht schon, für alle anderen möchte ich mich kurz vorstellen: Ich bin Opernsängerin Gabriele Fröde, ihr könnt aber gern Gabi zu mir sagen. Ich bin auf der Parzelle einhundertneunundachtzig und vielleicht hört ihr mich manchmal singen, weil ich oft übe während der Gartenarbeit. Und da haben mich ein paar Gartenfreunde ermuntert, einfach auch mal hier im Vereinsheim zu singen. Ich hoffe, ich habe euch eine kleine Freude bereitet!«

Sie strahlte und überhörte (hoffentlich) das deutliche »Nein!« eines Funktionsjackenmannes, winkte und war verschwunden. Ulf, der das Spektakel die ganze Zeit mit offenem Mund verfolgt hatte, gab sich nun einen Ruck, mahnte alle zur Ruhe und sagte mit fester Stimme: »Das war ein Lied. Sie hat gesungen. In Zukunft sprechen wir so etwas bitte mit unserem Festausschuss oder wahlweise mit mir ab.«

Ich war ziemlich begeistert und ließ auch Serpil wissen, dass ich mir eine solche Vereinssitzung wesentlich langweiliger vorgestellt hatte. Sie zuckte nur mit den Schultern und erklärte: »Das wird es noch, versprochen.« Sie überlegte kurz und änderte dann ihre Meinung. »Wobei heute einige Krawallbrüder und -schwestern mit von der Partie sind, es könnte auch unterhaltsam werden.«

Nicht nur wir hatten uns ausgetauscht, auch andere, weswegen Ulf wieder zur Ruhe mahnte. Thore, der der Sängerin hinterhergeeilt war, drängelte sich jetzt nach vorne zu Ulf und flüsterte ihm etwas ins Ohr. Dieser erklärte uns daraufhin: »Äh, ja, also, anscheinend gab es wohl ein Missverständnis zwischen dem Festausschuss und, äh, Gabi, bezüglich des Zeitpunktes ihres Vortrags.«

Eine Frau in Kittelschürze erhob sich mühsam und krächzte: »Vortrach hin oder her, nu is ma gut. Ulf, mien Jong, mach ma hinne.« Mit lautem Stöhnen setzte sie sich wieder und unser Vorsitzender tat, wie ihm geheißen und begann die weiteren Tagungsordnungspunkte vorzulesen. Er kam nur bis zum nächsten. »Kinder-Garten! Hier in unserem Kleingartenverein? Das gab es noch nie! Tschüss, Mittagspause! Wo soll denn der überhaupt hin?« Der Herr mit der beigefarbenen Funktionsweste war außer sich. »Denkt bloß nicht dran, den Kindergarten bei mir hinzustellen. Ich hab schon genug mit den Lütten nebenan.«

»Mönsch, Willi, Ulf liest doch gerade nur vor!«, erklärte eine resolute, kleine, ältere Dame, die mir vorher schon aufgefallen war, weil sie trotz des milden Wetters eine dicke Strickjacke und einen ebensolchen Schal trug. »Du kannst dich nachher beschweren, wenn wir bei dem Tagesordnungspunkt angekommen sind!«

Die Rothutfrau unterstützte sie: »Genau! Und ich habe dazu dann auch noch was zu sagen! Auf meine Mittagspause will ich nämlich auch nicht verzichten, und überhaupt gibt es ja schon genug Leute, die sich nicht daranhalten! Es ist einfach unverschämt, wie viele noch um Viertel nach eins Rasen mähen!«

Ein junger Mann blies die Backen auf: »Die Viertelstunde! Meine Güte!«, rief er.

»Ich finde sowieso, die Mittagspause gehört abgeschafft! Wer braucht schon Ruhe von eins bis drei?«

Jetzt regten sich auch die übrigen Vereinsmitglieder. »Die Mittagspause bleibt!« und »Genau!« und »Er hat recht!« riefen mehrere Leute durcheinander, während Ulf versuchte, sich Gehör zu verschaffen. Am liebsten hätte er einen Hammer gehabt, wie der Richter in einem amerikanischen Justizdrama, war ich mir sicher.

»Loide! Hallo! Wir wollen doch alle vorwärtskommen! Wer für die Abschaffung der Mittagspause ist, muss das Thema für die nächste Mitgliederversammlung beantragen. Heute kümmern wir uns um die bekannten Tagesordnungspunkte, damit haben wir schon genug zu tun, glaubt mir.« Ulf schnaufte und fuhr fort.

Dass Tammaro als Festbewohner nicht hier sein würde, war mir natürlich klar gewesen, aber dass ich auch Lars nirgendwo entdecken konnte, wunderte mich schon ein wenig. Schließlich hätte ich mir gut vorstellen können, dass er als plötzlich unheimlich Garten-Interessierter sich auch im Verein einbringen wollte. Ich blickte mich suchend um, aber es waren zu viele, um ihn zu entdecken.

»Nu isses ja so«, erklärte Ulf, »dass unser langjähriger Kassenwart Achim Thiessen aus gesundheitlichen Gründen von seinem Amt zurücktreten muss. Er ist seit 1976 im Verein aktiv und wir haben ihm eine Menge zu verdanken. Deshalb im Namen vom Verein alles Gute und komm schnell wieder auf die Beine!«

»Platz für Jüngere!«, rief ein Herr mit ergrauten Rastazöpfen und gebatiktem T-Shirt, er wurde aber sofort von allen Seiten zur Ruhe ermahnt und mit Schnalzlauten bedacht. Danach erklärte Ulf, er habe eine Bewerbung für einen neuen Kassenwart bekommen und wollte uns diesen vorstellen. Es war – oh Wunder – Lars, der sich mit freudigem Grinsen, hochgekrempelten Ärmeln und rotem Kopf einen Weg durch die Menge bahnte. »Lars Saum ist zwar noch nicht lange im Verein, er ist aber als Bankangestellter natürlich von Haus aus gut geeignet für diese Aufgabe. Außerdem hat er wirklich schnell seine Parzelle auf Vordermann gebracht, dafür noch mal mein ausdrückliches Kompliment.«

Als ich Lars' Namen gehört hatte, waren mir ähnliche Gedanken durch den Kopf gegangen: Er hatte doch jeden Tag mit Geld zu tun, wieso wollte er das dann in seiner Freizeit auch noch machen? Auch wenn sein korrektes Wesen uns als Familie früher auch eine gewisse Sicherheit vermittelt hatte, war mir dieser Mann heute schwer verständlich in seiner Langweiligkeit. Aber natürlich war ich auch dankbar, dass es Leute wie ihn gab, die sich ehrenamtlich um alles kümmerten, denn ohne sie wäre solch ein Verein unmöglich gewesen. Nur befürchtete ich, dass Lars das Amt nicht zum Wohle der Gemeinschaft ausüben wollte, sondern weil er ein eitler, selbstverliebter Gockel war, der ganz gewiss auch das Amt des Ersten Vorsitzenden anstrebte.

Wie um mich in meinem Eindruck zu bestätigen, hechtete er in Richtung Mikrofon, zog einen Zettel aus der Hosentasche und begann.

»Lieber Vorstand, liebe Gartenfreundinnen und Gartenfreunde, natürlich auch lieber Achim Thiessen, der du heute leider nicht dabei sein kannst, gute Besserung auch von meiner Seite, ich freue mich, dass ich mich euch heute vorstellen kann. Mein Name ist Lars Saum, ich bin fünfundvierzig Jahre alt, verheiratet«, ich musste mich sehr beherrschen, nicht »noch!« zu rufen, »und Vater einer zauberhaften einundzwanzigjährigen Tochter. Nicht nur in meiner Eigenschaft als Firmenkundenberater, sondern auch weil ich neuerdings meine Passion als Laubenpieper entdeckt habe …« An der Stelle musste ich laut losprusten, was mir missbilligende Blicke meiner Umsitzenden einbrachte. »… halte ich mich für äußerst geeignet für den Posten des Kassenwarts. Ich verspreche euch, dass ich mit all meinem Wissen und meiner Fachkompetenz, mit Herz und Verstand für die Belange unseres wunderbaren Vereins eintreten werde, wenn ihr mir euer Votum gebt, um das ich euch an dieser Stelle in aller Bescheidenheit bitten möchte.« Er schien auf Applaus zu warten, wahrscheinlich auf tosenden, denn er blickte Beifall heischend in die Menge – umsonst.

Immerhin Ulf erbarmte sich und sagte: »Danke, lieber Lars.« Er blickte in die Menge: »Gibt's sonst noch jemanden, der das machen möchte?«

»Was?«, fragte die Rothutfrau, und ein anderer antwortete umgehend »Kassenwart!«, um gleich darauf zu fragen »Warum macht das Achim denn nicht mehr? Der hat das doch richtig gut gemacht!«, worauf zu meinem Vergnügen ein heftiger Wortwechsel losging. Einige stimmten dem Fragenden zu und wunderten sich lautstark, was mit Achim war, andere empörten sich, dass anscheinend »niemand mehr zuhört«, und wieder andere erklärten, dass man gerade erst dazugekommen sei, weil »man schließlich auch noch andere Verpflichtungen hat als nur Gartenverein«. Es war herrlich. Und zog sich. Ich freute mich schon sehr auf die Stelle mit dem Garten für die Kinder. Nachdem Ulf sich mit mehrmaligem Rufen endlich wieder Gehör und einen Überblick über die Kandidaten für das Amt des Kassenwarts – es gab nur Lars – verschafft hatte, mussten wir per Handzeichen darüber abstimmen, ob alle damit einverstanden waren, dass wir die Wahl nicht geheim machen, sondern per Handzeichen abstimmen würden. Seltsamerweise hatten das alle sofort kapiert und nichts dagegen und Lars wurde – mit einer Enthaltung von der Frau mit dem roten Hut – gewählt, was ihn so strahlen ließ, als hätte man ihm den Nobelpreis verliehen. Nun, es war ja auch ähnlich. Er wollte gerade zu einer Dankesrede anheben, die er anscheinend auch schon auf einem Zettel vorbereitet hatte, als Ulf und Thore ihn gemeinsam von der Bühne drängten und ihn baten, sich hinzusetzen. Konnte meine Fremdscham noch größer werden? Suchend blickte er sich im Publikum um, ich bekam etwas Angst, nach wem außer mir sollte er schließlich Ausschau halten? Oh Mann! Ich war schon vorher auf meinem Stuhl so weit hinuntergerutscht, dass ich mich hinter den Rücken der Leute vor mir verstecken konnte, jetzt überlegte ich, ob ich nicht einfach gehen sollte.

Aber ich befürchtete, dass Lars mir dann hinterhergekommen wäre und man zwischen uns eine Verbindung hergestellt hätte.

Nachdem alle weiteren Tagesordnungspunkte mehr oder weniger geschmeidig abgehandelt werden konnten, kamen wir endlich zum größten Aufreger. Ich musste wohl etwas weggenickt sein, denn ich schreckte regelrecht hoch, als ich Ulfs verzweifelte Stimme sagen hörte: »Herrgott noch mal, nein, wir machen hier keine Kita auf! Und auch keinen Kindergarten! Und keine Kindertagesstätte, ach so, das ist ja eine Kita. Es geht darum, dass die Kita ›Zwergentanz‹ aus der Ringelbachstraße angefragt hat, ob sie mit uns gemeinsam auf einer freien Parzelle einen Garten für und mit ihren Kita-Kindern anlegen kann. Was das genau bedeutet, soll eine Arbeitsgruppe Kita-Garten zusammen mit der Kitaleitung klären. Wer von Euch möchte mitmachen? Bei der Arbeitsgruppe.«

Jetzt war richtig was los. Manche Ältere hatten Angst um ihre Gartenruhe, andere freuten sich über »mehr Leben im Verein« und junge Eltern begrüßten die Idee, wollten sich auch einbringen, sahen aber keine zeitlichen Kapazitäten, um das zu tun.

»Wir könnten eine WhatsApp-Gruppe gründen, um schon einmal Ideen zu sammeln!«, warf eine rotwangige Frau unvorsichtigerweise ein.

Denn nun explodierte die Stimmung vollends. Selbst Leute, denen der Kita-Garten vollkommen schnurz war, sahen sich jetzt in der Pflicht, ihre Meinung über Messengerdienste kundzutun. »Wir haben eine Nachbarschaftsgruppe, das ist wirklich entsetzlich, das hört an manchen Tagen gar nicht auf, zu klingeln! Also, ich bin da auf keinen Fall dabei!«, empörte sich der Funktionswestenträger und die Rothutfrau erklärte, dass »manche Ältere vielleicht ja gar kein WhatsApp haben!«, was eine weißhaarige Dame diskriminierend fand, weil das »nichts mit dem Alter zu tun hatte«, andere hatten Sorge um ihren Datenschutz und wieder andere schlugen vor, sich per E-Mail auszutauschen, was für wieder andere »unmöglich« war, weil sie »nur jedes halbe Jahr« in ihre Mails guckten. Die Idee, sich persönlich zusammen zu setzen, scheiterte daran, dass viele sehr pessimistisch waren, jemals einen Termin zu finden, an dem alle konnten, und der Vorschlag, eine Liste mit Terminvorschlägen am schwarzen Brett auszuhängen, in die sich alle, die mitmachen wollten, eintragen konnten, führte zur Beschwerde über die Vermüllung des gesamten Geländes, inklusive der Forderung an den Vorstand, Hunde in der Anlage zu verbieten, weil die Hundehalter »anscheinend nicht in der Lage waren«, die Hinterlassenschaften ihrer Lieblinge ordnungsgemäß zu entsorgen.

Es war so ein Tohuwabohu, dass ich irgendwann keine Lust mehr hatte und die Gelegenheit am Schopf packte, als Serpil ihre Handtasche schnappte und nach draußen schlich. Wir hätten gar nicht so leise sein müssen, es hätte sowieso niemand mitbekommen. »Und, wie fandest du's?«, fragte sie mich draußen.

»Oh, äh, auf jeden Fall interessant!« Wir lachten beide.

»Und bist du jetzt traurig, dass du den Schluss nicht mitbekommen hast?« Sie guckte mich neugierig an.

»Traurig ist vielleicht nicht das richtige Wort«, erklärte ich, »ich bin froh, dass ich nicht mehr da drinsitzen muss.«

Dieser Meinung war auch Serpil. Wir verrieten uns noch unsere Parzellennummern, versprachen, uns gegenseitig mal auf einen Kaffee zu besuchen, und während ich mich auf den Weg in meinen Garten machte, fiel mir auf, dass ich während der Versammlung nicht ununterbrochen an Tammaro gedacht hatte. So würde ich weitermachen, schwor ich mir.

Kapitel 19

Dass das nicht einfach werden würde, erfuhr ich zwei Wochen später noch einmal deutlich: Am folgenden Samstag stand meine erste Gemeinschaftsarbeit im Kleingartenverein an, das Vereinsheim sollte flottgemacht werden, rundherum von Brombeeren befreit und drinnen geputzt und entrümpelt werden. Ich hatte von einigen meiner Patienten, die auch Laubenpieper waren, schon von den martialischen Strafen gehört, die drohten, wenn man bei der Gemeinschaftsarbeit unentschuldigt fehlte. Hunderte von Euro an Geldbuße waren fällig, bis hin zur Aufhebung des Pachtvertrags und Guantanamo.

Bei uns konnte man sich begründet entschuldigen und für ein anderes Mal eintragen lassen, fehlte man unentschuldigt, so galt es, fünfzig Euro zu berappen, was ich fair fand. Aber ich wollte ja auch gerne mitmachen, obwohl man munkelte, dass so eine Gemeinschaftsarbeit, die aus dem Flottmachen eines lange schon brach liegenden Gartens, dem Instandhalten und Säubern der Gemeinschaftswege oder der Hilfe für eine krank gewordene Gartenfreundin bestehen konnte, schon mal mehrere Stunden dauerte. Ich freute mich dennoch darauf, würde ich doch neue

Gartenfreunde kennenlernen und vielleicht sogar noch etwas übers Gärtnern erfahren.

Samstagvormittag stand ich also mit zwanzig anderen vor dem Vereinsheim, als ein junger Mann, den ich als Thore vom Festausschuss wiedererkannte, uns in Gruppen einteilte. Ich war sehr froh, dass ich Lars nirgendwo ausmachte, auch wenn ich keine Ahnung hatte, warum er als mein direkter Nachbar nicht dabei war. Doch die Begründung bekam ich sofort, als Thore erklärte: »Normalerweise werden ja die unmittelbaren Nachbarn zum Kennenlernen gleichzeitig zur Gemeinschaftsarbeit eingeladen, aber wir fanden es gut, auch mal Leute aus ganz verschiedenen Teilen unseres Vereinsgebiets zusammenzustecken. Ihr seid einundzwanzig, ich schlage vor, wir machen vier Gruppen à vier Leute und eine à fünf. Wir müssen drinnen putzen, draußen Wildkräuter jäten und die Terrasse schrubben.«

Ich meldete mich für die Gruppe, die vor dem Vereinsheim arbeiten wollte, denn es war ein sonniger, warmer Tag und wenn das hier länger dauern sollte, wollte ich wenigstens draußen sein. Ein Vater mit seiner etwa sechsjährigen Tochter, ein älterer Herr, der Werner ähnelte, und eine junge Schwangere mit ihrem Mann waren in meiner Gruppe. Wir begannen, mit Fugenschabern und Messern das Unkraut aus den Spalten zu kratzen, und unterhielten uns fröhlich dabei. Maya kniete mit ihrem riesigen Bauch auf den Terrassenplatten und mühte sich stöhnend mit Löwenzahn, Jakobskreuzkraut und irgendwelchen Gräsern ab.

Ich guckte fragend von ihr zu ihrem Mann: »Meint ihr nicht, dass es besser ist, wenn du, Maximilian, vielleicht alleine mithilfst? Das ist doch zu viel für dich!«

Ihr Partner zuckte mit den Schultern: »Du wolltest unbedingt helfen, nicht wahr, meine Süße?« Er strich ihr übers Haar.

Der Werner-Typ, er hieß Wilfried, unterstützte mich: »Du solltest dich besser ausruhen. Nicht, dass du hier noch eine Sturzgeburt hinlegst!« Er sah sich nach diesem seiner Ansicht nach gelungenen Scherz Beifall heischend um.

Maya war zwischen dem Ächzen und Stöhnen kaum zu verstehen. »Ich kann mich doch nicht die ganze Zeit nur ausruhen! Ich bin schwanger und nicht krank!«

Wilfried hatte eine Idee: »Warum arbeiten wir eigentlich nicht mit dem Hochdruckreiniger? Das ganze Moos kriegen wir damit doch am besten weg!«

Die anderen stimmten zu und der Vater, Claas, rief: »Na klar! Ich hole ihn aus dem Vereinsheim!«

Maya stöhnte: »Der ist kaputt, wir wollten den uns neulich ausleihen, für unsere Terrasse.«

Kurz sahen wir uns alle ratlos an, bis Wilfried eine Idee hatte: »Tammaro, der Festbewohner, hat einen Hochdruckreiniger! Das weiß ich ganz genau! Der leiht uns seinen ganz bestimmt.« Er zeigte auf mich: »Komm, wir fragen ihn!«

Maya war inzwischen ganz bleich und hockte schnaufend auf dem Boden, Maximilian kümmerte sich um sie.

»Kannst du nicht alleine fragen«, wollte ich einwenden, aber Wilfried war schon auf dem Weg zum Parkplatz und winkte mir, mitzukommen.

Claas erklärte seiner kleinen Tochter, was sie mit dem Fugenschaber alles machen konnte, Maya entschloss sich, sich doch auszuruhen, und ihr Partner brachte sie in ihren Garten. Ich spürte mein Herz klopfen. Wieso musste ich jetzt da hin? Die Angst vor meiner Reaktion, wenn ich vor Tammaro stehen würde, wurde immer größer, je näher wir seinem Haus kamen. Währenddessen plauderte Wilfried drauflos: »Das ist ein netter Kerl, der Tammaro. Ich kenne ihn schon ganz lange, er ist auch immer bei irgendwelchen Festivitäten vom Verein dabei. Vater Italiener, Mutter Deutsche und er hat dieses Temperament und die Lebensfreude von seinem Vater! Du hast ihn bestimmt schon mal getroffen, er hilft hier viel, er gärtnert gern, hat selbst einen großen Garten.« Wenn der wüsste, dachte ich.

»Ich müsste noch mal ganz kurz in meine Laube, ich bin mir nicht sicher, ob ich zugesperrt habe, hol du das Gerät doch alleine.«, bat ich zaghaft.

»Nichts da, du bist neu im Verein, du musst hier doch alle kennenlernen. Und absperren brauchst du nicht, es ist ja Saison und helllichter Tag, da klaut keiner was!«, ließ er mich unbeirrt wissen.

»Ich kenne Tammaro schon«, erklärte ich, woraufhin er nur erwiderte: »Umso besser! Dann freut er sich bestimmt, dich zu sehen!«

Ja, das glaubte ich auch. Oder vielleicht auch nicht. Schließlich hatte ich mich in der letzten Zeit sehr zurückgehalten. Natürlich hatte ich auf seine Nachrichten reagiert, zwar freundlich, aber doch knapp und wortkarg. Mal schickte er mir einen interessanten Artikel, den er online gelesen hatte, mal ein lustiges Video oder ein Foto von sich neben einer Pflanze, die er entdeckt hatte und besonders fand. Meist wünschte er mir damit auch einen guten Morgen, einen schönen Tag oder eine gute Nacht. Aber er überhäufte mich auch nicht mit Nachrichten. Ich schrieb ihm nie als Erste. Dabei verzehrte ich mich eigentlich nach ihm. Es war eine doofe Situation, die durch diese Aktion jetzt nicht gerade besser wurde. Ich hatte gehofft, dass mein Herz sich beruhigen würde, wenn ich ihm einige Zeit nicht begegnete, aber bislang war das nicht eingetreten. Und jetzt würde ich ihn gleich treffen. Außer, ich blieb vor seinem Gartentörchen stehen, was ich auch irgendwie affig fand. Außerdem WOLLTE ich ihn ja sehen. Eigentlich. Es war verflixt.

»Hey, Wilfried, gut, dich zu sehen!«

Die Erkenntnis, wie sehr ich seine Stimme mochte, die immer ein bisschen verschnupft klang, kam überfallartig. Verdammt!

Da hatte er mich schon entdeckt: »Maren!« Er strahlte mich an und berührte leicht meine Schulter, mir schoss schon wieder die Röte ins Gesicht und ich begrüßte ihn mit einem, wie ich hoffte, herzlichen, aber nicht allzu überschwänglichen Lächeln.

Wir mussten dann eine ganze Weile so dagestanden haben, denn Wilfrieds Stimme ertönte: »Na, Ihr zwei Turteltäubchen, wir wollen mal nicht vergessen, warum wir hier sind!« An Tammaro gewandt erklärte er, worum es ging.

»Na klar bekommt ihr den Reiniger!« Er ging in seinen Schuppen und kam umgehend mit Kollege und dem gelben Gerät wieder. »Ich komme mit und helfe euch!«, sagte er.

Ich wollte gerade protestieren, da dankte ihm Wilfried schon mit den Worten: »Das ist toll, wir sind nämlich nur eine kleine Gurkentruppe, obschon wir eigentlich einer mehr sind als die anderen! Aber die Schwangere hat schon das Handtuch geworfen, der junge Vater kümmert sich während der Arbeit um sein Kind und ich hab's mit der Bandscheibe. Wir können Verstärkung wirklich gebrauchen!« Mir wurde unglaublich heiß und ich bückte mich, um Kollege zu streicheln, der mir kurz um die Beine strich und dann wieder seiner Wege ging.

»Na klar, ich schreibe noch kurz eine Mail zu Ende, dann komme ich mit. Wollt ihr was trinken? Kommt doch rein!«

Diesmal waren wir uns einig, dass wir außen warten wollten. »Ist doch wirklich ein netter Typ, ne?«, fragte Werner, während er sich auf die Bank links vor dem Haus plumpsen ließ. »Komm, min Deern, ruh dich noch kurz aus, bevor es gleich losgeht!« Ich guckte über das Tulpenmeer in dem gepflegten Vorgarten und versuchte, mit einer Kurzmeditation über die Farbkombination Gelb, Lila und Weiß zur Ruhe zu kommen, dann setzte ich mich zu Wilfried. »Es wird höchste Zeit, dass da mal was gemacht wird, im und um das Vereinsheim, das haben wir unter dem alten Vorstand ein bisschen vernachlässigt.«

»Ach so, Ulf macht das noch nicht so lange?«, fragte ich interessiert. »Ich bin ja selbst erst seit diesem Jahr hier.«

»Nein, er hat damit letztes Jahr angefangen. Aber er ist schon lange im Verein und hat sich immer viel engagiert.« Als Tammaro herauskam, reagierte mein Körper schon wieder, was mich ärgerte. Ich hatte ihn doch nun eben schon mit knallroter Birne begrüßt, das musste doch nicht noch mal so sein! Und warum war er überhaupt so entspannt?

»Wie geht's dir? Ich freu mich so, dich zu sehen!« Diese Stimme. Diese Augen. Die Wangengrübchen. Ich versuchte, meinen Puls mit der Atmung zu regulieren, bevor ich antwortete: »Gut, danke, ich finde es auch schön, dich zu sehen!« Wilfried war vorausmarschiert, wir hatten uns etwas zurückfallen lassen, was ich schon ein wenig bereute und so versuchte ich, mit ihm Schritt zu halten und Tammaro mitzunehmen. Mit ihm alleine zu sein, machte mich äußerst nervös.

Doch daran würde ich mich gewöhnen müssen, denn als wir wieder am Vereinsheim ankamen, erfuhren wir, dass Claas' Tochter in eine Biene getreten war und er sie versorgen musste, Maximilian kümmerte sich um Maya und Wilfrieds Bandscheiben muckten auch zu sehr, sodass ich mich plötzlich mit meinem Wangengrübchenmann alleine auf der Vereinsterrasse wiederfand. Wäre Wilfried mal nicht so gerannt, dann wäre wahrscheinlich alles gut gegangen mit seinen Bandscheiben und wir wären zu dritt gewesen, schimpfte ich innerlich. »Nur du und ich und der Hochdruckreiniger!«

Tammaro grinste. »Auch ein guter Romantitel. Dann wollen wir mal!«

War er wirklich so entspannt, oder konnte er seine Aufregung nur meisterhaft verbergen, fragte ich mich. »Tammaro, das ist, glaube ich, keine so gute Idee, dass wir das hier zusammen machen …«, startete ich einen Versuch, meine Seelenruhe zu retten.

»Wieso? Es macht doch sonst keiner. Die anderen sind drinnen, nehme ich an, beim Putzen und Entrümpeln?« Er sah mich ernst an. »Du bist wunderschön.«

Ich musste mich sehr zusammenreißen, um nicht »du auch!« zu erwidern. Stattdessen sagte ich nur knapp: »Danke« und zeigte auf das Gerät: »Wie funktioniert das Ding?« Das ältere Ehepaar von der anderen Seite meines Gartens kam auf dem Weg zum Müllplatz mit zwei prall gefüllten Plastiksäcken vorbei und nutzte die Gelegenheit, sich uns als Gerda und Rudolf vorzustellen. Sie guckten uns an, als wären wir ein Paar, was ich für einen Moment genoss, bevor ich mich innerlich wieder zur Räson rief.

Als sie vorbeigegangen waren, nahm Tammaro meine Hand und küsste sie zärtlich, sah mich dabei ernst an. »Ach, Maren …« Er schüttelte den Kopf.

»Ich weiß«, flüsterte ich heiser und versuchte, endlich das Reinigungsgerät anzuwerfen.

Es war eine wahre Freude, den ganzen Moos- und Algenbelag der Vereinsheimterrasse im Handumdrehen verschwinden zu lassen. Wenn doch nur im echten Leben alles so einfach ginge! Und, vor allem, wenn man mal bei anderen Problemen so schnell und effektiv eine Wirkung herbeiführen könnte! Auch das hier machte mit Tammaro Spaß, wir arbeiteten Hand in Hand und er gab mir nicht eine Sekunde das Gefühl, dass er mir irgendwas erklären wollte oder er es besser machen konnte, wir machten das wirklich gemeinsam und obschon es nur eine schnöde Reinigungsarbeit war, gefiel sie mir, weil ich sie mit ihm machte.

Wir schufteten drei Stunden, bis die Terrasse wie neu aussah, dann kamen die anderen zu uns nach außen in die Sonne, wir tranken Kaffee und aßen Kuchen, den Thore besorgt hatte. Dann bestaunten wir gegenseitig das Geschaffte. Sosehr ich es genoss, Tammaro immer noch an meiner Seite zu haben, so schwer fiel es mir, ihn nicht zu berühren, und gleichzeitig hämmerte mir meine Vernunft ins Gewissen. Diese teenagermäßige Schwärmerei musste ein Ende haben! Auch wenn sich mein ganzer Körper nach seiner Berührung sehnte, war für mich vollkommen klar, dass Tammaro kein Mann für eine Affäre war. Und: Bevor ich etwas Neues anfing, musste Lars den endgültigen Schlussstrich ziehen und endlich die Scheidungspapiere unterschreiben. Und nicht nur das. Was mir in den letzten Tagen immer klarer geworden war: Ich fürchtete mich. Wenn ich eine neue Beziehung einging, wollte ich, dass wir von Anfang an alles richtig machten. Ich wollte alles dafür tun, nicht noch einmal so zu scheitern wie mit Lars.

Als wir alles in die Küche des Vereinsheims geräumt hatten, wollte ich noch mal kurz in meinen Garten. »Darf ich mitkommen? Du gehst doch noch in deinen Garten, oder?«

Ich nickte mit einem Stoßseufzer und er sah mich erschrocken an.

»Oh, das klingt gar nicht gut. Entschuldige. Ich hätte nicht fragen dürfen. Ich gehe nach Hause. Das war schön.« Es brach mir das Herz, in sein trauriges Gesicht zu sehen, aber meines sah bestimmt nicht viel besser aus.

»ICH muss mich entschuldigen, ich bin so durcheinander«, flüsterte ich.

Als wir uns mit einer kurzen Umarmung verabschiedeten, bog ausgerechnet Lars um die Ecke.

»Hallihallo!«, rief er fröhlich winkend und steuerte direkt auf uns zu.

»Hi, Lars.«, kam es einstimmig von Tammaro und mir.

»Nanu, warum denn so trübsinnig?«, fragte mein Ex-Mann betont fröhlich.

»Wir sind platt, wir haben Gemeinschaftsarbeit hinter uns.«, erklärte Tammaro.

Es interessierte Lars eigentlich nicht, er wartete nur darauf, uns die freudige Neuigkeit mitzuteilen. »Ihr habt es bestimmt schon gehört, ich bin jetzt Kassenwart! Einstimmig gewählt! Warst du nicht dabei, Maren?« Er guckte verwundert.

»Doch, doch, Glückwunsch.«, sagte ich lahm. Tammaro nickte müde dazu.

Jetzt wandte sich Lars wieder an Tammaro. »Aber die Gemeinschaftsarbeit brauchst du doch nicht zu machen! Wir haben weiß Gott genug Vereinsmitglieder, da müssen Außenstehende doch nicht mithelfen! Nur weil unsere Gartenfreunde sich drücken!«, ereiferte Lars sich. Wie er sich schon nach nur wenigen Monaten als wichtiger Teil des Vereins sah! Nur weil er jetzt Kassenwart war. Lächerlich.

Tammaro hob beschwichtigend die Hand: »Ich hab das freiwillig gemacht. Wir brauchten meinen Hochdruckreiniger. Der vom Verein ist kaputt.«

Lars horchte auf: »Oh, du hast so ein Gerät? Kannst du mir das mal ausleihen? Papa hat seins verkauft und ich habe noch keins. Aber meine Terrasse müsste dringend mal gereinigt werden, da ist so ein grüner Belag drauf, das wird ganz glitschig, wenn es regnet. Allerdings habe ich noch nie mit so einem Ding hantiert, vielleicht gibst du mir eine kleine Einweisung, bei Gelegenheit?«

»Den kannst du in jedem Baumarkt ausleihen, außerdem kannst du dir auch einen kaufen, die Terrasse wird nächstes Jahr ja wieder glitschig!«, kam ich Tammaro zuvor, der, freundlich wie er war, Lars gleich helfen wollte.

Mein designierter Ex-Mann schüttelte den Kopf. »Ich muss doch erst sehen, ob mir das Ding gefällt und ob ich damit umgehen kann.«

»Na ja, das ist schon ganz einfach, aber ich …« Ich ließ Tammaro nicht ausreden.

»Siehst du?«, erklärte ich Lars, »es ist einfach. Also kannst selbst du es hinkriegen. Kauf dir einen. Du wirst ihn wie gesagt noch öfter brauchen!«

»Jetzt lass Tammaro doch mal! Hilfst du mir?«

Ich guckte den Angesprochenen durchdringend an, aber Tammaro konnte nicht anders, er sagte natürlich zu, er war einfach ein zu lieber Mensch. Mit einem Seitenblick zu mir bot er Lars an, Montag am späten Nachmittag bei ihm vorbeizukommen. Für heute sei er zu platt und müsse nach Hause. Toll. Jetzt wurden mein Ex-Mann und mein – ja, was war Tammaro denn eigentlich? – auch noch Buddys.

Kapitel 20

Ein schöner Sonntag mit Emilie folgte, ich hatte frühmorgens schon gebacken, dann fuhren wir zusammen in ein Gartencenter mit Sonntagsöffnung und kauften einen kleinen Gartentisch, Himbeersträucher und verschiedene insektenfreundliche Stauden wie Patagonisches Eisenkraut, Gaura und Montbretien, die wir einpflanzten, wir verstärkten die Rankstangen für die Feuerbohnen und säten unzählige Wildblumen, in der Hoffnung, dass sie noch dieses Jahr kommen würden, mähten und zupften Wildkräuter, wo sie störten. Es war ein richtig herrlicher Mutter-Tochter-Tag; Emilie ging nur einmal kurz hinüber zu ihrem Vater, um Hallo zu sagen, kam wieder und erzählte, was ich mir, weil ich seine Stimme gehört hatte, schon gedacht hatte: »Da ist ein netter Typ bei Papa. Tammo heißt er. Kennst du den?«

Wir saßen hinter der Laube an meinem neuen Bistrotischchen, tranken Kaffee und aßen selbst gebackene Scones, um uns herum blühten Glockenblumen, Fingerhut und Mädchenaugen.

»Tammaro. Ja, er hat mir beim Baumschnitt geholfen.«

»Ah.«

»Was meinst du mit ›ah‹?« Ich versuchte, den Preisaufkleber vom Tisch abzuknibbeln.

»Nichts. Lecker, die Scones.« Wenn sie, wie jetzt, das Gesicht in die Sonne hielt, sah sie besonders hübsch aus, meine Tochter. Eine Welle der Liebe durchströmte mich.

»Hat Papa irgendwas erzählt?«

Jetzt war es an ihr, mich fragend anzugucken: »Was soll er denn erzählt haben? Die lassen es sich gut gehen da drüben. Alkohol am helllichten Tag! Ts, ts, ts!«

»Da geht dein Vater wohl mal richtig aus sich heraus!«

»Nicht nur das. Er geht wohl auch ins Fitnessstudio.«

Ich verschluckte mich an meinem Kaffee und hustete. »Was macht er? Lars? Fitness?« Mein Ex-Mann in Sportklamotten – das konnte ich mir absolut nicht vorstellen. Wandern, Spazieren, das war sein »Sport«. Schon immer gewesen. Ich hatte ihn noch nie auf einem Fahrrad oder an irgendeinem Trainingsgerät gesehen. Reiß dich zusammen, sagte ich mir, das ist ihr Vater, aber es half nichts, ich musste laut loslachen.

»Wieso tut er das? Und wo? Doch hoffentlich nicht in deinem Studio!«

Sie nahm noch einen Bissen, machte genießerisch »Mhmm!«, bevor sie antwortete: »Nein, das hat er wohl extra nicht gemacht, weil es ihm unangenehm wäre. Xeni meint, sie findet es gut, wenn ein Mann in seinem Alter Sport macht. Und ich finde das auch!«

»Ach wie schön, es läuft besser mit Xenia? Mein letzter Stand war, dass ihr keinen Kontakt mehr haben wolltet.« Es kostete mich viel Mühe, so entspannt zu klingen, innerlich war ich auf hundertachtzig. Was war los mit dieser Frau? Konnte sie mein Mädchen nicht einfach in Ruhe lassen?

»Reg dich nicht auf, Mamilein, wir können einfach nicht ohneeinander. Manchmal ist das einfach so, oder?« Sie nahm sich einen Löffel Clotted Cream und schleckte ihn genüsslich ab.

»Ja, mein Schatz, da hast du wohl recht.« Der Stoßseufzer, mit dem ich das sagte, kam schneller, als ich ihn unterdrücken konnte. Es machte mich sehr unruhig, Tammaro nebenan zu wissen. Zum Glück bezog sie meinen Seufzer auf ihre Beziehung.

»ICH habe mich bei IHR gemeldet. Sie wollte die Funkstille durchziehen. Aber ich konnte das einfach nicht!«

»Trefft ihr euch wieder?«

Sie scrollte durch ihr Handy. »Erst mal nicht. Erst mal nur telefonieren.« Anscheinend gab es keine neue Nachricht von Xenia.

Ich schenkte uns noch Kaffee ein. Was für ein zauberhafter Tag das war. Und Emmchen musste ihre Erfahrungen selbst machen, ich konnte sie nicht schützen. Von nebenan hörte ich lautes Lachen der beiden Männer. Wie konnte das sein, dass sich diese beiden vollkommen unterschiedlichen Typen jetzt plötzlich verstanden? Sollte ich das gut finden?

»Cool, dass Papa anscheinend einen neuen Freund gefunden hat. Obwohl der ja wohl um einiges jünger ist als er.«

»Einiges? Ich glaube nicht. Findest du, er sieht so jung aus? Ich denke, so furchtbar viel jünger als Papa und ich ist er nicht. Nein, ich glaube nicht. Und wenn, wäre das schlimm? Ich persönlich finde es sogar gut, wenn man unvoreingenommen Menschen kennenlernt. Das Alter spielt doch nun keine große Rolle, oder? Ich meine, Xenia ist auch sieben Jahre älter als du! Und hab ich das jemals kommentiert?« Dieser verdammte Aufkleber ging nicht vollständig ab, ich musste wohl mal Nagellackentferner mitbringen.

Sie sah mich überrascht an: »Ja, Mama, hast du! Natürlich! Am Anfang jedenfalls! Aber wieso triggert dich das denn jetzt so? Klar, ich finde auch, man darf und kann in allen Altersklassen Freunde finden, kein Problem. Hoh, Brauner!« Sie schüttelte verständnislos den Kopf.

Sie hatte recht: Ich konnte mich tatsächlich beruhigen, schon allein, weil ich ja gar nichts von und mit Tammaro wollte. Und wenn doch, wäre es überhaupt kein Problem gewesen, wenn er zwei, drei Jahre jünger gewesen wäre. Oder fünf. Oder wie viele auch immer.

Mein Handy vibrierte kurz. Demonstrativ ignorierte ich es, weil ich Emilie zeigen wollte, wie man erwachsen damit umging. Man musste nun wirklich nicht andauernd erreichbar sein und auch auf Nachrichten nicht ständig und überall reagieren. Wenn es wichtig war, würde die Person nicht nur schreiben, sondern versuchen, mich telefonisch zu erreichen.

Wir arbeiteten noch ein bisschen im Garten, bis Emilie sich aufs Rad schwang und in ihre WG fuhr. Ich räumte gerade das Geschirr und die Sitzauflagen in die Laube, da fiel mir mein Handy ein. Es war Tammaro, der geschrieben hatte:

> Ich bin nebenan, nicht wundern. Lars brauchte Hilfe, wir trafen uns zufällig und er bat mich, mitzukommen. Sorry. Miss u. T.

Würde es irgendwann aufhören, dass mir das Herz bis zum Hals schlug, wenn ich irgendetwas von ihm mitbekam? Und was führte Lars im Schilde? Warum schleimte er sich so an Tammaro ran? Hoffentlich erzählte er ihm nicht irgendeinen Mist …

* * *

Bei meinem nächsten Gartenbesuch – ich hatte im Baumarkt Blumenerde, Brokkoli- und Kohlrabipflänzchen und ein weiteres zusammensteckbares Hochbeet gekauft – lud ich gerade alles aus dem Auto auf meine Schubkarre, und wollte damit in den Garten fahren, als mir Tammaro und Lars lachend und schwatzend entgegenkamen. Mein Herz machte einen

Satz und gleichzeitig war ich sehr verwundert, ausgerechnet die beiden so vergnügt miteinander zu sehen.

»Oh, Maren, brauchst du Hilfe?«, kam es sofort von Tammaro und er wollte mir die Schubkarre abnehmen.

Lars grinste nur und sagte: »Na? Gartenarbeit?«

»Nein, ich will bügeln.«

»Hahahahahaha«, lachte Lars übertrieben, »so kenn ich meine Frau! Immer einen flotten Witz auf Lager!«

»Ex-Frau. Wenn du endlich mal die Papiere unterschreibst!«

»Hahahaha, köstlich!« Er sah Tammaro an, als hätte ich wirklich einen Witz gemacht. »So ist sie, nicht wahr?«

Tammaro guckte etwas betreten zur Seite und erklärte, er müsse dann auch los, fragte aber noch mal, ob er mir mit meinen Einkäufen helfen sollte.

»Danke dir, das ist sehr lieb, aber das schaffe ich!« Ich sah zu, dass ich wegkam.

Kapitel 21

In den nächsten Tagen war das Wetter fürchterlich, was ich nutzte, um in meiner Freizeit Papierkram und Haushalt zu erledigen und mit Evi ins Kino zu gehen. In einer Regenpause fuhr ich nach der Arbeit kurz mit dem Auto zum Garten, um nach dem Rechten zu sehen und weil ich unruhig wurde, wenn ich ein paar Tage nicht da gewesen war. Mit einer Tasse Kaffee setzte ich mich auf den überdachten Teil der Laubenterrasse und sog die regennasse Luft ein. Auch bei diesem Wetter war es schön, hier zu sein und das satte Grün, die bunten Blüten und die Stille um mich herum zu genießen. Ich genoss es, dass aus den Nachbargärten keine Geräusche drangen. Allzu lange jedoch hielt ich es dort nicht aus, ich wollte noch einkaufen und so trank ich meinen Kaffee aus, spülte die Tasse und wollte mich gerade auf den Weg machen, da hörte ich nebenan Tammaros Namen. Lars telefonierte. Laut. Wahrscheinlich mit seinem Vater. Er hatte wohl nicht mitbekommen, dass ich auch im Garten war, er konnte auch nicht damit rechnen bei dem Schietwetter.

»Er ist verliebt, sagt er. In meine Frau! Verliebt!« Oh. Ich verhielt mich still und lauschte. »Nein, so viel hatten wir gar nicht getrunken, man verträgt doch was! Ich dachte, das wäre ein netter Kerl, aber dann so was! Und warum sagt er mir das? Selbst wenn es so ist! Er kann doch nicht zu einem Mann sagen, ich bin in deine Frau verliebt!«

Dass ihn das schockierte, verstand ich nur zu gut. Mich erstaunte und schockte das gerade auch ganz schön. Es ging weiter: »Nein, er war zuerst mal da wegen dem Schuppendach, das war Sonntag. Und Montag kam er dann mit dem Hochdruckreiniger. Ja. Total nett! Und dann hatte ich noch ein Problem mit der Regenrinne, das habe ich aber auch erst gemerkt, als es so geschüttet hat die letzten Tage. Ach so, bei euch nicht? Nein, hier schon seit Tagen. Jedenfalls hat er mir geholfen und dann haben wir noch ein, zwei Bierchen miteinander getrunken, und da gesteht er mir das. Papa, was soll ich denn jetzt damit anfangen?« Aha, Werner war bestimmt wieder mit seiner Tangogruppe unterwegs oder auf einem Schachturnier irgendwo. »Tja, dass das meine Frau ist, natürlich. Und dass das mit der Scheidung ein Missverständnis ist. Und ich hab ihn gefragt, ob sie denn auch in ihn verliebt ist!« Mutig, dachte ich. »Er wusste es nicht! Und da hab ich ihm gesagt, dass sie das natürlich nicht ist! Weil wir zwar eine Krise haben, aber das heißt gar nichts! Und ich hab ihn höflich, aber unmissverständlich gebeten, die Finger von Maren zu lassen.« Anscheinend ging er jetzt von seiner Terrasse in die Laube hinein, denn ich hörte nur noch: »Nein, natürlich nicht, so einer bin ich ja nicht. Aber sauer bin ich, das kannst du mir glauben, ich …« Er hatte die Tür geschlossen.

Oh nein! Gleich kamen die Flugsaurier wieder, mischten sich aber mit irgendetwas anderem. Es war mir unangenehm. Ja, das war es. Wieso erzählte Tammaro das denn Lars, bevor er sich mir offenbarte? Gut, die Tatsache, dass er verliebt in mich war, wunderte mich nicht. Es zu hören, ließ jedoch meinen Puls enorm ansteigen. Und zwischen uns war doch alles vollkommen ungeklärt, wie konnte er da … ich war ratlos. Aus welchem Grund hatte er das getan? Sollte ich ihn fragen?

Ich sah zu, dass ich möglichst unbemerkt aus dem Garten kam und das Gartentürchen leise schloss. Ich war so durcheinander und in Aufruhr, dass ich erst einmal zum Supermarkt fuhr, um mich zu sammeln. Vor Ort warf ich nur unkonzentriert ein paar Pakete Haferflocken, Kaffee, Eier und Erdbeeren in den Wagen und sah zu, dass ich nach Hause kam. Natürlich war es mir völlig egal, was Lars darüber dachte; ich ärgerte mich nur, dass er Werner und wohl auch Tammaro gegenüber so tat, als sei die Scheidung nur ein Versehen, eine Beziehungspause und hätte nichts zu bedeuten. Hatte er es wirklich immer noch nicht kapiert? Außerdem fand ich es schwer verständlich, dass Tammaro etwas, das zwischen uns unausgesprochen war, mit einem Dritten teilte, noch dazu mit meinem Ex-Mann. Warum tat er das? Ich musste mit ihm sprechen. Heute noch.

Zu Hause angekommen hängte ich meine Jacke an die Garderobe, schlüpfte aus den Gummistiefeln, verräumte die Einkäufe, goss mir ein Glas Primitivo ein und setzte mich mit klopfendem Herzen und meinem Handy aufs Sofa. Er ging nach dem dritten Klingeln ran.

»Maren! Wie schön!« Er schien sich so über meinen Anruf zu freuen, dass ich einen Kloß im Hals bekam. »Tammaro, ich muss mit dir reden.«

»Na, das denke ich mir, sonst würdest du wohl kaum anrufen.« Jetzt war seine Freude einem vorsichtigen Ausdruck gewichen.

»Du hast mit Lars gesprochen.« Meine Stimme klang weniger streng, als ich es vorgehabt hatte.

»Ja, er ist gar nicht so übel. Also, vielleicht ein bisschen speziell, aber sind wir das nicht alle?«

Ich ging gar nicht darauf ein, sondern fragte nur zögernd: »Worüber habt ihr geredet?«

»Wieso? Hat er dir irgendetwas erzählt?«

Dass Telefone früher Kabel hatten, war schon ganz praktisch gewesen, man hatte es sich um die Finger wickeln können beim Telefonieren. Jetzt schob ich stattdessen mein Weinglas auf dem Couchtisch hin und her. »Er hat telefoniert. Und ich habe zwangsläufig zugehört. Weil ich im Garten war und er nebenan. Und dein Name fiel. Mehrfach.«

»Du hast gelauscht?« Er tat empört. »Maren! Das macht man nicht!«

»Vielleicht. Aber weißt du, was man auch nicht macht? Man sagt nicht jemandem, den man praktisch nicht kennt, dass man sich in seine Ex-Frau verliebt hat!« Puh, es war raus. Und es war eigentlich ganz flott gegangen.

»Ex! Du sagst Ex! Ich bin so erleichtert. Er spricht nämlich immer von seiner Frau!«

»Natürlich ist er mein Ex-Mann! Das weißt du doch! Das habe ich dir doch schon erzählt, als du wegen der Hecke gefragt hast! Glaubst du mir etwa nicht?«

»Natürlich! Aber er denkt, ihr kommt wieder zusammen! Und deshalb«, er machte eine kurze Pause, »deshalb habe ich ihm gesagt, dass ich mich in dich verliebt habe!«

Es direkt aus seinem Mund zu hören war noch mal etwas ganz anderes und ich hielt die Luft an.

»Deshalb?« Ich nahm einen großen Schluck.

»Ja, deshalb und weil es einfach so ist.« Er stockte. »Und vielleicht, weil wir sehr viel Bier getrunken haben. Er hat mich betrunken gemacht, um das aus mir herauszuholen. Vielleicht.« Wieder entstand eine Pause, in der auch ich nichts sagte. »Ja, Maren«, er klang ganz ernst, »ich habe mich in dich verliebt. Und ja, ich hätte es erst dir sagen sollen, bevor ich es deinem Mann, äh, Ex-Mann sage, aber ich bin mit Verliebtheit angefüllt bis oben, da ist es wohl aus mir herausgesprudelt. Und jetzt weißt du es.« Noch eine Pause.

Eine lange Pause, in der er wahrscheinlich von mir etwas erwartete, etwas, das ich ihm in dem Moment nicht sagen, nicht geben konnte. Ich war gerührt, von der Tatsache und von dem Bild, das er verwendet hatte, und gleichzeitig war ich völlig durcheinander. »Du bist wunderbar«, ließ ich ihn wissen.

Um gleich darauf die bange Frage zu hören: »Aber? Du bist wunderbar, aber?«

»Kein aber. Du bist wunderbar. Und ich bin durcheinander.« Dann verabschiedete ich mich und verdrückte eine Träne. Sollte ich ihm nicht doch eine Chance geben? Was hinderte mich so sehr daran?

Kapitel 22

Kurze Zeit später rief Lars an und keuchte so ins Telefon, dass ich dachte, ein Triebtäter sei dran. »Du hast gesagt, du hast keinen Neuen!«

»Ja. Und?« Ich hatte angefangen, Erdbeerkuchen zu backen, weil Backen mich beruhigte und ich außerdem die Erdbeersaison sinnvoll nutzen wollte. Warum war ich überhaupt drangegangen, fragte ich mich, während ich, das Handy zwischen Schulter und Kopf geklemmt, den Biskuitboden in den Ofen schob.

»Du bist mit diesem Tammo zusammen!«

Mann, war ich genervt: »Ich kenne keinen Tammo.«

Er zischte: »Du weißt genau, wen ich meine. Den jungen Typen aus dem Garten! Dieser Schönling mit den Haaren!«

Es stimmte, im Gegensatz zu Lars hatte er noch Haare. Dicke, wuschelige schwarze Haare. Aber die Frisur war nicht der Grund, weshalb wir nicht mehr zusammen waren, Lars und ich.

»Ich. Bin. Mit. Niemandem. Zusammen.«

»Das hat er mir aber ganz anders erzählt!« Ich sah ihn vor mir, wie er mit hochrotem Kopf, schnaubend vor Wut durch die Wohnung oder den Garten marschierte, wie früher, wenn wir uns nicht auf dasselbe Urlaubsziel einigen konnten. Kein angenehmer Anblick, ich schloss mein inneres Auge schnell.

»Was hat er denn erzählt? Und außerdem, selbst wenn ich mit jemandem zusammen wäre, ginge dich das über-haupt-gar-nichts an! Herrgott noch mal, Lars!«

»Aber wir haben gesagt, wir …«

Ich unterbrach ihn. »Ja!« Ich wurde laut. »Und wenn es dann mal so weit sein sollte, und um ehrlich zu sein, wird es anscheinend höchste Zeit, dass ich mit jemandem zusammen bin, dann sage ich dir Bescheid! Und bis dahin tu und lasse ich, was ich will, und vögle mich durch die Gegend, wenn ich Lust dazu habe!«

Ich bemerkte meinen Fehler umgehend, aber es war zu spät.

»Aha! Also, du hast, ihr habt also schon, aha, na, also gut. Ich verstehe dich nicht, Maren. Wir sind doch ein gutes Team! Wie kannst du nur hinter meinem Rücken … du enttäuschst mich sehr. Sehr. Ich muss nun leider auflegen. Mach's gut.«

Er ließ seinen Worten Taten folgen, worüber ich sehr froh war.

»Puh«, machte ich und begann ein Selbstgespräch zu führen: »Das war jetzt vielleicht etwas dämlich, weil er sich jetzt irgendwas zusammenreimt, was gar nicht passiert ist, aber gleichzeitig stimmt es ja einfach, dass es ihn nichts angeht. Wir haben verdammt noch mal sogar das Trennungsjahr schon hinter uns! Was kapiert dieser Typ eigentlich nicht? Und: Wie habe ich den eigentlich damals heiraten können? Mann, Mann, Mann, Maren. Sei bloß froh, dass du den los bist. Und überhaupt: Männer. Die sind doch einfach nur kompliziert! Mit denen ist es kompliziert! Ich will keinen Mann mehr. Ich brauche auch keinen. Boah, ey.« Während ich die Erdbeerfüllung für den Kuchen fertig machte, drehte ich das Radio laut und sang mit. Denn »I Could Buy Myself« auch »Flowers«. Es war noch früh am Abend, da mussten meine Nachbarn jetzt einfach mal durch.

* * *

Als Emilie mich das nächste Mal im Garten besuchte, war Sonntag und die Sonne lachte und man konnte endlich in offenen Schuhen oder gar barfuß umhergehen. Meine Tochter hatte eine Galiamelone mitgebracht, die wir verputzen wollten. Während Emilie die Melone in mundgerechte Happen zerteilte, erzählte sie beiläufig, dass sie auf dem Weg zu mir Tammaro gesehen hatte, auf dem Parkplatz vor dem Gartenverein.

»Schon ein Hottie, oder?« Es war mir schon in den Magen gefahren, als sie nur seinen Namen aussprach, jetzt merkte ich, wie mein Puls hochfuhr. Ich war gerade dabei, neben der Terrasse einen Buchsbaum auszugraben. Jetzt sprang ich beherzt auf den Spaten im harten Erdreich, in der Hoffnung, dass ich ihn so tiefer in den Boden bekam.

»Tammaro? Joah, schon ein gut aussehender Mann. Aber seit wann interessiert dich das denn?«

Sie zuckte mit den Schultern und entfernte die Schale vom letzten Stück Melone. »Irgendwie macht der was mit mir. Ich finde ihn jedenfalls heiß. Ist er in einer Beziehung?«

Ich sprang noch mal auf der anderen Seite vom Busch auf den Spaten. »Keine Ahnung«, keuchte ich betont desinteressiert.

»Wir könnten ihn fragen, ob er uns mit dem Buchsbaum hilft.« Sie grinste mich an.

»Nein!«, kam es aus mir herausgeschossen. »Auf gar keinen Fall!« Etwas ruhiger zwinkerte ich ihr zu. »Das kriegen wir doch wohl alleine hin!«

»Vielleicht bin ich ja bi …« Sie pikste ihre Gabel in ein Stück Melone und steckte es sich genüsslich in den Mund. »Mhm, lecker!«

Mit hochgezogenen Brauen sah ich sie an. »Tatsächlich? Jetzt plötzlich fällt dir das auf? Was ist mit Xenia?«

»Xenia?«, fragte sie so verwundert, als hätte ich sie nach irgendeiner lange nicht mehr gekauften Veggie-Wurstsorte gefragt.

»Wir sind nicht mehr zusammen. Das ist mit ihr. Aber das weißt du ja.«

»Na ja.« Ich nahm mir ein Stück Melone. »Es ist ein Auf und Ab mit ihr, hatte ich zuletzt den Eindruck.«

»Ist ja auch egal. Komm, ich helfe dir mit dem Busch.«

Zu zweit schafften wir es tatsächlich, den Buchsbaum auszugraben.

»Soll er auf den Kompost oder willst du ihn woanders einpflanzen?«

»Wir pflanzen ihn vorne, neben die Pforte, da hab ich schon ein Loch gebuddelt.«

»Wieso heißt der eigentlich Buchsbaum, wo er doch ein Busch ist?«, fragte meine Tochter schnaufend. »Und außerdem ist heute doch Sonntag, darf man da überhaupt so schwere Arbeit machen?«

»Na klar, nur laut darf sie nicht sein. Also schnauf nicht so!« Ich knuffte sie in die Seite. »Und wegen des Buchsbaumnamens: keine Ahnung.«

Wir schufteten noch eine ganze Weile, zupften Wildkräuter, legten Beetumrandungen frei, brachten Sträucher in Form und redeten dabei über alles Mögliche. Zum Glück hatte Emilie Tammaro anscheinend wieder vergessen. Ich fragte mich, ob sie mich damit hatte testen wollen. Ob sie entweder etwas ahnte oder von Lars angestachelt worden war, etwas herauszukriegen, oder ob er bei ihr tatsächlich eine Neigung zur Bisexualität freigelegt hatte. Tammaro, der Mann, der alle um den Verstand brachte.

»Papa wollte heute auch in den Garten. Vielleicht ist er ja da. Wir könnten doch zusammen grillen«, schlug Emilie vor, während sie einen mit Rasenschnitt und ungeliebten Wildkräutern gefüllten Gartensack Richtung Kompost schleifte.

Ich ging hinter ihr her. Das fehlte gerade noch. »Wir haben doch gar nichts da zum Grillen«, versuchte ich, abzulenken.

»Ich radele kurz zur Tankstelle! Außerdem hat Papa ja vielleicht noch was im Kühlschrank!« Sie grinste mich mit schief gelegtem Kopf an.

»Emmchen, das ist keine gute Idee. Papa und ich haben gerade ziemliche Schwierigkeiten.«

Sie kippte den Sackinhalt auf den Kompost und strich sich mit dem Arm eine Haarsträhne aus dem Gesicht. »Die habt ihr doch schon länger. Warte mal – habt ihr euch nicht sogar scheiden lassen?« Der Spott in ihrer Stimme war unüberhörbar.

»Ich wollte, es wäre so, aber wir sind erst damit durch, wenn dein Vater endlich die nötigen Papiere dafür unterschrieben hat – warum sollten wir zusammen grillen?«

»Weil man vielleicht trotzdem befreundet sein kann, auch wenn man nicht mehr zusammen ist.« Sie machte eine Grimasse.

»Wie Xenia und du?« Es flutschte einfach aus mir heraus, ich konnte nicht anders, auch wenn ich es selbst doof fand.

»Genau. Wir streben das immerhin an. Ihr auch?« Sie ließ Kompostbeschleuniger über den Kompost rieseln.

»Nicht so viel, da genügen zwei Handvoll«, ermahnte ich sie, bevor ich antwortete: »Im Moment macht dein Vater es mir wirklich nicht leicht. Aber natürlich fände ich es schön, wenn wir uns eines Tages wieder gut verstehen würden.«

»Du könntest damit anfangen! Auf ihn zugehen!«

Ich ging zum Tisch, stellte die Teller zusammen, warf die Melonenschalen auf den Kompost und beschloss, dass es einfach manche Dinge gab, über die ich nicht mit meiner Tochter sprechen sollte. Und wollte. Wahrscheinlich hatte er uns gehört, denn ich hörte seine Stimme vom Gartentor: »Palimpalim, seid Ihr da? Darf ich reinkommen? Hier ist Papa! Lahars!«

Bevor ich etwas anderes machen konnte, war Emilie aufgesprungen und rief: »Klar, Papa, komm rein! Wir sind hinten beim Kompost!«

Er nahm seine Tochter in den Arm und begrüßte mich mit einem strahlenden Lächeln. »Maren! So ein herrlicher, sonniger Tag heute! Eine wahre Freude! Wollen wir grillen? Ich hab noch allerlei Veggiesachen im Kühlschrank und außerdem habe ich einen Kartoffelsalat gemacht! Ohne Mayo, genau so, wie ihn die Damen gerne haben!«

Emilie schien sich wirklich zu freuen und obschon ich mir sicher war, dass sie das von langer Hand geplant hatte, seufzte ich nur ergeben, zuckte mit den Schultern und sagte: »Zwei gegen eine. Also gut, von mir aus. Wir grillen. Aber bei dir. Ich habe noch keinen Grill.«

»Du kannst bestimmt den alten von Werner …«

Ich unterbrach ihn. »Danke. Ich kaufe mir selbst einen. Das war nur bisher nicht das Dringendste, was ich für den Garten gebraucht habe.«

»Gut, dann kommt rüber! Ich bereite schon mal alles vor und werfe den Grill an!« Er strahlte so übers ganze Gesicht, als hätte ich ihm erzählt, dass sein Mundharmonikaorchester zum Sommerfest des Bundespräsidenten eingeladen war. Das war nämlich schon immer Lars' größter Traum gewesen: Einmal für den Bundespräsidenten zu musizieren. Ich musste das nicht verstehen. Früher hatte ich es süß gefunden. Tja, früher. Und jetzt freute er sich auch über kleine Ereignisse, etwa wenn seine übellaunige Ex-Frau mit ihm grillte.

Und als wir dann zwischen Autoreifen und Gartenzwergen in Lars' Garten zusammensaßen, war es sogar irgendwie nett. Emilie hatte verräterisch gute Laune, Lars erzählte witzige Anekdoten aus unseren Italienurlauben und sogar ein paar witzige Begebenheiten mit Kollegen in der Bank, und sein Kartoffelsalat – wann hatte er früher je Kartoffelsalat gemacht? – schmeckte. Außenstehende hätten in uns wahrscheinlich eine glückliche Familie gesehen, und bestimmt waren wir die auch mal gewesen.

Ich lauerte die ganze Zeit darauf, aber Lars schien entweder nicht an Tammaro zu denken oder sich netterweise zusammenzureißen. Auf jeden Fall war der Wangengrübchenmann an unserem gemeinsamen Grillnachmittag kein Thema.

Dafür in meinen Gedanken. Er hatte mir wieder einen guten Morgen gewünscht und ein witziges Meme aufs Handy geschickt (Eltern mit ihrem Kind beim Therapeuten, der Therapeut erklärt ihnen: »Nein, Ihr Kind ist nicht hochbegabt, Sie beide sind nur sehr, sehr dumm«), das hatte ich gleich an Evi weitergeleitet.

Zwar hatte ich ihm auch einen guten Morgen gewünscht, aber ohne Bildchen. Heute Abend zu Hause würde ich vielleicht auch eines finden, das ich ihm zurückschicken konnte.

»Pisa, erinnerst du dich?« Lars und Emilie guckten mich erwartungsvoll an.

»Hä, was? Ich war gerade ganz woanders, entschuldigt bitte.«

Lars kräuselte die Lippen und sagte mit einem süffisanten Lächeln: »Aber die Richtung Italien stimmt wahrscheinlich, oder?«

»Wie? Pisa? Ja, das ist in Italien. Erinnerst du dich, wie wir dieses Foto mit dem Schiefen Turm machen wollten, was ALLE machen, auf dem es aussieht, als stütze man den Turm, und dann hast du dich falsch rum hingestellt, Lars, und warst auch noch einen Meter davon entfernt, es sah einfach überhaupt nicht so aus, wie du es wolltest!«

Lars zog seine Augenbrauen hoch. »Aber ja, davon haben wir gerade gesprochen!« An Emilie gewandt sagte er: »Man konnte das damals ja eben nicht direkt sehen, wir hatten ja noch Film in unserer Kamera. Der musste erst entwickelt werden. Und deine Mutter hat sich einfach nur schiefgelacht und nichts gesagt, erst als die Fotos fertig waren, habe ich gesehen, wie ich mich da zum Affen gemacht habe.«

Ich nahm noch einen Schluck Rotwein. »Ja, das war einfach köstlich! Als ich die Aufnahme machte, hab ich mich so auf später gefreut, wenn der Film entwickelt sein würde.«

Emilie konnte sich überhaupt nicht vorstellen, wie man so geduldig sein konnte. Sie nahm sich noch einen Bissen Kartoffelsalat und meinte kauend: »Das ist ja doof – man will doch sofort wissen, ob man ein Bild behalten kann oder löschen muss.«

»Aber du erinnerst dich doch noch, wie Papa immer vorsichtig den Film eingelegt hat, oder? Bevor er eine Digitalkamera hatte.«

»Ja, irgendwie schon. Und an Dia-Abende. Mit Schnittchen. Und Tante Tina und Onkel Frank.«

»Na siehst du!«

Mein Handy gab den Nachrichtenton von sich. Tammaro, verriet mir mein hüpfendes Herz. Aber ich würde mich jetzt nicht davon ablenken lassen, ich war keine Sklavin meines Handys, sondern genoss in Ruhe meinen Wein.

Lars hatte es auch gehört. »Du hast eine Nachricht, Maren.«

»Ja.«

»Willst du nicht nachgucken?« Sein Mundwinkel zuckte komisch.

»Nein, jetzt nicht.«

Er guckte zufrieden. Sicher dachte er auch, das war bestimmt Tammaro, und war froh, dass es mir nicht so wichtig erschien, dass ich sofort gucken musste.

Also, dann guckte ich eben doch. Diese Genugtuung gönnte ich Lars einfach nicht. Ich brauchte nicht lang in meiner Handtasche zu kramen, da hatte ich das Gerät schon. Ganz kurz war ich enttäuscht – es war Evi gewesen, sie wollte am nächsten Tag nach der Arbeit zu mir in den Garten kommen. Ich antwortete ihr, dass ich mich freute. Und beobachtete dabei meinen Ex-Mann, wie er mich beim Schreiben beobachtete. Er war so berechenbar!

»Und? Gute Nachrichten?«, fragte er, um Gelassenheit bemüht.

»Ja, sehr gute! Prost!« Ich streckte den beiden so strahlend mein Glas entgegen, als hätte mein Handy mir einen Millionen-Lottogewinn verkündet, und wir stießen an.

Kapitel 23

In der Praxis war am nächsten Tag eine Menge los gewesen und obschon ich bereits die ganze Zeit mit meinen Patienten sprechen musste, freute ich mich auf einen Plausch mit Evi im Garten. Tammaro hatte ich online einen Hund geschickt, der am Hintern eines an die Wand gesprühten Hundes schnüffelte und dazu geschrieben:

Hat nix mit dir zu tun, ich fand's nur witzig!, woraufhin er mir ein erleichtertes Emoji geschickt und dazu geschrieben hatte:

»Ich dachte schon …«

Ich redete mir ein, dass ich es mochte, wenn wir uns einfach nur nette Netzfunde schickten, wie Freunde. Dass es einfach schön wäre, mit Tammaro befreundet zu sein und ihn immer besser kennenzulernen.

Als ich gegen fünf im Garten ankam, war natürlich mein Gartennachbar auch schon da. Lars begrüßte mich mit verschwörerischer Stimme: »Hallo, Maren, ich muss dir etwas erzählen.«

»Ja? Was denn?« Ich schloss meine Gartenpforte auf und schob mein Rad hinein. Lars blieb abwartend stehen. »Na gut, komm rein.«

Während ich meine Laube öffnete, um Tasche und Jacke hineinzulegen, biss er sich auf die Lippe und nahm mich dann am Arm. »Ich habe etwas in Erfahrung gebracht, was dich ganz bestimmt interessieren wird. Und weil ich dich immer noch sehr schätze, möchte ich es dir einfach mitteilen. Also, genauer gesagt, ich möchte es mit dir teilen. Weil du mir am Herzen liegst.« Sein Blick war bedeutungsvoll.

Aber ich konnte ihn trotzdem nicht ernstnehmen. Was hatte er denn nun schon wieder? »Lars, ich bekomme gleich Besuch, Evi kommt jeden Moment, also mach's kurz, bitte.« Verdammt, das ging ihn ja nun wirklich wieder einmal gar nichts an, wieso erzählte ich ihm das? Außerdem würde er es ja sowieso mitkriegen, auch wenn die Feuerbohnen sich mächtig ins Zeug legten. Aber die Buchsbaumhecke konnten sie dennoch nicht ersetzen. Auf Dauer musste ich mir etwas anderes einfallen lassen, schließlich wollte ich nicht andauernd hinter, sondern auch mal vor der Laube sitzen, zumal es dort auch sonniger war.

»Es ist aber dringend. Können wir uns kurz setzen?« Fragte er und setzte sich auf die Bank vor der Laube.

»Na gut.« Ich ließ mich neben ihm nieder. »Schieß los!« Als ich neben ihm saß, stutzte ich: »Was hast du denn da für einen Fleck auf deinem Kopf?«

Er wurde ein bisschen rot, als er sich über die Glatze fuhr. »Ich, äh, ich finde ja, auch Männer können etwas für ihr Aussehen machen. Findest du nicht auch?«

»Dieser Fleck ist mir gestern gar nicht aufgefallen, was ist das denn?«

»Ach, ich habe mit einer Behandlung begonnen für meine Haare.«

Jetzt musste ich lachen. »Welche Haare?«

Er schmollte ein wenig. »Ja, eben! Ich möchte wieder welche!«

Lars? Der Mann, dem sein Aussehen egaler nicht sein konnte, solange er rasiert war? Für den Tagescreme nur etwas für Frauen war? Dem ich niemals ein Rasierwasser oder gar einen Herrenduft hätte schenken können und der nur deshalb überhaupt etwas anzog, weil »man das eben machte«?

Er schien auf eine Reaktion von mir zu warten und mir fiel nichts Besseres ein als: »Okay.« Pause. »Und das wolltest du mir erzählen? Emmchen meinte schon, dass du ins Fitnessstudio gehst, das finde ich gut, Sport ist wichtig, um gesund zu altern!« Ich wollte gerade wieder aufstehen, da hielt er mich zurück und ich setzte mich wieder.

»Nein, nein, das ist es nicht!« Er senkte seine Stimme. »Ich konnte es dir gestern nicht sagen, weil Emilie ja dabei war.« Theatralische Pause. »Dieser Tammaro (ich wunderte mich nur, dass er seinen Namen richtig aussprach, nicht, dass er schon wieder von ihm anfing), wusstest du, dass er verheiratet ist?« Er lauerte geradezu auf meine Reaktion, sodass ich trotz des Schreckens, der mir in die Glieder gefahren war, versuchte, ganz ruhig weiter zu atmen und mir nichts anmerken zu lassen.

»Nö«, machte ich nur kurz und knipste im Sitzen die verwelkten Blüten einer Akelei ab.

»Ich meine, das ist doch ein Ding! Hat in Italien Frau und Kinder und lebt hier und tut so, als wäre nichts.«

»Wer sagt das? Dass er Familie hat?« Fake News, Fake News, trompetete mein Gehirn, es konnte einfach nicht sein, warum sollte Tammaro mich anlügen? Bestimmt war es der eifersüchtige Lars, der mir einen Bären aufbinden wollte. »Ulf hat mir das erzählt. Er kennt diesen windigen Typen ja schon aus der Zeit, bevor er Vereinsvorsitzender war. Damals ist er regelmäßig nach Italien gefahren, um Frau und Kinder zu besuchen.« Er lehnte sich selbstgefällig zurück. »Heutzutage schickt er nur noch Geld und fährt ab und zu mal hin. Es heißt, sie haben eine ›offene Ehe‹. Na ja, wer's glaubt.«

Ulf. Okay. Wenn er die Quelle war … Ich blieb ruhig. »Und? Viel Vergnügen wünsche ich Tammo. Jeder, wie er meint.« Mal sehen, ob er's merkte.

»Hahaha, das ist nicht dein Ernst, was?!«, empörte sich Lars, »Tammaro – du weißt, dass er nicht Tammo heißt – macht fleißig mit anderen rum, spannt ehrlichen Ehemännern die Frau aus und dabei hat er eine eigene in Italien! Was ist das nur für ein Mensch? Sag mir nicht, dass dich das nicht stört!«

Ekelhaft. Wirklich widerwärtig fand ich meinen Ex-Mann in diesem Moment. Ich glaubte ihm kein Wort von dem, was er erzählte, und fand seine Empörung einfach unerträglich. Es war abstoßend, wie stolz er mir von seinen Erkenntnissen erzählte. »Ich kriege jetzt Besuch. Tschüss, Lars.«

»Ich will dich nur schützen! Nicht, dass du auf solch einen Hallodri reinfällst!« Mit fuchtelndem Zeigefinger stand er auf und ließ sich nur widerwillig von mir Richtung Gartentor schieben. Zum Glück kam in dem Moment Evi um die Ecke, sonst hätte ich ihn vielleicht noch stärker geschubst.

»Hallo Evi!«, trällerte Lars betont fröhlich und verschwand auf seinem Grundstück. Ich war furchtbar durcheinander. Konnte an dem, was Lars da fabulierte, etwas Wahres dran sein?

Evi sah mir meine Stimmung sofort an. »Hey, Süße, was hat er jetzt wieder verbrochen? Du siehst ja schrecklich aus!« Wir umarmten uns.

Sie sah sich um: »Die pinkfarbenen Tulpen sind ja ne Wucht, und überall die Akelei – ein Traum! Aber erzähl erst einmal, was dir widerfahren ist. Und warum Lars so fröhlich ist!« Automatisch setzte Evi sich an den kleinen Tisch hinter der Laube.

»Möchtest du auch ein Glas Wein?«, fragte ich, während ich hineinging, um Gläser und Erdnüsse zu holen.

»Gerne!«, hörte ich und kam gleich darauf mit Knabberkram, Wein und Gläsern auf einem Tablett zu ihr. Nachdem wir uns zugeprostet hatten, erzählte ich, was ich gerade erst von Lars erfahren hatte.

»Puh, was für ein Arsch. Und damit meine ich Lars. Damit so aufzutrumpfen.« Sie nahm sich eine Handvoll Erdnüsse, und nachdem sie sie gegessen hatte, sagte sie nachdenklich: »Kann das stimmen? Und wenn ja, was ist denn nun zwischen dir und diesem Mann, diesem Italiener? Empfindest du doch mehr für ihn?«

»Ach, wenn ich das wüsste! Halbitaliener ist er, übrigens. Natürlich ist er ein toller Mann und natürlich finde ich ihn lustig und klug und liebevoll und attraktiv, falls er mich nicht verarscht, aber ich bin einfach noch nicht so weit! Das habe ich dir ja am Telefon schon erzählt.«

»Und dennoch würde es dich stören, wenn es wahr wäre, was Lars erzählt?«

Sie schenkte mir noch mal ein. Ich überlegte. »Nein.« Kaum ausgesprochen, merkte ich, wie falsch sich das anfühlte. Also: »Doch. Es würde mich stören. Weil ich bei ihm, obwohl ich ihn nicht kenne, so ein grundehrliches Gefühl habe. Er lügt mich nicht an. Er hat erzählt, dass seine letzte Beziehung drei Jahre her ist. Wieso sollte er das tun? Was hätte er davon, mich anzulügen?«

Meine beste Freundin ließ ihren Blick schweifen, guckte schließlich in den Himmel, wie sie es immer tat, wenn sie nachdachte. Sie sah mich an. »Ich weiß es auch nicht. Aber Fakt ist, dass du ihn wirklich kaum kennst. Und euer Vorsitzender kennt ihn schon jahrelang. Das heißt natürlich nicht, dass er Lars das so erzählt hat. Frag ihn doch einfach. Tammaro. Nicht Lars.« Sie nieste.

»Aber wenn ich das tue, bedeutet es doch, dass es mir wichtig ist! Dass ich wissen will, ob es stimmt oder nicht, weil es mir etwas ausmachen würde. Es kann mir doch egal sein, was er macht.« Ich wusste, dass ich trotzig klang.

»Na ja, man findet es ja auch nicht gerade super, von einem Freund angelogen zu werden, oder? Tja, es ist nicht leicht.« Sie legte ihre Stirn in Falten und guckte wieder in den Himmel. »Und es erschüttert dich ja schon ganz schön. Es ist dir eben überhaupt nicht egal.«

»Ach, ich weiß das alles gerade auch nicht mehr. Er hat Lars gestanden, dass er sich in mich verliebt hat.« Ich erzählte ihr die ganze Geschichte, und als ich fertig war, nahm sie meine Hand.

»Wow, was für ein Temperament! Maren, mein Herz, gib es zu, du findest ihn doch auch toll, oder nicht?«

»Ja, natürlich, er ist schon so eine Art Traummann. Soweit ich das bis jetzt sagen kann. Ich kenne ihn ja eigentlich nicht.«

»Aber das, was du bisher von ihm kennst, gefällt dir doch, oder?« Sie zauberte ein paar Tomaten, Käse und Fladenbrot aus ihrem Rucksack.

»Ja, schon. Aber vielleicht macht er mir ja etwas vor. Und ich mir auch.« Ich ging in die Laube, um Teller und Besteck zu holen, und sie folgte mir.

»Meine Liebe, wovor hast du Angst?« Sie sah mich mit durchdringendem Blick an.

»Ich weiß es nicht. Irgendetwas lähmt mich.«

»Lass dich von Lars nicht verarschen. Wenn er dich aus Eifersucht anlügt, ist das ganz schön schäbig und das ist gewiss sein einziges Motiv. Dich beschützen will er ganz bestimmt nicht. Er ist einfach ein Vollhorst.« Sie nahm das Geschirr von der Spüle und ich seufzte tief, während ich in der Tischschublade nach Servietten kramte.

»Mir wird das alles echt zu viel. Ich glaube, ich brauche Urlaub. Einfach mal weg. Ich mache ja sowieso die Praxis während der Sommerferien ein paar Wochen zu. Eigentlich dachte ich, ich bleibe dieses Jahr hier und kümmere mich um meinen Garten, aber da wusste ich noch nicht, wen ich als Nachbarn haben würde.«

Wir deckten den Tisch und Evi brach ein Stück von dem Fladenbrot ab und reichte es mir. »Fragst du ihn dann, ob er bei dir gießt?« Evis Grinsen konnte man nur als frech bezeichnen.

»Um Himmels willen, nein! Das wollte ich dich fragen!«

»Hmm. Ja.« Sie zögerte und blickte wieder nach oben. »Weißt du was, ich komme mit! Wenn das für dich okay ist?« Wie schön! Ich nickte begeistert, während ich mein Brot mit Käse und Tomate belegte.

»Wohin fahren wir? Dänemark? Schweden? Frankreich? Die Welt liegt uns zu Füßen!« Sie schenkte uns ein.

Ich hob mein Glas, um mit Evi anzustoßen: »Du möchtest wirklich mit? Wie wunderbar! Ich freue mich! Lass uns anstoßen: Auf unseren Urlaub!«

Sie strahlte. »Auf unseren Urlaub!«

Es tat mir unheimlich gut, dass wir den Rest des Abends mit Urlaubsplanungen verbrachten. Wir waren uns schnell einig, dass wir keine weite Anreise haben und am liebsten mit dem Auto fahren wollten, und verständigten uns auf die dänische Insel Bornholm, die wir ganz praktisch mit der Fähre erreichen konnten.

* * *

Zum Glück hatten wir uns schon im Frühjahr abgesprochen, wann wir unsere Praxen zumachen wollten, und so hatten wir zwei Wochen Zeit, in denen wir gemeinsam wegfahren konnten. Emilie hatte sich überraschend unkompliziert bereit erklärt, meinen Garten zu gießen, und Markus wollte auch mal vorbeischauen, was mir sehr recht war, denn ich hatte Sorge, dass Emilie, je nachdem, was gerade mit Xenia los war, das Bewässern vergessen konnte. Wir hatten ohne langes Zögern

Nägel mit Köpfen gemacht: Obschon wir ziemlich spät dran waren, bekamen wir noch ein feines Ferienhäuschen mit zwei Schlafzimmern und Meerblick und wenn es mir auch leidtat, in den zwei Wochen nichts im Garten machen zu können, freute ich mich doch unbändig über den Tapetenwechsel und den Abstand – vor allem zu den Männern.

* * *

Einer von ihnen, nämlich Tammaro, war gerade für ein paar Tage in Italien und schickte mir von dort Fotos von traumhaften Toskana-Stillleben, Sonnenuntergängen und von sich. Wenn sein Gesicht erschien, blieb mir die Luft weg. Natürlich war er in Italien. Als er mir schrieb, er genieße es »so sehr, bei seiner Familie zu sein«, fragte ich mich jedoch, welche Familie er meinte. Da ich aber versuchte, etwas auf Distanz zu ihm zu gehen, erzählte ich ihm noch nichts von meinen Reiseplänen.

Ich würde ihm einfach ein Selfie von Evi und mir am Strand schicken und dazuschreiben, wo wir waren.

Kapitel 24

Schon mit der Überfahrt auf der Fähre begann unser Urlaub. Die Sonne ließ das Meer glitzern, Evi und ich saßen zwischen anderen entspannten Urlaubern mit Sonnenbrille und Kaffee auf dem Deck und genossen den unverstellten Blick auf den Horizont.

Auf der Insel angekommen, verzauberte sie uns umgehend. Hübsche, in Weiß, Gelb oder Rot gestrichene Häuser mit roten Dächern und Vorgärten voller Sonnenblumen, Cosmeen und Bartblumen. Wir erfreuten uns an den Büschen von Bornholmmargeriten und Wildrosen am Rand der felsigen Küsten. Wenn ich mit meiner besten Freundin über die Insel wanderte und wir uns an der Aussicht über das Meer und die Vegetation erfreuten, konnte ich sogar meine Männerprobleme für einen Moment vergessen. Aber natürlich sprachen wir auch viel darüber, vor allem, wenn wir abends auf unserer Veranda saßen und Fisch grillten, den wir fangfrisch am Hafen gekauft hatten, oder uns welchen aus einer der zahlreichen Räuchereien schmecken ließen.

Wir waren gerade auf einer wunderschönen Küstentour um die Felsformation Hammerknuden unterwegs und starrten glücklich auf das schäumende Meer, als mein Handy klingelte. Erst versuchte ich, es zu ignorieren, überlegte dann, weil es Montagmittag war, dass es ein Patient sein konnte, der Hilfe brauchte. »Na, geh schon ran! Vielleicht ist es Emilie!«, ermunterte Evi mich.

»Oder Herr Klempowsky, der wollte auch in den Urlaub, hoffentlich ist nichts Schlimmes mit Spinnen … Ah, hallo mein Schatz!« Ich hatte das Telefon aus dem Rucksack gekramt und sprach mit meiner Tochter. »Hi, Mum, ist es okay, wenn Tammaro und ich deine Terrasse flottmachen? Ich meine, da gibt es so viel Moos und so viele Algen und er hat doch so ein Gerät, da dachten wir, wir machen es schön, während du weg bist!«

Mir fiel nichts mehr ein. Was hatte dieser Mann jetzt mit meiner Tochter am Hut? Und was meine Tochter mit diesem Mann? »Emilie, du machst gar nichts in meinem Garten, außer zu gießen, hörst du?« Und warum zur Hölle fragte sie mich? Sie wusste doch, dass ich es nicht toll fand, dass sie mit einem für sie fremden Mann meine Terrasse schrubbte?

Ich hörte sie kichern: »Ich weiß, du denkst, dass wir das nicht machen müssen und dass du das auch alleine kannst, aber wir WOLLEN das ja zusammen machen!«

Evi sah mich fragend an, denn ich bekam schon wieder Puls. »Gibst du mir mal Tammaro, Emilie?« Jetzt wurden Evis Augen noch größer.

»Hey, Maren, schön, dich zu hören, ich kann …«

Ich unterbrach ihn. »Was macht ihr? Und wieso?«

Er seufzte. »Ich habe ihr gesagt, dass du das bestimmt nicht möchtest, aber sie wollte dich damit überraschen, dass es gut aussieht, wenn du wiederkommst. Da wollte ich ihr den Hochdruckreiniger ausleihen, aber sie hat sich dermaßen doof angestellt, dass ich ihr das zeigen musste, und jetzt tut sie so, als wollten wir das zusammen machen. Entschuldige bitte.«

Ich schnaufte. »Sie kann dir das Ding ja wiederbringen, wenn sie damit fertig ist. Oder du nimmst es direkt wieder mit, weil du es ihr gar nicht ausleihen möchtest. Und du musst dich gar nicht entschuldigen, ich entschuldige mich für meine Tochter. Und jetzt gibst du sie mir bitte noch mal!«

Er wiederholte »Sorry!« und reichte mich dann weiter. Emilies Stimme war höher als sonst.

»Tammaro kann überhaupt nichts dafür, ich habe ihn um den Reiniger gebeten und er war so freundlich, ihn mir zu leihen! Aber ich kam damit nicht klar! Ich wollte dich überraschen und dir eine Freude machen!« Jetzt klang sie jammerig.

»Und warum hast du mich dann angerufen und gefragt?«

»Tammaro wollte es. Er meinte, dass du vielleicht nicht damit einverstanden bist, wenn wir das ohne dein Wissen machen. Er kennt dich anscheinend.« Sie schmollte.

»Und damit hat er verdammt noch mal Recht! Wenn die Sonne scheint, gieß bitte ab und zu und von mir aus halte dich dort auf, du darfst auch Unkraut jäten oder sonst etwas, aber spanne nicht andere Leute zur Gartenarbeit ein! Tschüss!« Ich wartete ihre Verteidigung gar nicht erst ab, sondern legte sofort auf und erzählte Evi alles aus dem Gespräch, während wir weiter über Felsen kletterten und die Aussicht genossen.

»Hmm, hast du mir nicht neulich erzählt, sie findet, er ist ein ›Hottie‹?«, fragte meine Freundin nachdenklich.

»Ja!«

»Ist sie auf Insta?«

»Natürlich! Schon allein mit ihrem ganzen Sportzeugs und so.«

»Hast du Netz?«

Mir dämmerte, worauf Evi hinauswollte, ich nickte, öffnete Instagram, suchte sie dort und zeigte Evi seufzend ihren neuesten Post. Tammaro hatte es wohl nicht mitbekommen, dass sie ihn im Hintergrund mitfotografiert hatte, als sie von sich ein Selfie gemacht hatte. Rosa Herzchen waren um einen

Schriftzug platziert. Darauf zu lesen: »Gartenarbeit macht zu zweit mehr Spaß!«

Wir ließen ein älteres Ehepaar mit Hund vorbei, grüßten freundlich, bevor ich lospolterte. »Unglaublich! Dieses spätpubertäre Kind! Sie will …«

Evi ergänzte: »Xenia eifersüchtig machen. Uiuiui.«

»Sie kann doch nicht einfach den armen Tammaro fotografieren und das posten! Das geht mal so gar nicht!« Evi stimmte mir zu.

Wir gingen an einem Strauch tiefroter Wildrosen vorbei, von denen ich einfach ein Foto machen musste. Ich schickte das Bild an Tammaro und schrieb ihm, dass es mir leidtat, dass Emilie ein Foto von sich und ihm auf Insta gepostet hatte und dass ich ihr die Leviten lesen würde. Was ich auch umgehend machte. Wutschnaubend drückte ich auf »Emmchen« auf meinem Telefon. Sie war sofort dran.

»Ich kann auf meinem Insta-Account machen, was ich will!«, versuchte sie sich rauszureden, als ich sie auf den Post ansprach.

»Eben nicht!«, hielt ich dagegen, während Evi mich etwas vom Wanderweg an die Seite zog, um einer jungen Familie mit Hund Platz zu machen. »Du musst doch die Leute, die du fotografierst, fragen, ob es in Ordnung ist, dass du das Foto postest!«

»Aber das war doch nur Tammaro!«, protestierte sie. »Dem ist das doch egal!«

»Was willst du damit sagen?« Ich musste sehr verwirrt aussehen, denn Evi guckte mich sehr fragend an. Weil immer wieder Wanderfreunde vorbeikamen, wollte ich mein Telefon nicht auf Lautsprecher stellen.

»Na ja, er ist ja ein entspannter Typ«, kam es von Emilie.

»Du stellst nicht einfach Fotos von anderen Leuten ins Netz. Punkt. Und das weißt du auch. Egal, für wie entspannt du jemanden hältst, es entscheidet immer noch die Person selbst, ob sie das möchte oder nicht. Und du machst nichts in meinem Garten, was du nicht mit mir abgesprochen hast. Auch Punkt. Emilie, du bist doch erwachsen! Ich muss dir so was doch nicht erzählen! Du weißt das alles doch!«

»Xenia hat auch Fotos von anderen auf ihrem Account!« Auch wenn sie es nicht sehen konnte, verdrehte ich jetzt die Augen.

»Sie wird die Leute gefragt haben! Und überhaupt: Es ist nicht der richtige Weg! Rede mit Xenia! Klärt euren Scheiß!«

Jetzt fing sie an zu weinen und ich hätte sie am liebsten in den Arm genommen, was ich ihr auch sagte.

»Ich lösche das Foto. Es tut mir leid. Ich bin einfach so traurig.«

»Das verstehe ich. Das ist auch sehr traurig, wenn eine Beziehung zu Ende geht.«

Jetzt wurde ihr Schluchzen heftiger. »Das tut sie nicht! Sie geht nicht zu Ende! Sie ist sich ja selbst nicht sicher!«

Ich musste jetzt wirklich mal mit dieser Xenia sprechen. Mich regte diese Frau schon viel zu lange auf. Wenn ich wieder zu Hause war, würde ich sie anrufen. »Emilie, tu dir das nicht länger an. Mach du Schluss, wenn sie es schon nicht macht. Lass nicht so mit dir umspringen. Dieses Hin und Her erträgt doch keine!«

Jetzt sprang ihre Trauer wieder in Wut um. »Sag du mir nicht, was ich tun soll!«

Obschon sie es ja nicht sehen konnte, hob ich beschwichtigend die freie Hand. »Nein, du hast recht, du musst deine Erfahrungen selbst machen. Es tut mir nur weh, zu sehen, wie du leidest!«

»Ich leide nicht! Es geht mir prima. Wenn du dich nicht immer einmischst. Weiterhin schöne Ferien!«

Wir legten auf und ich war froh, dass Evi bei mir war, um alles aufzuarbeiten. Sie hielt nichts von der Idee, dass ich mit der

Freundin (oder Ex-Freundin?) meiner Tochter sprach, und ich hielt die Idee eigentlich auch nur für mitteltoll, schließlich war Emilie wirklich erwachsen und konnte und musste das für sich regeln. Aber gleichzeitig wollte ich mein Kind auch in Schutz nehmen und dieser Trulla mal sagen, dass es nicht ging, was sie meinem Mädchen da antat. Ich musste Emilie doch beschützen!

* * *

Abends rief mich Tammaro noch mal an, als ich es mir gerade mit einem Buch und einem Becher Tee aus selbst gepflückter, frischer Minze in der Hollywoodschaukel auf der großen Veranda unseres Ferienhauses gemütlich gemacht hatte. Er bestätigte mal wieder, was für ein feiner Mensch er war. »Maren, ich habe das Gefühl, Emilie redet sich da irgendetwas ein. Sie guckt mich immer so seltsam an, macht mir ohne Ende Komplimente und schäkert mit mir, es ist mir echt unangenehm. Und dann will sie ständig Fotos machen und ich möchte das nicht. Das sage ich ihr auch. Wobei, nachdem du mit ihr telefoniert hast, ist es besser geworden. Gib ihr auf keinen Fall meine Handynummer!« Er klang so besorgt, dass ich ein bisschen schmunzeln musste.

»Mach dir keine Sorgen, ich glaube, dass das jetzt geklärt ist. Sie wollte nur ihre Freundin – oder Ex-Freundin – eifersüchtig machen.«

»Okay, danke. Sie benimmt sich wie ein Teenager, nein?« Seine Stimme. Hach. Im Hintergrund hörte ich Kollege wie zur Bestätigung miauen.

»Oh ja, das tut sie. Und diese Trulla auch, obwohl die sieben Jahre älter ist!«

»Alter spielt keine Rolle in der Liebe«, erklärte er fast ein bisschen zu schnell, »Und außerdem kann man auch mit fünfzig noch sehr kindisch sein!«

Ach. Dieser Mann! Sollte ich ihn einfach fragen, nach seiner Familie? Ich fasste mir ein Herz. »Es war also schön in Italien mit deiner Familie?«

Als ich einen großen Schluck Tee nahm, hörte ich geradezu, wie er anfing zu lächeln: »Oh ja, das war es! Familie ist mir einfach sehr, sehr wichtig, sie ist etwas Besonderes.«

Ich stimmte ihm zu und fragte: »Und über wen hast du dich denn besonders gefreut?«

»Über alle natürlich! Kinder, Erwachsene – ich freue mich einfach, alle wiederzusehen. Ich wünschte, irgendwann …« Jetzt klang er etwas traurig.

»Was ist irgendwann?«

Er wechselte das Thema. »Habt ihr denn eine schöne Reise? Deine Freundin sieht sehr sympathisch aus auf dem Foto.«

Ein wunderschönes Gespräch folgte, in dem ich unsere Erlebnisse auf der Insel mit ihm teilte, wir viel gemeinsam lachten und ich noch mehr von seinem Urlaub in der Heimat erfuhr, wenn auch nicht die gewünschte Information. Er erzählte so liebevoll von seinen kleinen Nichten und Neffen und ich spürte nicht nur seine Sehnsucht nach Italien, sondern auch, wie gern ich ihm zuhörte. Ich wollte ihm alles sagen, dass er mir fehlte, dass ich mich nach ihm sehnte und all das – und ich konnte es nicht, was mich sehr traurig machte. Ich blieb bewusst vage über ein Wiedersehen, als wir uns verabschiedeten.

Ich schämte mich, dass ich überhaupt annehmen konnte, er könnte mich anschwindeln, und gleichzeitig hielt ich es immer noch nicht für vollkommen ausgeschlossen.

* * *

Die vielen Wanderungen, die beeindruckende Landschaft, die Klippen, das Meer, leckeres Essen, Lachen mit Evi und gute Gespräche – all das tat mir so gut und half mir, Abstand von meinen Problemen zu Hause zu bekommen. Natürlich dachte ich immer wieder an Tammaro, diskutierte mit Evi darüber, ob es wirklich zu früh für eine neue Beziehung war und wovor ich eigentlich genau Angst hatte und ob es tatsächlich sein konnte, dass er mich über seine familiäre Situation angelogen hatte. Sie war der Meinung, dass er das ganz bestimmt nicht getan hatte, so, wie ich ihn ihr geschildert hatte. Einerseits stimmte ich ihr zu, andererseits traute ich selbst Lars eine solche Gemeinheit kaum zu. Oder kannte ich ihn so schlecht?

Natürlich redeten wir auch über Markus. Einmal saßen wir in einem kleinen Restaurant und streckten unsere müden Glieder nach einer eigentlich nur zweieinhalbstündigen Tour, die für uns fast doppelt so lang gedauert hatte, weil wir Probleme mit dem GPS-Signal gehabt hatten.

»Demnächst wieder mit Wanderkarte!«, schworen wir uns, als der Kellner an den Tisch kam, um die Bestellung aufzunehmen. Evi war ganz aufgeregt, ich verstand erst nicht, warum, als sie mich in die Seite boxte und immer zwischen mir und dem Kellner, einem mittelalten Mann mit schwarzer Hornbrille, hin und her schaute.

»Markus!«, zischte sie, während ich dem Kellner meine Wahl mitteilte, gegrilltes Lachsfilet mit Pommes und Salat. Und richtig, er hatte tatsächlich Ähnlichkeit mit Evis Studienfreund, bestätigte ich ihr nickend. Sie bestellte das Gleiche wie ich, dazu wollten wir Bier und eine kleine Portion Smørrebrød mit Krabben als Vorspeise. Evi hatte ganz rote Wangen und ich war mir sicher, dass das nicht nur wegen des Bieres war, das im Handumdrehen auf unserem Tisch gelandet war.

»Fehlt er dir?«, fragte ich zwischen zwei Schlucken.

»Wer? Markus? Nö. Wir schreiben ja.« Das war mir neu.

»Ach?«, fragte ich und ließ ihr Raum, zu erzählen, was sie wollte.

»Ja.«

Aha. Da kam nichts mehr. Anscheinend wollte sie nicht so viel preisgeben. Dennoch versuchte ich es noch einmal: »Aber du würdest mir schon erzählen, wenn sich zwischen euch etwas ändert, oder?«

Sie rollte mit den Augen. »Du klingst schon wie dein Ex! Ja, natürlich würde ich das.«

Vierzehn Tage vergingen wie im Flug, und wir waren beide etwas melancholisch, als wir am Vorabend unserer Rückreise auf der Veranda des Ferienhäuschens saßen, aufs Meer blickten und unsere restlichen Vorräte verputzten. »Können wir morgen noch kurz an diesem Laden vorbeifahren, wo es die leckeren Kekse gab und diesen Schnickschnack? Dem Laden direkt am Strand?«, fragte Evi und biss in ihr Käsebrot.

»Na klar, unbedingt, das wollte ich auch schon vorschlagen, ich brauche ein Mitbringsel für Emilie.«

»Gut, ich möchte mir nämlich auch irgendetwas von dort als Reiseandenken mitnehmen. Es war so schön hier mit dir!«

»Das finde ich auch! Das machen wir wieder! Zusammen verreisen. Wohin auch immer!« Darauf stießen wir an und es machte den Abschied von dieser wunderschönen Insel leichter, dass wir uns auf weitere gemeinsame Reisen freuen konnten.

Kapitel 25

»Oh, ist die hübsch! Danke, Mama!«

Lange hatte mein Mädchen mich nicht mehr so genannt. Sie hielt die kleine grün-blaue Glasvase, die ich ihr von Bornholm aus dem »Schnickschnackladen« mitgebracht und mit Margeriten aus dem Garten bestückt hatte, in die Sonne.

»Guck dir nur diese Farben an!«, freute sie sich.

Ich war vor der Arbeit erst im Garten und dann bei ihr in der WG mit einer Tüte ofenwarmer Croissants vorbeigefahren, weil meine erste Patientin erst um zehn kommen würde und wir so Zeit für ein kleines gemeinsames Frühstück hatten. Ihre Mitbewohner schliefen noch. »Es ist doch richtig, dass ich dich von nichts abhalte, oder? Du musst auch erst um zehn im Studio sein, richtig?«

Sie nippte an ihrem Kaffee. »Ja, Mum.«

Wieder einmal wunderte ich mich, wie eine WG so aufgeräumt und sauber sein konnte. Ich hatte mich recht spontan angemeldet, da war nicht viel Zeit zum Saubermachen gewesen. Nur ein geblümter Becher stand auf der Spüle, ansonsten hingen alle an den Haken über dem Herd, kein Teller stand rum und Äpfel, Pfirsiche und Bananen lagen appetitlich in einer Obstschale. Alle Oberflächen glänzten. Und das, obwohl ihre beiden Mitbewohner männlich waren! Im selben Moment, in dem ich das dachte, schämte ich mich für meine sexistischen Ansichten. Sie waren einfach alle drei ordentlich.

»Wie waren deine Ferien? Habt ihr euch gut verstanden?« Sie suchte noch den besten Platz für die neue Vase, stellte sie mal auf die Fensterbank, mal auf den Tisch und das Sideboard.

»Na klar, es war toll mit Evi.« Ich drehte den Teller mit dem Croissant. »Ich hab mir viele Gedanken gemacht, ich weiß, dass mich das nichts angeht, aber ich kann es einfach schlecht ertragen, wenn es dir nicht gut geht …«

»Ooch, Mum.« Sie schüttelte genervt den Kopf, »Du hast recht, es geht dich nichts an und du musst dir keine Gedanken machen, ich bin wirklich erwachsen.«

»Na ja, das kam mir nicht so vor, wenn du deine Freundin oder Ex-Freundin oder was auch immer eifersüchtig machen möchtest mit einem völlig fremden Mann, ja, noch dazu hat er ja gar nicht das von dir bevorzugte Geschlecht.«

Sie stöhnte laut auf. »Mensch, Mum, eure Generation muss das jetzt echt endlich mal lernen, das Geschlecht ist egal, es geht um den Menschen!«

Ich hob entschuldigend die Hände. »Jaja, verstanden, aber du kennst ihn ja überhaupt nicht und das war doch ziemlich kindisch, oder?« Ich pustete in meinen Kaffee, bevor ich einen Schluck nahm.

Sie grinste. »Stimmt, das war kindisch von mir, aber irgendwie dachte ich, ich muss bei Xenia eine Entscheidung bewirken … Und zu Tammaro: Stimmt, ICH kenne ihn nicht so gut, aber du anscheinend ja schon. Wenn man daran denkt, was Papa erzählt …«

»Hast du deshalb ausgerechnet ihn angegraben? Weil Papa eifersüchtig ist?«

»Das ist er ja wohl nicht ganz unberechtigt.«

»Wieso?«

»Nach dem, was Tammaro ihm erzählt hat …« Ihr Grinsen wurde breiter. »Und du? Bist du auch verliebt in ihn?«

Lars, ey. Ich hätte ihn ungespitzt in den Boden rammen können. Wieso erzählte er unserem Mädchen das? Was sollte das? Schnell versuchte ich, das Thema zurück zu meiner eigentlichen Frage zu wechseln. »Emmchen, dein Vater ist eine Sache für sich. Was mich umtreibt, ist, ob ich nicht mal mit Xenia sprechen sollte? Dass sie sich mal entscheidet. Oder fändest du das blöd?«

»Ja, richtig, das fände ich blöd.« Sie biss in ihr Croissant und sagte kauend: »Papa fand Tammaro richtig nett. Ich hatte das Gefühl, er wollte sich mit ihm anfreunden. Aber dann hat der ihm das erzählt und dann war es natürlich aus. Ich finde ihn übrigens auch nur nett, hab ich gemerkt. Aber du, was empfindest du für Tammaro? Bist du auch in ihn verliebt?«

»Ach, Emmchen, es ist doch alles noch nicht so lange her mit deinem Vater.« Natürlich war mir klar, dass das von einem deutlichen »Nein« weit entfernt war. Aber anders konnte und wollte ich es ihr nicht sagen. Und mit Xenia war ich auch nicht weitergekommen. Auf jeden Fall war ich froh, dass ich Emilie in einer guten Verfassung vorgefunden hatte. Wir umarmten uns zum Abschied und machten uns auf den Weg zu unserer jeweiligen Arbeit. Mit Lars würde ich später, wenn ich nach der Arbeit im Garten vorbeischaute, noch ein Hühnchen rupfen.

* * *

Jetzt, im Sommer, war es besonders herrlich, in den Garten zu kommen. Mädchenaugen strahlten mit Goldfelberich um die Wette, im Kräuterbeet dufteten Rosmarin, Thymian und Oregano, die wilde Clematis wand sich um den Pflaumenbaum und Duftwicken verschönerten den Holzzaun zu den freundlichen Nachbarn. Im Schatten meines Apfelbaums hatte ich eine Hollywoodschaukel platziert, die ein Gartennachbar hatte loswerden wollen. Die frisch gewaschenen, grün-weiß gestreiften Bezüge hatte ich heute mitgebracht und war gerade dabei, sie neu aufzuziehen, als ich jemanden meinen Namen rufen hörte. Tammaro stand am Tor und winkte mit einer Zeitschrift, zu seinen Füßen begrüßte mich Kollege. »Hey, Maren! Ich hab was für dich!« Natürlich schlug mein Herz sofort doppelt so schnell wie vorher.

Wir umarmten uns kurz zur Begrüßung und als mir bewusst wurde, wie ich begierig seinen Zitronenduft einatmete, ließ ich ihn wieder los und streichelte Kollege. »Möchtest du reinkommen?«, fragte ich, und die pure Höflichkeit war meiner Frage anzumerken.

»Nein, ich hab noch zu tun.« Er klang enttäuscht. »Aber ich wollte dir die Kolumne zeigen! In der Sonderausgabe. Hab ich geschrieben!« Er blätterte und präsentierte mir dann eine Doppelseite in der *GartenFlora EXTRA*: »Die kleine Bäckerei am Müllberg« lautete die Überschrift.

Ich musste laut auflachen. »Herrlich! Das lese ich in Ruhe. Leihst du sie mir?«

»Die ist für dich. Ich wusste, dass du sie noch nicht haben kannst, sie erscheint erst nächste Woche.«

»Wow, cool! Ich darf als Erste! Vielen Dank!« Ich umarmte ihn einen Moment zu lange und trat schnell einen großen Schritt zurück, als ich es erschrocken bemerkte.

»Ich muss los!« Er winkte mir zum Abschied zu und war verschwunden, zusammen mit seinem kleinen Kater – und ich überlegte wieder einmal, ob es ein Fehler war, ihn nicht in mein Leben zu lassen. Vielleicht noch nicht, beruhigte ich mich selbst. Um dann gleich wieder zu grübeln, was denn war, wenn er jemand anderes fand. Weil ich so rumeierte.

Ich stopfte das letzte Kissen in einen neuen Überzug und machte mir einen Kaffee. Gut gestärkt verfolgte ich dann die Mission »Ex-Mann rundmachen«.

Lars strich gerade eine Gartenbank und hörte dabei gedämpft Radio, als ich an seiner Gartenpforte ein Windspiel entdeckte und damit klimperte. Er sah mich und seine konzentrierte Miene hellte sich auf: »Maren! Wie schön! Komm rein!« Er eilte mir entgegen und stoppte urplötzlich, die Arme, wie um sich zu ergeben, nach oben gestreckt. »Oh weh, das Radio ist zu laut! Es tut mir leid, ich mach es aus!« Er rannte zurück und stellte das Gerät ab.

Beschwichtigend ging ich auf ihn zu: »Nein, nein, ich hab gar nichts gehört, deshalb komme ich nicht.«

Eifrig machte er sich auf den Weg in die Laube und rannte dabei fast einen vollbusigen Gartenzwerg um. »Möchtest du was trinken? Einen Kaffee? Ich hab auch Kekse. Selbst gebacken. Mit Mandeln, die magst du doch so gerne!«

Gerade wollte er in der Tür verschwinden, da packte ich ihn an seiner Gartenschürze. »Halt, nein, ich habe gerade Kaffee getrunken, ich möchte gar nichts, nur mit dir sprechen!«

»Och, Maren, was hab ich denn jetzt schon wieder verbrochen? Sitzen?« Er machte eine einladende Handbewegung in Richtung Gartenbank.

»Ich bleibe stehen.« Einmal tief durchatmen, um nicht auszurasten, sagte ich mir. »Was erzählst du unserer Tochter? Lass sie da bitte aus dem Spiel! Wenn du mir irgendwelchen Mist erzählen musst, bitte. Aber was hat denn Emilie damit zu tun?«

»Liebe Maren, das ist nicht ›irgendwelcher Mist‹.« Er fuchtelte in der Luft herum, um seine Worte zu unterstreichen. »Und wenn du mit einem zwielichtigen Hallodri rummachst, hat das ja wohl auch Konsequenzen für deine Tochter! Da ist es sehr wohl wichtig, dass sie Bescheid weiß.«

»Deine Verschwörungstheorien kannst du wirklich für dich behalten. Lass. Unsere. Tochter. Aus. Dem. Spiel.« Ich sammelte mich kurz. »Und im Übrigen kann ich ›rummachen‹, mit wem ich möchte. Unterschreib endlich die Scheidungspapiere!«

»Das ist die Wahrheit! Wirklich! Ich will euch nur schützen!«, krakeelte er mir hinterher, als ich raschen Schrittes sein Territorium verließ und dabei versehentlich auch gegen die Busen-Zwergin trat, was ihr leider nichts ausmachte.

Kapitel 26

Zusammen mit Evi und Markus hatte ich mich beim Sommerflohmarkt im Gartenverein angemeldet. Vor allem intaktes Geschirr, Töpfe, Vasen und Kleinmöbel, die ich noch von den Vorpächtern meiner Laube hatte und die zu schade waren, um sie auf den Recyclinghof zu bringen, wollte ich dort loswerden. Evi hatte Unmengen an Modeschmuck und Kleidung, für die sie keine Verwendung mehr hatte, und Markus wollte in erster Linie seine Bibliothek verkleinern. Er war gerade vom Segelurlaub zurückgekommen und schien noch entspannter zu sein als sonst, das Strahlen übers gesamte gebräunte Gesicht stand ihm richtig gut und das von Sonne und Meerwasser gebleichte, etwas längere Haar machte einen richtigen Surferboy aus ihm, bemerkte ich, als er mit dem Kastenwagen von einem Carsharing-Dienst Evi und mich mit unseren Sachen abholte. Der Verein stellte Bierzeltgarnituren zur Verfügung und lachend und schwatzend bauten Evi und ich auf, während Markus das Auto zurückbrachte. »Wie ich mich kenne, kaufe ich von dem Geld, was ich einnehme, hier auf dem Flohmarkt wieder kräftig ein!«, befürchtete Evi, die bei Gerda und Rudolf einen riesigen, mit bunten Verschnörkelungen verzierten Übertopf ins Visier genommen hatte.

»Der wäre doch prima für meine Monstera, was meinst du?«, fragte sie mich mit zusammengekniffenen Augen.

Ich schob den Plastikliegestuhl zur Seite, den ich gerade dekorativ aufgestellt hatte, und sah mir den Übertopf genauer an. »Hm, ich war ewig nicht bei dir in der Praxis, wie groß ist denn die Monstera jetzt?«

»So groß, dass sie in jedem Fall ein neues Zuhause braucht!« An meine Gartennachbarn gewandt fragte sie: »Was wollt ihr denn für den Übertopf?«

»Der ist was ganz Besonderes, den haben wir aus Indien mitgebracht!« Gerda strich über die bunte Glasur.

»Wow, da hattet ihr aber ordentlich Übergepäck!«

»Ja, das kann man wohl sagen!«, sagte Gerda lachend. »Also, fünf Euro wollen wir schon noch dafür!«

»Fünf? Das ist ja nichts! Nehme ich!«, antwortete Evi freudig, tauschte Geld gegen Übertopf und schleppte den Koloss an unseren Stand.

»Und wie willst du den transportieren?«

»Ich denke, dass Markus uns wieder rumbringt mit dem Kastenwagen.«

»Den hatte er doch nur geliehen!«

Gerade wollte Evi antworten, als Markus mit einer kleinen flinken Frau um die Ecke bog. Sie wirkten ziemlich vertraut miteinander, vor allem dafür, dass ich die Frau noch nie gesehen hatte. Ich warf Evi einen Blick zu. Schnell versicherten wir einander ohne Worte, dass wir sie beide nicht kannten.

Er legte ihr einen Arm um die Schulter, als er an unseren Stand trat. »Darf ich vorstellen? Das ist Melli.« Er wandte sich zu der freundlich lächelnden Frau, »Ach so, sag ich jetzt Melli oder Melanie?«

Sie lachte. »Gerne Melli! Aber auf Melanie höre ich auch – wenn ich möchte.«

Er stellte uns vor und ich bemerkte, wie angestrengt Evis Lächeln wirkte.

»Wir haben uns beim Segeln kennengelernt. Melli ist eine hervorragende Skipperin!« Markus strich ihr über den Rücken.

»Oh, danke«, sie strahlte ihn an, »ich mache das aber auch schon wirklich lang. Und ihr seid Studienfreundinnen von Markus?«

Wir nickten beide.

»Ich hatte Marki gesagt, dass ich total gerne vorbeikomme bei eurem Flohmarkt, aber ich kann leider nur ganz kurz, ich fahre gleich wieder nach Kiel zum Segeln.«

»Das ist echt schade!« Markus gab ihr einen Kuss auf die Stirn und Evi zuckte regelrecht zusammen. »Ist alles okay, Evi?« Ohne eine Antwort abzuwarten, nahm Markus ein Buch vom Tisch und zeigte es Melli. »Guck mal, der kleine Wassermann! Das hab ich geliebt als Kind!«

»Oh ja, ich auch!« Sie blätterten kichernd durch das Buch und Evi und ich räumten unsere Taschen und Kisten weiter aus und versuchten, alles schön auf dem Tisch und einem Kleiderständer zu arrangieren. Wobei Evi nicht so recht bei der Sache war. Sie legte Jeans auf den Tisch und versuchte umständlich, eine Blumenampel an den Kleiderständer zu hängen, dabei beobachtete sie Markus verstohlen.

»Wir schlendern noch kurz über den Markt und dann baue ich auch auf, ist das okay?«, fragte Markus, und Evi und ich nickten.

»Tschüss, war nett, euch kennenzulernen! Bis zum nächsten Mal!«, rief Melli aus, winkte uns zu und die beiden schlenderten an den anderen Ständen vorbei und fassten sich dabei immer wieder am Arm oder sogar an der Hand.

Evi hatte eine leere Rolle Küchenpapier dabei, um die sie sehr konzentriert ein Tuch wickelte, damit sie ihre Unmengen an Armreifen darauf präsentieren konnte. »Marki«, sagte sie tonlos.

Ich musste grinsen. »Aber sie scheint nett zu sein!« Mein Bücherstapel drohte umzukippen, ich sortierte ein paar für später zurück in den Karton unter dem Tisch.

»Das ist ja das Schlimme. Und dann auch noch Skipperin.«

»Wäre dir eine Stripperin lieber?«

Sie ging überhaupt nicht darauf ein. »Beim Segeln kennengelernt? Hallo? Er war drei Wochen segeln und ist jetzt schon in festen Händen? Ist das nicht etwas überstürzt? Muss man sich nicht erst einmal kennenlernen, ich meine, so richtig? Nicht nur untenrum!« Evi redete sich in Rage.

»Hey, man kann es auch übertreiben mit dem langsamen Kennenlernen.« Ich sah sie bedeutungsvoll an. »Und manchmal geht es eben ganz schnell!«

Sie piekte Nadeln in eine Pinnwand, an die sie dann Ohrringe hängte. »Ach so, nein, ich meine nicht wegen mir, ich freue mich total für ›Marki‹, ich fürchte nur, dass so ein Schnellschuss nicht so lange hält!«

»Er kommt!«, zischte ich und rief Markus fröhlich zu: »Jetzt aber schnell, wir haben unsere Ware schon fast komplett aufgebaut.«

Mir war früher nie aufgefallen, dass Markus ein richtig attraktiver Mann war.

»Ist sie nicht ne Wucht? Wir haben uns letztes Jahr beim Segeln kennengelernt, aber erst dieses Jahr hat es gefunkt. Leider wohnt sie in Kiel.« Er pfiff »Auf der Reeperbahn nachts um halb eins« und räumte flink eine Kiste mit DVDs, zwei Stapel Bücher und einen alten Toaster auf den Tisch. »Für den Kleiderständer hab ich nichts, aber es werden ja eh nicht viele Männer zum Shoppen kommen, oder was meint ihr?«

»Ich war hier im Verein noch nie auf einem Flohmarkt, keine Ahnung. Aber deine Melli macht echt einen supersympathischen

Eindruck«, stimmte ich ihm zu, »wenn wir uns ja jetzt auch nur wirklich sehr kurz gesehen haben.«

Er lächelte versonnen. »Ihr werdet sie in Zukunft noch öfter erleben. So ein Glück, so eine tolle Frau!«

Ich hatte den Eindruck, dass er Evi seit Langem endlich wieder völlig unbefangen ins Gesicht gucken konnte, was ihr hingegen sichtlich schwerfiel. Wir würden für später eine dringende Konferenz anberaumen müssen. Doch bis dahin galt es, die Fassung zu bewahren und der Kundschaft unsere Kostbarkeiten schmackhaft zu machen.

»Der Typ da drüben macht das Geschäft kaputt, er hat zu tolle Sachen!«, erzählte Markus gut gelaunt.

»Meinst du den im roten T-Shirt? Das ist Thore vom Verein.«

»Ja, der löst anscheinend seine ›Star Wars‹-Sammlung auf, er hat echt alles, Figuren und Tupperdosen und Lego, ein Darth-Vader-Waffeleisen und sogar den Millennium-Falken aus Lego, ich bin gespannt, was er dafür haben möchte!« Und richtig, vor Thores Stand drängten sich die – meist jungen – Leute.

»Ich habe eine Ikea-Nachttischlampe! Und die will keiner! Obwohl die auch eine Rarität ist! Die gibt's heute gar nicht mehr!« Mit extra lauter Stimme hoffte ich, Kundschaft anzulocken.

»Hey, Maren!«, kam dann auch ein mir nicht Unbekannter an unseren Stand und mir schoss eine Hitzewelle durch den ganzen Körper.

»Hallo, Tammaro!« Ich stellte ihm meine Freunde vor.

»Die Lampe ist echt schick, was willst du denn für die haben?«, fragte er mich und sah mir tief in die Augen.

»Du bekommst sie natürlich geschenkt!« Ich bemühte mich, einfach nur fröhlich zu klingen.

»Das kann ich doch nicht annehmen! Ihr müsst doch auch etwas verdienen!« Er zwinkerte mir zu.

»Na gut, überredet, zwei Euro.«

»Hui, das nenn ich mal ein Schnäppchen!« Er sagte es wie »Schnehpchen« und einmal mehr fand ich das süß. »Gut siehst du aus, die Ferien haben dir gutgetan!«, ließ er mich mit warmem Blick wissen.

»Danke«, hauchte ich. Er gefiel mir auch wieder ausgesprochen gut, dank der Sonne Italiens war er mehr »Hottie« denn je, fand ich.

Evi guckte ihn so ehrfürchtig an, dass er es bemerkte: »Ich freue mich, dich endlich mal zu treffen, du warst mir schon auf dem Foto aus Dänemark sympathisch!«

»Und woher kennt ihr euch?«, fragte Markus neugierig.

»Ich bin ein Freund von Maren, wir kennen uns aus dem Garten.« Er zeigte auf sein Haus. »Ich wohne dahinten.« An mich gewandt sagte er leise: »Schön, dass du durch die Lampe wenigstens ein bisschen in mein Leben scheinst.« Nachdem er mir die Hand zum Abschied gedrückt hatte und weitergeschlendert war, sah ich ihm fix und fertig nach. Ich mochte sogar die Art, wie er ging, ganz locker und uneitel, mit einer leichten Tendenz zu O-Beinen.

Markus war anscheinend die Chemie zwischen uns beiden nicht entgangen. »Wow, Maren, das ist ja ein charismatischer Typ. Ein Freund? Echt nur ein Freund? Ändere das mal schleunigst und sieh zu, dass du da noch ein ›d‹ davor bekommst! Meinen Segen hast du. Und seinen auf jeden Fall auch!« Meine beste Freundin und ich wechselten vielsagende Blicke. Die Konferenz später war noch dringender geworden.

Zum Glück blieb mir keine Gelegenheit, länger über irgendetwas oder irgendwen nachzudenken, denn die Kundinnen und Kunden strömten nur so an unseren Stand. Wir feilschten, lachten und freuten uns, wie schnell unsere Tische leerer wurden, wir legten nach aus den Koffern und Kartons zu unseren Füßen und wunderten uns, dass manches, was wir als absolutes Highlight empfunden hatten, bleischwer an dem Ständer hing oder achtlos auf dem Tisch liegen blieb. Markus war ganz sicher gewesen, dass sein Maßkrug vom letzten Oktoberfest sofort gekauft werden würde, und Evi hatte einen knallig pinkfarbenen Seidenschal, bei dem sie haderte, ob sie ihn nicht besser wieder mit nach Hause nahm, weil er »so eine tolle Qualität hatte«, dass es »eigentlich Wahnsinn« war, ihn auf dem Flohmarkt zu verkaufen. Leider war sie mit dieser Ansicht alleine. Was meine Sachen betraf, war ich überzeugt, dass die entzückende Sauciere im Sechzigerjahre-Orange nur ganz kurz auf dem Tisch stehen würde, weil sich alle darum prügeln würden. »Isst man denn keine Soße mehr, oder was ist los?«, empörte ich mich, als sie ganz zum Schluss immer noch da war.

Aber alles in allem verkauften wir gut und hatten vor allem sehr viel Spaß miteinander, sodass wir gar nicht bemerkten, wie die Zeit verflog. Insgeheim fürchtete ich und lauerte immer wieder darauf, ob Lars wohl auch vorbeikommen würde, wenngleich ich ja wusste, dass er Flohmärkte zum Glück nicht ausstehen konnte. Weder darüber zu schlendern, noch, Gott bewahre, selbst bei einem mitzumachen. Aber das sollte nichts heißen, er mochte ja Gärten eigentlich auch nicht. Seit er, wenn auch mit Werners Unterstützung, selbst in die Kleingärtnerei eingestiegen war, war auf dieser Welt nichts mehr verlässlich. Aber ich sah ihn die ganzen fünf Stunden nicht und war erleichtert darüber.

Markus fuhr nach einem Telefonat mit Melli spontan nach Kiel, nachdem wir abgebaut hatten, und so saß Evi da mit ihrem riesigen Übertopf. Zu zweit schleppten wir ihn mühsam in meine Laube, wo er unterkommen würde, bis sie eine Transportmöglichkeit dafür gefunden hatte. Auch die Reste unserer Verkaufsware – es war nicht viel, nur eine kleine Kiste mit Kochbüchern, etwas Schmuck, der Sauciere und ein paar T-Shirts – würden in meiner Laube vorübergehend Platz finden.

Wir setzten uns davor und machten eine Flasche Wein auf, ich füllte Nüsschen in Schalen und öffnete eine Tüte Chips. »So. Wie geht es dir mit Marki?«, wollte ich wissen, nachdem wir auf einen erfolgreichen Flohmarkt angestoßen hatten.

»Puh«, machte sie und Tränen stiegen ihr in die Augen. »Ich bin so enttäuscht! Ich dachte, wir wären gute Freunde! Und wir hatten uns ja, als du und ich auf Bornholm waren, auch immer viel geschrieben. Wie konnte er sie nur die ganze Zeit nicht erwähnen? Ich meine, als Freund! Das macht mich echt fertig.« Sie nahm einen großen Schluck.

Ich griff nach den Chips, es war meine Lieblingssorte Dill-und-Sauerrahm-Geschmack, verputzte ein paar und fragte erst dann: »Bist du sicher, dass es nur das ist? Oder schmerzt dein Herz?«

Sie trank noch mal. »Ich glaube nicht, ich weiß es nicht. Ich freue mich, ihn glücklich zu sehen. Das hat er nämlich so sehr verdient. Er ist so ein toller, kluger, offener und hilfsbereiter Mann. Und diese Bräune steht ihm gut, auch wenn das jetzt klischeehaft klingt, das etwas längere, sonnengebleichte Haar und die neue Brille, und ja, das Glück, das steht ihm auch.« Ihre Mundwinkel zuckten, dann schluchzte sie. »Ich bin so eine Vollidiotin! Warum wollte ich ihn denn nicht? Jetzt ist es zu spät!«

Bestürzt nahm ich sie in den Arm. »Aber Süße, ist das dein Ernst? Du warst immer so ablehnend, wenn ich dich nach deinen Gefühlen für Markus gefragt habe! Dabei hast du schon die ganze Zeit welche gehabt! Mich wundert es nicht, ich habe es gespürt.«

»Ich weiß«, sie schnäuzte sich, »aber ich wollte es nicht zulassen. Wir waren doch einfach so gute Freunde! Was, wenn es nach hinten losgegangen wäre? Wie peinlich das gewesen wäre! Komm dann mal wieder zurück zu einer normalen, guten Freundschaft! Das hätte noch ewig zwischen uns gestanden!« Sie wurde ganz leise. »Und jetzt hab ich ihn auch so verloren. Ich hätte es wagen sollen. Nun ist er ganz und gar weg. Als Freund – und als Partner.« Sie weinte und schluchzte.

»Aber Evi, nein, das weißt du doch nicht! Als Freund kannst du ihn ganz bestimmt behalten! Er ist doch dein Markus! Wieso sollte er das denn nicht mehr sein?«

»Er hat mir nicht von ihr erzählt! Nie.« Sie schnäuzte sich abermals. »Das macht man aber unter Freunden!«

Ich änderte meine Taktik. »Wer weiß, das ist ja noch ganz frisch zwischen ihnen, vielleicht hält es ja gar nicht. Ich meine, allein schon Kiel–Hamburg. Fernbeziehung! Vielleicht solltest du ihm genau jetzt sagen, was du für ihn empfindest!«

»Ich bin eine doofe Kuh, wenn ich erst jetzt, wo es zu spät ist, richtig merke, wie wichtig er mir eigentlich ist. Und wenn er eine neue Brille hat.« Sie lächelte gequält. »Das geschieht mir recht. Ich hab's verbockt. Ich bin so eine doofe Tussi, die nur auf Äußerlichkeiten schaut.« Mit eindringlichem Blick nahm sie meine beiden Hände in ihre. »Mach du nicht denselben Fehler! Sag dem Mann deines Herzens, dass er es ist, bevor es zu spät ist!«

»Ich, äh, …«

»Maren, Süße, nur weil es mit Lars nicht funktioniert hat, musst du jetzt nicht für ewig Single bleiben!«

Ich starrte sie an und mir fiel erst einmal gar nichts ein, dann berappelte ich mich. »Es geht jetzt erst einmal um dein Herz, nicht um meins. Es ist vielleicht nicht zu spät! Vielleicht hat er sie extra zum Flohmarkt eingeladen, um dich ein bisschen aus der Reserve zu locken.«

»Traust du ihm so was zu?« Ihre Worte unterstützend schüttelte sie den Kopf. »Das würde er nicht machen, das weißt du. Er ist grundehrlich.«

»Aber warum hat er dir dann nicht von ihr erzählt?«

Sie hielt mir ihr Glas entgegen und ich schenkte ihr ein, dann nahm sie einen großen Schluck. »Ich weiß es nicht. Ich muss jetzt erst einmal ein paar Nächte darüber schlafen.« Sie guckte mir wieder mit glasigen Augen tief in meine. »Noch mal: Mach du nicht denselben Fehler. Ich habe beobachtet, wie Tammaro dich ansieht, und du ihn. Da ist etwas zwischen euch, das kannst du nicht leugnen. Warum zum Teufel gibst du euch keine Chance? Diese Geschichte mit der Frau in Italien hat dir dein eifersüchtiger Ex-Mann erzählt! Darauf brauchst du wirklich nichts zu geben. Frag Tammaro doch einfach direkt und dann siehst du, wie er reagiert! Du bist Psychologin, du hast doch ein gutes Gespür für Menschen!«

Ich schüttete meinen Wein ins Gebüsch, ich wollte klar im Kopf sein, klar über meine Gefühle und Gedanken. »Evi, es ist ja nicht nur das. Wenn er der Richtige ist, dann ist es etwas wirklich Großes, das spüre ich. Und davor habe ich Angst.«

Sie stöhnte auf und lehnte sich gequält zurück. »Du machst mich wahnsinnig! Dann spaziert er irgendwann mit irgendeiner Trulla am Arm durch die Gärten und du guckst in die Röhre! Das fühlt sich richtig bescheiden an, glaub mir das.«

Ich zuckte mit den Schultern. »Dann ist das so.« Mein Mund war ganz trocken, deshalb schenkte ich mir Wasser ein und trank mit gierigen Schlucken. »Es ist mit Lars nicht gut gegangen, diese Trennung war so schrecklich, eigentlich waren die ganzen letzten Jahre fürchterlich – ich möchte so was nicht noch mal erleben.«

Sie drückte meinen Arm. »Aber es kann doch mit Tammaro ganz anders sein! Gib euch doch eine Chance!«

Ich schüttelte den Kopf und presste nur heraus: »Ich kann nicht.«

»Dir ist wirklich nicht mehr zu helfen.«

Ich zwang mich zu einem Lächeln. »Aber dir! Sag Markus, was du für ihn empfindest!«

»Hahaha«, ihr Lachen war bitter, »den Teufel werd ich tun, meine Liebe!« Dann grinste sie mich schief an. »Wir sind schon so zwei Spezialistinnen, oder? Gut, dass wir uns haben!« Sie schenkte uns jeweils einen kleinen Schluck Wein ein und wir prosteten uns zu.

Kapitel 27

Immer wieder war ich in den folgenden Wochen kurz davor, einfach bei Tammaro zu klingeln und über ihn herzufallen. Es tat regelrecht körperlich weh, es nicht zu tun. Und er schien auch an mich zu denken, er schickte mir ab und zu einen interessanten, wissenschaftlichen Zeitungsartikel oder ein Foto von einer neuen Pflanze, die er für seinen Garten erstanden hatte. Ich freute mich darüber, wenn es auch anstrengend war, meine Begierde im Zaum zu halten und nicht zu einladend zurückzuschreiben. Aber er fand immer die richtigen Worte und war nie aufdringlich dabei und natürlich hüpfte mein Herz jedes Mal, wenn das Handy ein »Ping!« von sich gab.

Auch Lars gab jetzt richtig Gas. Er schien mitbekommen zu haben, dass ich Tammaro länger nicht mehr getroffen hatte, schrieb mir Zettelchen, auf denen er an gemeinsame Erlebnisse erinnerte, und steckte sie durch den Zaun, backte Kuchen (!) und brachte mir riesige Stücke davon mit, sein Haar begann zu wachsen und er schien sich mehr Gedanken über seine Garderobe zu machen. Auch traf er sich jetzt regelmäßig mit unserer Tochter, die mir dann wiederum erzählte, was sie Ungewöhnliches zusammen unternommen hatten, und dass »Papa cooler geworden« sei, »auch entspannter«. Das freute mich für sie, aber mir selbst war es ziemlich egal. Er konnte von mir aus so viele asiatische Kochkurse mit ihr machen, wie er wollte, ich wollte sowieso nicht mit ihm essen und die Vater-Tochter-Lama- und Eselwanderungen fand ich auch toll, weil er in der Zeit wenigstens nicht im Garten war. Zum Floristik-Wochenende hatte er alleine gehen müssen, weil Emilie an dem Wochenende ihren ersten, sehr lukrativen Job als Personal Trainerin bekommen hatte, aber das Ergebnis, einen selbst gebundenen, riesigen Sommerblumenstrauß, hatte Lars mir zu Hause vor die Tür gestellt und ich hatte mich mit einer sehr kurzen SMS dafür bedankt. Seine Einladungen zu selbst gemachtem Sushi, »veganer Currywurst aus dem Wok« und »Trendbowls« lehnte ich dankend ab. Es war wirklich traurig, dass Lars sich erst jetzt so richtig ins Zeug legte. Es kam mindestens fünf Jahre zu spät. Was hatte ich versucht, um unsere Beziehung zu retten, versucht, mit ihm zu diskutieren, immer und immer wieder. Einen Paartherapeuten hatte ich ausfindig gemacht, aber Lars hatte nicht gewollt und die Not nicht gesehen. Und ich hatte nicht gesehen, was hinter seiner ganzen Lethargie stand, hatte es mir leicht gemacht und die zunehmenden Streite auf meinen langweiligen Mann geschoben. Dabei gehörten zu einer funktionierenden Beziehung zwei. Hätte ich noch mehr auf einer Paartherapie bestehen sollen? Hätte ich ihn ermuntern sollen, den Job zu wechseln? Welche waren meine Versäumnisse? Fest stand: Die ganze Abwärtsentwicklung hatte mich mürbe gemacht und ließ mich jetzt davor zurückschrecken, wieder jemanden so nah an mich heranzulassen.

Meine Feuerbohnen konnten bald geerntet werden und als ich an einem heißen Augustmittwoch nach der Arbeit in kurzen Hosen in einer mit Wasser gefüllten Wanne stehend Abkühlung suchte, genoss ich nicht nur die Ruhe, die mit der flirrenden Hitze einherging, sondern fragte mich auch, was ich nach der Ernte an ihre Stelle pflanzen sollte. Oder vielleicht sogar bauen. Mannshohe Steinmauern waren laut Vereinssatzung verboten, aber vielleicht gab es ja auch Holzpaneele, die schallundurchlässig waren?

Kollege war es auch zu warm, er lag in meiner Laube auf dem Fußboden und schlief schon die ganze Zeit. In letzter Zeit besuchte er mich öfter, was ich sehr genoss; wenn er da war, ließ ich die Gartenarbeit liegen und wühlte lieber stundenlang mit den Händen durch das entzückt schnurrende Fellknäuel. Als ich Tammaro geschrieben hatte, dass Kollege häufig bei mir zu Gast war, freute er sich und bat gleichzeitig darum, dass ich ihn nicht fütterte, was ich natürlich auch nie vorgehabt hatte. Es war schön, durch Kollege eine Verbindung zu seinem Herrchen zu haben, weil ich Tammaro unsäglich vermisste. Aber immer noch war meine Angst zu groß.

»Palimpalim!« ertönte es so laut von meiner Pforte, dass Kollege aufschrak und verpennt blinzelte. »Mensch, Lars! Nein, ich möchte keine Flasche Pommes frites!«

»Kann ich reinkommen?«

Er stand schon auf dem Gartenweg. »Von mir aus.« Ich fächelte mir mit den Händen Luft zu.

»Ich will Eis holen, da wollte ich fragen, ob wir vielleicht zusammen eins essen?«

Die Hitze hatte mich fürchterlich träge gemacht, aber die Aussicht auf ein Eis machte mich etwas munterer. »Wenn du sowieso fährst, bring mir gerne eins mit!«

»Zitrone, wie immer? Oder auch eine Kugel Melone?«, fragte er und wedelte mit einer kleinen Kühltasche.

»Ja, gerne zwei Kugeln. Eine so und eine so.« Nach einer kurzen Pause fügte ich noch ein »Danke« hinzu.

»Prima!« Er wollte gerade gehen, da bemerkte er Kollege, dem es anscheinend in der Laube doch zu warm geworden war und der gerade herauskam, um sich ein neues Schattenplätzchen zu suchen. »Ah, da ist das Drecksvieh! Das kackt in meinen

Garten! Und jetzt war er auch gerade bei dir drin! Hoffentlich hat er da nicht hingemacht!« Weil er aussah, als wollte er das Tier zur Seite treten, sprang ich flink aus meiner Wanne und schubste ihn weg. »Untersteh dich! Lass Kollege in Ruhe!«

»Kollege heißt der? Du kennst den? Was für ein bescheuerter Name! Der ist andauernd in meinem Garten und wühlt da rum und macht sein Geschäft!« Er kramte in seiner Hosentasche. »Guck mal, ich habe sogar Beweisfotos!« Er zeigte mir auf seinem Handy ein Foto. Darauf ein unappetitliches, aus mehreren Würstchen bestehendes Häufchen Kot.

»Ja, und?« Ich verstand nicht.

»Hier! Das ist in meinem Staudenbeet! Siehst du nicht den Autoreifen da hinten? Die hab ich da doch als Beetbegrenzung!« Eifrig tippte er auf das Bild und wischte dann weiter, um mir ein anderes Foto zu zeigen. Auf dem war der Haufen aus einer frontaleren Perspektive zu sehen. »Hier! Siehst du!«

Das konnte doch nicht wahr sein. »Mau!«, machte Kollege und schnürte davon. »Was soll ich sehen? Ein Kackhäufchen, ja.« Ich schüttelte ungläubig den Kopf. »Das kann doch von jeder Katze sein! Wo bitte ist der Beweis, dass es von Kollege ist? Es gibt hier sehr viele Katzen!«

»Aber die, die rote, ist ständig bei mir! Auf dem Weg zu dir macht sie bei mir noch mal kurz ins Beet!«

Recht so, dachte ich mir und fragte: »Hast du sie dabei denn schon mal beobachtet?« Seufz. Immer wieder seufz.

»Nein, aber es muss von ihr sein!«

»Es? Es ist nur eins? Deswegen machst du so eine Welle?«

»Na ja, bisher habe ich nur ein Häufchen entdeckt, aber wer weiß, wie viele es gibt, die ich nur noch nicht gefunden habe! Und man muss dem ja Einhalt gebieten, bevor es richtig viel wird!«

»Ich hab's mir anders überlegt, ich möchte doch kein Eis. Ich lege mich ein bisschen in den Liegestuhl und mache ein Nickerchen. Du entschuldigst mich?«

Ich konnte das nicht mehr. Diesen Mann ertragen. »Unterschreib endlich die Papiere, sonst kriegst du Post von meinem Anwalt!«, ließ ich ihn noch wissen und ging in die Laube, holte meinen Liegestuhl und begann ihn aufzubauen.

»Aber, Zitrone? Melone? Was habe ich denn jetzt schon wieder falschgemacht?«, lamentierte er hinter mir her, machte noch mal »Manno!« und stampfte mit einem Fuß auf den Boden, drehte sich dann aber immerhin um und schlurfte von dannen.

Kaum, dass er weg war, kam Kollege wieder und legte sich so unter den Liegestuhl, dass ich ihn bequem im Liegen kraulen konnte.

Zwar brauchte ich ein bisschen, um mich abzureagieren, aber dann war es herrlich, hier im Schatten ein wenig einzunicken, sogar so herrlich, dass ich erst gar nicht mitbekam, dass mein Handy klingelte. Weil es einfach nicht aufhörte, schleppte ich mich in die Laube und nahm, ohne zu gucken, wer anrief, das Gespräch an.

»Ja?«

»Hier ist Xenia, hallo. Emilie hatte mir mal deine Nummer gegeben.«

Schlagartig war ich knallwach. »Oh, hallo, Xenia! Das ist ja eine Überraschung!«

»Ich wollte mit dir sprechen. Emmy weiß nichts davon. Ich hoffe, das ist für dich okay.« Es war angenehm, dass sie sich so vorsichtig herantastete, sie wirkte gar nicht wie die divenhafte, äußerst selbstbewusste Frau, als die ich sie in Erinnerung hatte. »Warum möchtest du nicht, dass Emilie von unserem Gespräch weiß?«, fragte ich freundlich.

»Sie würde es vielleicht nicht gut finden. Aber mir ist es wichtig.«

Ich überlegte. »Nun, ich mache ungern Dinge hinter ihrem Rücken, die sie betreffen. Und ich denke, sie käme auch damit klar, wenn sie es wüsste. Ich sage es ihr, in Ordnung? Wollen wir jetzt am Telefon sprechen, oder magst du vielleicht vorbeikommen? In meinen Garten? Es ist so herrlich heute!«

»Na gut, sag es ihr. Und gute Idee mit dem Garten, ich komme gerne, ich bin sogar – glaube ich – gerade ganz in der Nähe, ich habe eben von einer Kollegin Noten abgeholt, dein Garten ist doch in dieser Anlage beim Park, richtig?«

»Genau! Gib mir Bescheid, wenn du da bist, dann hole ich dich beim Parkplatz ab, okay?«

Wir verabredeten uns für eine halbe Stunde später, sie wollte Kuchen mitbringen und ich versuchte, Emilie anzurufen, erreichte sie aber nicht. Deshalb hinterließ ich ihr eine Sprachnachricht und lud sie ein, dazuzukommen.

»Wow, es ist wunderschön bei dir!« Während Xenia ihren Blick über meine Rosen, die in voller Blüte standen, schweifen ließ, die Gaura bewunderte, die mit den zarten Sternchen an den schlanken Halmen luftig zwischen Eisenkraut und Lavendel wucherte und kurz am Rosmarin schnupperte, sich an der Clematis und der Passionsblume freute, betrachtete ich sie unverhohlen und verstand, was meine Tochter an ihr fand. Ihre Haltung war die einer Balletttänzerin, aufrecht und selbstsicher. Ihr blondes, lockiges Haar hatte sie zu einem Pferdeschwanz zusammengebunden, aus dem sich ein paar Strähnen befreit hatten, die jetzt ihr herzförmiges Gesicht locker umrahmten. Sie trug ein luftiges, helles Sommerkleid, das mit gleichfarbigen Schmetterlingen bestickt war, und beigefarbene Birkenstocksandalen. Ihre Ausstrahlung haute mich um. Sie schien vollkommen in sich zu ruhen.

Jetzt drehte sie sich zu mir um und fasziniert erkannte ich goldene Fünkchen in ihren ansonsten leuchtend grünen Augen, als sie mir direkt ins Gesicht blickte. »Ich liebe Emilie wirklich«, erklärte sie, »deshalb möchte ich nur das Beste für sie. Und ich weiß nicht genau, ob es gut ist, dass wir zusammen sind. Ich muss normalerweise nicht lang überlegen, sondern entscheide einfach aus dem Bauch heraus. Aber jetzt bin ich gerade ziemlich ratlos. Emilie ist so ein großartiger Mensch, interessiert, liebevoll, witzig und klug, eine Schönheit noch dazu, sie ist ja nicht nur hübsch, sondern wunderschön, ich sehe an ihr eine Attraktivität, die eine Frau eigentlich erst später erreicht, aber das macht ja gerade auch einen Großteil ihres Charmes aus – diese Mischung aus Reife bei gleichzeitiger Unbekümmertheit.«

Ich ging mit ihr zum Tisch hinter der Laube, den ich bereits gedeckt hatte, mitsamt einer großen Thermoskanne Kaffee und sie holte den mitgebrachten Kuchen aus ihrem Korb. Hui. Große Worte, dachte ich. Reife verband ich nicht immer mit Emilie, unbekümmert war sie schon eher, etwa, wenn ich an die Aktion mit Tammaro auf Instagram dachte.

Wir setzten uns und ich schenkte Kaffee ein. »Der Kuchen sieht fantastisch aus!«, freute ich mich. Es waren verschiedene Stückchen Obstkuchen mit Erdbeeren, Kirschen und Aprikosen. »Er ist von meinem Lieblingsbäcker. Ich hatte ihn schon vor unserem Telefonat gekauft, in der Hoffnung, dass Dir heute ein Treffen passt.«

Dieses vorausschauende Handeln wunderte mich überhaupt nicht. Genauso hatte ich sie eingeschätzt. Ich kannte sie ja schon von ein paar flüchtigen Begegnungen und heute kam sie mir faszinierender vor denn je.

»Es gibt eine Neuigkeit in meinem Leben«, begann sie, als wir schon eine Gabel von dem köstlichen Kuchen probiert hatten. »Ich werde nach Paris gehen. Dort habe ich ein Angebot für eine Stelle als Gesangslehrerin und Dozentin für Oper am Konservatorium angenommen.«

»Hui, herzlichen Glückwunsch, das ist ja toll!« Ich war schwer beeindruckt und guckte sie auch so an. Im selben Moment schoss mir ins Hirn: Halleluja! Dann würde ja endlich das ewige Hin und Her aufhören! Eine Fernbeziehung würden die beiden bestimmt nicht hinkriegen.

»Und ich hätte am liebsten, dass Emilie mitkommt.« Sie nahm noch einen Bissen und ich tat es ihr gleich, wenn mir auch plötzlich gar nicht mehr nach essen war.

»Oh!«, sagte ich mit vollem Mund.

»Ja«, erklärte sie, sie kaute anscheinend schneller als ich, »ich möchte nicht ohne sie sein. Das ist mir in der letzten Zeit mehr und mehr bewusst geworden. Wir haben es probiert, pausiert, Abstand gehalten, den Kontakt eingeschränkt – weil ich es so wollte. Ich wollte die Beziehung beenden, bevor ich nach Paris gehe – weil ich nach Paris gehe.« Jetzt guckte sie traurig zu Boden und flüsterte fast nur noch. »Eine Fernbeziehung würden wir beide nicht wollen. Ich dachte, ein Cut wäre das Richtige. Und ich wollte ihr auch nicht im Weg stehen. Und ich will diesen Job so sehr. Er ist wirklich wichtig für mich, verstehst du das?« Ihre Stimme wurde wieder kräftiger. »In diesem ganzen Chaos wurde mir immer bewusster, wie sehr ich sie brauche und wie gut wir zusammenpassen.« Sie nahm noch eine Gabel von dem Aprikosenkuchen, während ich mein Stück nur noch auf dem Teller herumschob.

Ich sah sie direkt an und fragte: »Emilie weiß nichts von deinen Plänen, richtig?«

»Nein. Ich schiebe es die ganze Zeit vor mir her und weiß nicht, wie ich es anfangen soll. Ich bin feige. Am liebsten hätte ich einfach, dass sie mitkommt. Und ich bin mir so unsicher, ob das wohl überhaupt eine Option für sie sein kann, und da hatte ich die Idee, dich zu fragen, ob ich sie fragen kann, ob sie mitkommt.«

Das fand ich ein bisschen seltsam. »Das verstehe ich nicht, wieso denn?«

»Weil du ihre Mutter bist. Und weil sie noch so jung ist. Und ich weiß, dass du und Emmys Vater, dass ihr euch Sorgen macht, wie es mit ihr weitergeht, beruflich. Sie hat ja den Personal-Trainer-Schein gemacht und ihren ersten Einsatz ganz fantastisch gemeistert, so gut, dass sie gleich zwei neue Kundinnen durch Mundpropaganda bekommen hat. Und dann komme ich an und will sie aus Deutschland weglocken! Das fühlt sich für euch bestimmt nicht gut an. Deshalb will ich dir meine Beweggründe schildern. Ich weiß jetzt: Ich möchte mit Emilie leben. Mit ihr zusammenziehen.«

Ich räusperte mich. »Sie ist wirklich noch jung und du bist ja ihre erste richtige Freundin. Natürlich muss sie alles selbst entscheiden, denn sie ist volljährig, aber – was genau erwartest du jetzt von mir?«

Sie nahm sich noch ein Stückchen Kuchen und bot mir dabei auch noch eines an, das ich ablehnte. »Ich habe solche Angst, dass Emilie nicht mitkommt oder dass es ein Fehler wäre, sie überhaupt zu fragen, ob sie mitkommt. Ihr habt ein enges Verhältnis, das finde ich richtig, richtig toll, du kennst sie sehr gut. Und ich will nicht die doofe Freundin sein, die sie euch wegnimmt. Und gleichzeitig habe ich schreckliche Angst davor, dass sie Nein sagen könnte, und ich bin durcheinander und deshalb will ich einfach mit dir sprechen. Und deine Meinung hören. Mir ist ja eben auch klar, dass sie sehr sensibel ist und dass ich ihre erste feste Freundin bin.«

»Das war jetzt richtig viel Information und ich muss das erst einmal sacken lassen.« Eine leise Stimme in mir fragte sich, warum sie ausgerechnet jetzt nach Paris wollte, wo es für Emilie gerade einen Schritt nach vorne gegangen war. Und außerdem fiel mir ein: »Sie spricht kaum Französisch, also, sie hatte in der Schule Französisch, aber das hat sie in der Oberstufe abgewählt.«

»Im Land lernst du das total schnell, und davor könnte sie ja hier auch schon mal einen Kurs machen.«

»Ach ja, wann soll das überhaupt sein?«

»Im Februar will ich hin, im März beginnt das Semester. Sie kann natürlich auch nachkommen. Also, sie hätte auf jeden Fall genug Zeit, um die Sprache zu lernen.«

»Und du meinst, sie könnte dort dann wieder Trainerin werden?«

»Ja! Vielleicht sogar für Deutsche, die dort leben, wer weiß?« Sie schlürfte etwas Kaffee und lobte ihn. »Sehr guter Bohnenkaffee! Was meinst du? Hast du eine Idee, ob sie sich das wohl vorstellen könnte?« Sie war richtig hibbelig, was ich verstehen konnte, denn in mir war auch alles in Aufruhr. Ich mochte es, dass sie sich so viele Gedanken um mein Mädchen machte. Sie schien sie wirklich sehr gern zu haben.

»Du musst sie selbst fragen. An sich ist sie ja offen für alles Neue und Paris ist eine wunderschöne Stadt, sie war mal mit ihrer Klasse dort. Es kann sie natürlich weiterbringen, sie war noch nie länger im Ausland. Und wenn es ihr dort nicht gefällt, kann sie jederzeit zurückkommen. Wir sind für sie da. Immer. Und für mich so wie für ihren Vater gilt wohl, dass alles, was sie glücklich macht, okay ist für mich und uns«, antwortete ich.

»Danke.« Sie sah mich erleichtert an. »Dann werde ich sie wohl fragen.«

Nachdem wir diesen Klopper hinter uns gebracht hatten, quetschte ich sie noch weiter über die Arbeit als Dozentin am Konservatorium aus und während sie davon erzählte, leuchteten ihre Augen, sie schwelgte so in ihren Ausführungen, dass ich lächeln musste. Wie schön es anzusehen war, wenn jemand mit solch einer Leidenschaft von seinem Beruf schwärmte. Wie sehr wünschte ich mir das auch für mein Kind! Sie fragte mich auch über meinen Beruf aus, war fast ein wenig ehrfürchtig dabei, was mir gefiel. Während unseres Gesprächs wurde sie mir immer sympathischer und ich fand klug und überlegt, was sie sagte und wie bedacht sie ihre Worte wählte. Mehr und mehr konnte ich mir vorstellen, dass die beiden es zusammen gut haben würden, und dennoch schlich sich auch eine tiefe Traurigkeit bei mir ein. Mein Emmchen, so weit weg! Das würde hart werden. Aber für sie war es auch eine große Chance, denn schließlich war es immer gut, Neues zu lernen, das Leben anderswo kennenzulernen und weiter zu wachsen. Ich war gespannt, wie sie sich entscheiden würde. Und wenn sie ging, hatte das ja noch etwas Gutes: Ich würde immer einen Grund haben, in diese fantastische Stadt zu reisen!

Kapitel 28

Obwohl ich wirklich nicht die geringste Lust auf ein Zusammentreffen mit ihm verspürte, hatte ich mir nach dem Gespräch mit Xenia vorgenommen, Lars in ihre Pläne einzuweihen. Hier im Garten würden wir die Unterhaltung ja vielleicht schlank halten können. Ich holte einmal tief Luft, ging nach nebenan und rief seinen Namen. Er schien nicht da zu sein. Halb erleichtert, weil ich nun noch etwas Aufschub hatte, halb unzufrieden, weil ich es gerne hinter mir gehabt hätte, wollte ich mich gerade wieder nach drüben begeben, als er doch noch auftauchte. In den Händen trug er einen Eimer voller Pflanzen.

»Maren! Wie schön! Ich war nur kurz nebenan bei Felix und Corinna, sie hatten in der WhatsApp-Gruppe geschrieben, dass sie Storchenschnabel in verschiedenen Farben übrig hatten – möchtest du vielleicht auch welchen? Bist du nicht in der Gartengruppe?« Dann besann er sich kurz. »Bist du einfach hier reingelatscht? Ohne dass ich gesagt habe, du darfst reinkommen?« Er grinste und fuhr fort, bevor ich mich verteidigen konnte. »Für mich ist das ja überhaupt kein Problem, du darfst jederzeit rüberkommen, ich freue mich! Denn ich habe absolut nichts zu verbergen.« Um das zu unterstreichen, drehte er sich mit ausgebreiteten Armen. »Warte, ich stelle nur eben den Eimer in den Schatten, dann mache ich uns einen Kaffee.« Mit einem Strahlen bot er mir Platz auf seiner Gartenbank an und machte sich auf den Weg in die Laube.

»Einen Kaffee nehme ich gern, danke.«

Ich ließ mich auf der Bank nieder und kurz darauf setzte er sich dazu. »Lars«, hob ich an und er grätschte mir sofort ins Wort: »Was habe ich jetzt wieder angestellt? Ich bin mir keiner Schuld bewusst!« Die Haarbehandlung schien weiter zu wirken, es hatte sich schon ein dichter Flaum auf seinem Kopf gebildet. »Gar nichts hast du angestellt, glaube ich, es geht nur kurz um Emilie.«

»Moment, jetzt müsste der Kaffee fertig sein!« Er verschwand wieder in seiner Laube, um kurz darauf mit zwei gefüllten Bechern wiederzukommen. »Viel Hafermilch!« Er drückte mir den Becher mit einem zufriedenen Grinsen in die Hand.

»Danke. Also, weißt du schon von Emilies, nein, eher gesagt, von Xenias Plänen?«

Jetzt wurden seine Augen größer. »Nein, erzähl!« Er nahm einen großen Schluck.

Ich erzählte ihm von dem Gespräch mit Emilies Freundin, auch davon, welchen Eindruck Xenia auf mich gemacht hatte, und von meinen Gefühlen. Er hörte sich alles geduldiger an, als ich erwartet hatte, und machte nur ab und zu »hm« und runzelte die Stirn.

Nach einer Weile äußerte er sich überlegt. »Das ist doch seltsam, oder? Dass sie zuerst mit dir spricht? Also, mit uns? Die richtige Reihenfolge wäre doch, sie erzählt es Emilie und diese dann uns.«

Dieselben Gedanken hatte ich auch kurz gehabt, jetzt aber verstand ich Xenia. Ich versuchte, es ihm in meinen Worten zu erklären. »Sie ist durcheinander, ich bin mir sicher, dass sie Emilie wirklich liebt, aber sie möchte eben auch den Job in Paris, was ich sehr gut verstehe, das ist schließlich eine Riesenchance. Und sie möchte am liebsten beides: Mit Emilie nach Paris. Und weil sie anscheinend überhaupt keine Ahnung hat, ob das für unsere Tochter eine Option sein könnte, fragt sie eben uns. Mich. Auch, weil unser Emmchen eben noch so jung ist. Und sie noch nie mit jemandem, also einer Partnerin, zusammengewohnt hat. Xenia möchte also von mir …«, jetzt guckte er mich erschrocken an und ich berichtigte mich, »… von uns wissen, wie wir sie einschätzen. Und wie wir es finden.«

Er war ja nun einmal ihr Vater und er hatte etwas mitzureden, wenn auch die meiste Erziehungsarbeit immer auf meinen Schultern gelastet hatte. Ich sollte und wollte gnädig mit ihm sein, schließlich mochten sich Vater und Tochter. Lustigerweise hatte Lars sehr ähnliche Gedanken wie ich zu dem Thema. »Es prägt natürlich unheimlich und macht stark, so ein Auslandsaufenthalt. Außerdem kann sie es ja einfach ausprobieren, und wenn sie sich nicht wohlfühlt, kommt sie wieder. Ich bin jedenfalls immer für sie da. Und du auch. Und wir kommen sie besuchen!«

Ich nickte und dachte bei mir, dass das stimmte, wenn wir sie auch nicht zusammen besuchen würden. »Ähnlich empfinde ich das auch. Und sie soll einfach alles machen, was sie glücklich macht.«

Während ich in Ruhe meinen Kaffee austrank und wir noch ein bisschen über frühe und späte Himbeeren und Wurzelsperren für Brombeeren fachsimpelten, und er Werners Tipps dazu weitergab, dachte ich, dass es schon auch schön war, dass ich alles, was mit Emilie zusammenhing, mit jemandem teilen konnte, der sich auch für sie verantwortlich fühlte. Und wenn sich dieser Jemand dann auch noch so zivilisiert benahm und mit mir auf einer Linie war, war es gar nicht schlimm, dass wir einmal geheiratet hatten. Als dann sogar noch mein ehemaliger Schwiegervater hereinschneite und wir noch ein bisschen plauderten, bevor er Lars beim Ausbessern des Schuppens half, war ich zuversichtlich, dass mein Ex und ich das jetzt als Gartennachbarn besser hinbekommen würden.

Kapitel 29

»Evi wird da sein, aber ich freue mich natürlich sehr, wenn du auch kommst!« Emilie war am Telefon, endlich, ich hatte mit ihr noch gar nicht über Xenias Pläne sprechen können, weil sie wegen ihrer Personal-Training-Kunden, mit denen sie abends turnte, nur tagsüber Zeit gehabt hatte, wenn ich mit meinen Patienten beschäftigt war. Nach ihren Terminen war sie so kaputt gewesen, dass sie keine Lust mehr auf Reden gehabt hatte, wie sie mir jetzt kurz erklärte. Doch heute hatten wir beide frei und wollten uns sehen, sie würde auch in den Garten kommen, was mich freute. Kurz überlegte ich, ob ich Lars Bescheid sagen sollte, entschied mich dann aber, ihn eventuell spontan einzuladen, er war ja ganz gewiss auch im Garten. So wie jeden Tag. Ich hatte aufgegeben, mich darüber zu wundern, dass Gärtnern jetzt seine größte Leidenschaft geworden war.

* * *

Evi kam mit einer großen Tüte duftender Croissants und hatte auch einen Badeanzug dabei, denn wir wollten bei den herrschenden Temperaturen endlich meine Gartendusche einweihen. Hinter der Laube war es angenehm schattig und ich freute mich auf den Plausch mit meiner besten Freundin. Ich bot ihr von meinem Johannisbeergelee an.

»Selbst gemacht aus eigener Ernte!«, verkündete ich stolz.

Mit den Worten »Boah, wie lecker!« strich sie sich einen Löffel davon auf ihr aufgeschnittenes Croissant. »Himmlisch!«, konnte ich aus ihrem Schmatzen und Kauen heraushören.

Ich tat es ihr gleich und war ebenso hochzufrieden. Nachdem wir Probleme mit vereinzelten Patienten und Verärgerung über die überbordende Bürokratie in den Krankenkassen ausgetauscht hatten, näherte ich mich, wie ich fand, vorsichtig dem Thema »Markus«.

»Warst du noch mal im Kino?«, fragte ich sie und biss kräftig in mein Johannisbeer-Croissant.

Sie sah mich ungläubig an. »Bei dem Wetter? Nein, natürlich nicht.« Sie schüttelte den Kopf, besann sich dann aber. »Ach so, du meinst Open Air? Nein, es kam nichts, was mich interessierte. Ins Kino gehe ich dann im Herbst wieder, mit dir!« Sie nahm einen Schluck Kaffee und fragte dann: »Warst du denn im Kino? Kannst du einen Film empfehlen?«

Ich schüttelte den Kopf. »Nein, nein, ich dachte nur, weil du ja gerne mal mit Markus …« – weiter kam ich nicht, denn sie explodierte geradezu.

»Markus? Mein ehemaliger guter Freund? Meinst du den? Von ihm habe ich laaaange nichts gehört. Er braucht nämlich keine Freunde mehr. Er hat ja jetzt Melli. Er hat sogar auf WhatsApp ein Profilfoto mit ihr gemeinsam! Er reitet so was von die Paarwelle! Obwohl sie erst so kurz zusammen sind! Ich habe ihm auf die Mailbox gesprochen, mehrmals, glaubst du, da kommt etwas zurück? Ja. Tut es. Eine Textnachricht: ›Ich melde mich bei dir.‹ Das war alles.«

Sie tat mir leid, aber wenn ich ihr das gesagt hätte, dann hätte es sie nur noch mehr in Rage gebracht.

»Er ist frisch verliebt. Du weißt doch selbst, was das mit einem Menschen macht. Nimm es ihm nicht übel. Er wird wieder für dich da sein, wenn sie die erste, schlimme Phase hinter sich haben.«

Sie kreischte, wie ich es überhaupt nicht von ihr kannte. »Nein, meine Liebe, ich erinnere mich nicht daran, wie es ist, wenn man frisch verliebt ist. Ich weiß nicht einmal, ob ich das überhaupt jemals war.«

»Natürlich warst du das. Du bist enttäuscht, findest es schade, fühlst dich nicht wertgeschätzt. Ich kann das sehr gut verstehen. Aber ich glaube, am meisten wirfst du dir vor, dass du ihm deine Gefühle nicht offenbart hast.«

Der Ast einer Wildrose streckte sich über den Terrassenweg und ich stand auf, um ihn hinter den anderen Ästen festzuklemmen. »Maren, ich fühle mich wirklich schrecklich. Ich glaube, ich wusste selbst nicht, wie gern ich Markus hatte.«

»Reden hilft. Aua!« Ein Ast hatte sich in meinem Arm verhakt. Evi sah es und befreite mich.

»Aber deshalb bin ich ja da! Um zu reden. Bisher merke ich leider noch keine deutliche Verbesserung.« Sie guckte ein bisschen beleidigt, als sie das sagte.

Ich rieb mir den schmerzenden Arm und stöhnte gespielt genervt. »Mit ihm! Sprich mit ihm! Er kann das alles nicht riechen!«

Nachdem sie eine Weile herumgedruckst hatte, kam von ihr: »Hab ich ja! Ich hab endlich eine Audienz bekommen und wir haben uns getroffen, Markus und ich. Auf ein Bier, weil seine Melli wahrscheinlich keine Zeit hatte. Und ja, wir haben gesprochen.«

»Waas?! Du hast mit ihm gesprochen? Und das erfahre ich jetzt erst? So richtig gesprochen?« Ich stellte meinen Kaffee zur Seite.

»Ja, so mit Mund-auf-und-zu-Geräuschen. Oder was meinst du jetzt mit ›so richtig‹?«

Eigentlich war sie selten so patzig, das Gespräch mit ihm schien also ziemlich schwierig gewesen zu sein. Vorsichtig versuchte ich, sie zu beschwichtigen und gleichzeitig etwas herauszubekommen. »Ist es schlecht gelaufen? Das tut mir sehr leid. Was brauchst du jetzt von mir? Möchtest du darüber sprechen?«

Sie sah mich mit mächtigem Augenrollen an. »Lass bitte die Therapeutin im Schrank. Meine Güte!« Sie schien sich zu sammeln, atmete tief durch. »Okay. Es war ein wirklich furchtbares Gespräch. Ich hab ihm gesagt, dass ich mich sehr für ihn freue, dass er jemanden gefunden hat, mit dem es unkompliziert und schön ist. Und dass ich mir gewünscht hätte, dass ich diejenige gewesen wäre.«

»Wow!« Ich war kurz davor, aufzuspringen. »Das hast du wirklich gesagt? Du bist ja cool!«

»Ich bin von cool so weit entfernt wie ein Dürresommer von der Antarktis.« Sie überlegte kurz und lachte dann bitter auf. »Na ja, vielleicht doch etwas weiter. Ich fing jedenfalls an zu heulen. Oberpeinlich.«

Ich rückte neben sie und nahm sie in den Arm, während ich sie behutsam wissen ließ: »Es ist vollkommen in Ordnung, in dieser Situation zu weinen, und das weißt du auch. Und Markus weiß das auch.«

»Das Schlimmste war, dass er mich dann trösten wollte.« Wieder machte sie eine kurze Pause, bevor sie fortfuhr. »Nein, das Schlimmste, also das Allerschlimmste war, als er mir sagte, dass er so verliebt in mich war und sich nicht getraut hat, es mir zu sagen, weil er um unsere Freundschaft fürchtete. Ich hätte ihm ja kaum mal irgendein Signal gegeben, und irgendwann hätte er es einfach abgehakt. Mich abgehakt. Und gehofft, dass wir wenigstens Freunde bleiben würden. Und dann fing er an zu weinen. Es war entsetzlich. Und ich habe alles verbockt. Ich fühle mich so schrecklich.«

Ihre Augen füllten sich wieder mit Tränen und sie umarmte mich jetzt auch, wir lagen uns in den Armen und mir wurde bewusst, wie gern ich meine Freundin hatte, und dass bei mir jeden Moment auch die Tränen fließen würden. Um keinen Preis wollte ich sie jetzt mit einem »Hab ich's dir nicht gesagt!« belehren. Sie tat mir einfach leid und außerdem hatte sich Markus ihr gegenüber ja auch nie direkt offenbart. »Und dann? Wie ging es weiter?«

»Wir haben …«, sie stockte, um tief Luft zu holen, »… und das sage ich wirklich nur dir und niemand anderem, wir haben uns geküsst.«

Alles in mir riss die Augen auf und wollte laut »WAS?« brüllen, mit sechs Fragezeichen, aber ich riss mich zusammen und fragte nur: »War es schön?«

Meine Ruhe wurde belohnt. »Maren, es war einfach himmlisch. Er ist der beste Küsser, den ich kenne. Und …«, wieder machte sie eine Pause und guckte verlegen zu Boden, »… es kam zum Äußersten.«

Wenn es nicht so eine ungewöhnliche Situation gewesen wäre, hätte ich mich über ihre Wortwahl scheckiggelacht. So machte etwas in mir nur ein seltsames Geräusch, etwas wie »hu-tzmpf«, und ich ließ mir Zeit, bevor ich etwas sagte. Ich musste mich räuspern. »Und wie war das?«

Sie schloss die Augen und antwortete so lange nicht, dass ich annahm, sie machte wohl eine Meditationsübung. Dann sagte sie: »Währenddessen war es wunderschön und zärtlich und gierig und toll und aber sofort danach absolut entsetzlich. Weil er doch in einer Beziehung ist! Daran hat er mich auch direkt erinnert. Und dass er sich jetzt schrecklich fühlte. Und durcheinander war. Und natürlich war und bin ich das auch!«

Um die Situation etwas zu entspannen, wählte ich Junge-Leute-Slang für meine Replik. »Krasser Scheiß.« Danach schwiegen wir beide für eine gefühlte Ewigkeit. Sie war mit ihrem besten Freund in der Kiste gelandet. Ausgerechnet als er, der immerzu heimlich für sie geschwärmt hatte, endlich seine Hoffnung auf eine Beziehung mit ihr begraben hatte und mit einer anderen Frau zusammengekommen war. Gab es einen schlechteren Zeitpunkt? Für sie alle? Was für eine Bredouille! Und: War es unhöflich, wenn ich jetzt in ein weiteres Croissant beißen wollte? Und wenn ja, machte ich es trotzdem? Ja, denn ich hatte Hunger. »Und jetzt?«, fragte ich mit vollem Mund und sortierte innerlich noch, welchen Verlauf dieses Gespräch gerade genommen hatte.

»Er sagte, dass das eine einmalige Sache gewesen ist, dass es ihm leidtut, dass es so weit gekommen ist, obwohl er es auch total schön fand, und dass er hofft, dass Melli es nie im Leben erfährt. Es soll so eine Art Abschluss für uns gewesen sein.« Als sie mein entsetztes Gesicht sah, fügte sie schnell hinzu: »Er ist unschuldig. Wirklich. Ich hab mindestens genauso mitgemacht wie er.«

»Ach du liebe Zeit, und wie fühlst du dich jetzt? Wie geht es dir? Habt ihr dann noch eine Weile geredet oder euch gleich verabschiedet?« Ich nahm noch einen herzhaften Bissen, vielleicht auch als Übersprunghandlung, um mit dem eben Gehörten irgendwie umgehen zu können.

»Wir haben uns relativ schnell verabschiedet, ich wollte gehen. Und ich glaube, er fühlt sich wahrscheinlich jetzt noch schlechter als ich. Schließlich habe ich immerhin niemanden betrogen. Ich habe keine Ahnung, wie es so weit kommen konnte.«

Ich schon, wollte ich sagen, *verschlepptes Begehren auf beiden Seiten, dann eine Offenbarung und eine Trostsituation – emotional Overload*. Aber ich hielt mich zurück. Sie seufzte. »Was für ein Mist! Hätte ich doch nur auf dich gehört und mal mit ihm gesprochen. Und wie um alles in der Welt sollen wir denn jetzt Freunde bleiben? Und ich schäme mich natürlich auch wegen Melli. Die kann ja nun auch so gar nichts dafür.«

Ich schluckte den letzten Bissen runter. »Ihr tut mir auch alle ganz schön leid. So ein Drama. Aber ich bin stolz auf dich, dass du mit ihm geredet hast. Jetzt wisst ihr beide Bescheid und wer weiß …«

Sie unterbrach mich. »Mach mir keine Hoffnung. Ich hake das ab. Und ich will auch erst einmal keinen Kontakt mehr mit ihm. Vielleicht können wir irgendwann wieder Freunde sein.« Ihre Augen füllten sich wieder mit Tränen.

Ganz fest nahm ich sie in den Arm. »Ich wünsche es euch!«

Da quietschte meine Gartenpforte, ich musste sie wohl mal ölen, und Emilie steuerte mit schleppendem Gang auf uns zu. »Oh, gibt's noch Croissants?«, fragte sie grußlos. »Ich hab noch nicht gefrühstückt und war schon Joggen mit einer Kundin.« Sie ließ sich auf einen Gartenstuhl plumpsen und sah uns dann erst richtig an. »Hey, was ist denn mit euch los? Ist jemand gestorben?« Als wir nicht reagierten, meinte sie entschuldigend: »Sorry, no front, ich hoffe, es ist nicht wirklich etwas Ernstes?«

»Es geht schon, es ist nur«, fing Evi an.

Und ich ergänzte: »Evi hat Liebeskummer.«

Mit großen Augen fragte Emilie: »Markus? Oder ein anderer?«

Evi winkte müde ab. »Ist egal jetzt, ich möchte nicht darüber sprechen. Ich glaube, ich gehe mal nach Hause. Ich möchte mich etwas hinlegen.« Ich drückte sie lange und versprach ihr, später noch mal nach ihr zu hören. »Tschüss, ihr zwei. Und ja, Maren, du kannst Emilie ruhig alles erzählen.«

»Alles?«

»Na ja, vielleicht nicht ganz alles.«

Die Gartenpforte quietschte wieder, als sie hinausging. Emilie hatte sich ein Croissant geschnappt und Kaffee eingeschenkt. »Ich will es lieber gar nicht wissen, was mit Evi ist. Hat Markus jetzt nicht ne Freundin? Ach, auch egal. Hoffentlich geht's ihr bald besser.« Sie tunkte das Croissant in ihren Kaffee und biss das durchweichte Stück ab. »Ich muss dir was erzählen«, begann sie und berichtete mir dann von den Plänen ihrer Freundin, zu denen ich nur nickte.

»Ich weiß, mein Schatz, ich weiß. Xenia war bei mir und hat mir davon erzählt. Hast du schon mit Papa gesprochen?«

Sie schüttelte den Kopf.

»Aber ich«, gestand ich, »er weiß Bescheid.« Zum Glück war sie nicht sauer, sondern verstand, dass wir als Eltern uns Sorgen um sie machten und wollten, dass es ihr gut ging. »Hast du denn Lust auf Paris?«, fragte ich sie und ihre Augen begannen zu funkeln, wie ich es lange nicht bei ihr gesehen hatte.

Ihr »Oh ja!« versetzte mir einen kleinen Stich, weil ich sie wohl bald loslassen musste, aber genauso freute ich mich mit ihr, als sie dann fortfuhr: »Ich bin einfach oberglücklich, wenn ich mit Xenia dorthin kann, das ist eine so wunderschöne Stadt! Ich habe schon geguckt, im September fängt ein Französischkurs von der Volkshochschule an, bei mir um die Ecke, da hab ich mich schon angemeldet! Und bei Fitti Fit muss ich noch mit meinem Chef sprechen, ob sie mich gegebenenfalls wieder zurücknehmen, falls es ein Flop wird in Paris. Aber davor wollte ich mit dir und Papa sprechen.« Sie verspeiste genüsslich ihr Croissant und sagte: »Wie passend mit den Croissants! Habt ihr die extra wegen mir geholt?«

Wir redeten noch eine ganze Weile über Formalien, die es jetzt zu klären gab, und ich erfreute mich an dem glücklichen Gesicht meiner Tochter. Am liebsten hätte ich mit Tammaro darüber gesprochen, ich war mir sicher, dass er verstanden hätte, was ich jetzt empfand, diese Mischung aus Sorge, Freude und Traurigkeit. Ich hoffte, dass ich das alles eines Tages mit ihm teilen können würde. Wenn ich endlich den Mut dazu hatte.

Kapitel 30

Das Vereinsheim war mit bunten Luftballons geschmückt, in den Blumenkübeln davor wuchsen Margeriten, Kornblumen, Mohn und Goldlack. Kapuzinerkresse rankte aus Töpfen, die vom Rand des Daches herunterhingen.

Ein Gartenfreund, Felix, stand schon am großen Grill und heizte an, als ich mit meiner monströsen Rüblitorte für das Büfett ankam, die ich aus zwei Kuchen zusammengeklebt hatte. Die Tanznächte beim Sommerfest waren legendär, ich freute mich darauf, endlich mal wieder ordentlich abzuhotten und selbst Emilie wollte später mit Xenia vorbeischauen.

* * *

Ein junger Mann mit verschmitztem Lächeln nahm mir die Torte ab, als ich den Festsaal des Vereinsheims betrat. »Hallo, bist du vom Festausschuss?«, fragte ich ihn und er rief über die Schulter, während er auf dem mit unterschiedlichsten Schüsseln und Platten vollgestellten, langen Tisch Platz für den Kuchen machte. »Nein, ich bin nicht im Festausschuss, ich helfe nur beim Sommerfest.« Er hatte den Kuchen untergebracht und drehte sich zu mir. »Hi, ich bin Lennart. Irgendwelche Allergien?«

»Ich? Äh, nö. Nur Höhenangst.«

Verwundert runzelte Lennart die Stirn. »Ich glaube, du hast mich nicht richtig verstanden. Sind da Allergene drin, meinte ich. Im Kuchen. Nüsse oder Gluten oder irgendwas. Wir schreiben das auf ein Schild darunter.«

»Ach so! Nee, keine Allergene.« Ich deutete erklärend auf die Leute im Zelt. »Es ist ja schon ziemlich was los! Und ganz schön laut!« Trotz der Wärme trug Lennart ein Sweatshirt, aus dem ein weißer Polokragen herauslugte. Den stellte er jetzt auf, während er mich fragte: »Und du? Wie heißt du? Wo ist dein Garten? Du bist noch nicht lange hier, oder?«

»Das sind aber ne Menge Fragen! Darf ich jemanden anrufen?«, fragte ich scherzhaft.

»Hahaha, fang doch einfach mit der Fünzig-Euro-Frage an! Und dann eine nach der anderen!« Er fuhr sich mit schräg gelegtem Kopf durch das rötliche, halblange Haar.

Ich streckte ihm meine Hand entgegen. »Maren, hi! Ich habe meine Parzelle erst seit diesem Jahr, ganz hinten, Nummer hundertzweiunddreißig.« Irgendwie reizte mich sein schnöseliges Aussehen, er trug zur Sweater-Polohemd-Kombi eine sehr enge Hose, die die Knöchel über den weichen Loafern mit Haferllasche frei ließen, und sah aus wie ein Jurastudent im höheren Semester. Er passte nicht in den Gartenverein. »Hast du hier auch einen Garten?«, fragte ich deshalb verwundert.

Er lachte. »Nein, nein, Gott bewahre, meine Eltern haben schon seit Ewigkeiten hier ihren Garten, drüben in der Nähe vom Parkplatz, Nummer zweihundertvierundsechzig, ich bin schon als kleiner Bub immer hier gewesen. Und jetzt besuche ich sie hier ab und zu. Zum Beispiel beim Sommerfest!« Okay, seine Eltern. Ja, er war wahrscheinlich nur wenig älter als Emilie, vielleicht Ende zwanzig. Mit einem fröhlichen »Man sieht sich!« in meine Richtung eilte er einer älteren Frau entgegen, die auf ihrem Rollator eine riesige Schüssel balancierte, nahm ihr die Schüssel ab und begrüßte sie herzlich: »Olga! Dein Nudelsalat! Nur wegen dem bin ich hier!«

Thore schien mit dem DJ gerade die Playlist durchzusprechen – unser Festausschuss überließ nichts dem Zufall – und auf dem Weg nach draußen traf ich Ulli und Fred, Gartenfreunde, die ich nur vom Sehen kannte, und teilte mit ihnen die Erleichterung über das gute Wetter.

Ob Tammaro wohl kommen würde? Ich merkte, wie der Teil in mir, der die Angst nicht zuließ, sich wahnsinnig nach ihm sehnte und sich sehr gefreut hätte, ihn zu sehen. Und der andere, ängstliche Teil dachte: Es war wie mit Evi und Markus: Irgendwann würden sie wieder Freunde sein können. Und Tammaro und ich auch. Darauf freute ich mich. Ich schüttelte mich kurz. Quatsch! Ich freute mich auf gar nichts, sondern lebte im Hier und Jetzt und genoss diesen sonnigen Spätnachmittag und das Zusammensein mit anderen Laubenpiepern in unserer tollen Kleingartenanlage. Bevor ich auf das Fest gehen würde, wollte ich in meinem Garten vorbeischauen, vielleicht noch ein paar Radieschen ernten und nach den Zwetschgen gucken.

Lars lehnte gedankenverloren an seiner Gartenpforte und strahlte mich selbst dann nicht an, als ich ihn fröhlich begrüßte.

Er guckte nur kurz hoch: »Hallo, Maren.« Dann sah ich, dass er in seinem Handy las, zuckte nur mit den Schultern und wollte gerade in meinen Garten abbiegen, als er mich zurückhielt. »Warte mal!« Er kam auf mich zu und erst jetzt bemerkte ich seine roten Augen. »Ich habe Post von meiner Anwältin.«

Ach? »Du hast endlich eine Anwältin? Halleluja! Ich habe in diesem Leben nicht mehr damit gerechnet.«

Er ging auf meinen sarkastischen Tonfall überhaupt nicht ein. »Sie wird alles prüfen und dann wird es dieses Jahr wohl noch rechtskräftig.«

Interessant, wie er immer noch vermied, das Wort »Scheidung« auszusprechen. Sein Mundwinkel zuckte. Ich hätte es nicht ertragen, wenn er jetzt losgeheult hätte. »Das sind gute Neuigkeiten! Hoffentlich ist es bald so weit.« Seine Miene verdunkelte sich noch mehr, sodass ich mich gezwungen sah, auf ihn zuzugehen und ihm wenigstens kurz die Hand auf den Arm zu legen. »Hey, Lars, klare Verhältnisse sind doch für uns beide gut. Auch für dich. Es ist nur ein Papier. Eigentlich sind wir doch schon fast zwei Jahre geschieden!«

»Getrennt«, er klang trotzig, »getrennt sind wir schon lange. Das ist für mich noch mal so ein ganz krasser Schritt. Es ist so … endgültig.«

»Aber das ist es doch auch!« Ich musste mich beherrschen, dass ich nicht anfing zu schreien. Wie konnte man sich nur selbst so in die Tasche lügen? »Wir leben nicht mehr zusammen, wir wohnen nicht mehr zusammen, und das schon wirklich lange nicht mehr, ich bitte dich ein letztes Mal, lass uns die Scheidung jetzt endlich durchziehen!«

Er nickte. »Ja. Okay. Es ist dann ja dennoch nicht alles in Stein gemeißelt.«

Kopfschüttelnd tätschelte ich seinen Arm und schloss meine Gartenpforte auf.

Ein paar späte Himbeeren waren noch reif geworden, ich steckte mir welche in den Mund und genoss die aromatische Süße. Hoffentlich war seine Anwältin von der schnellen Sorte und ermunterte ihn auch, »das« jetzt durchzuziehen. Sonst musste ich mir wohl bald selbst eine Therapeutin suchen, wenn ich nicht durchdrehen wollte. Im Kühlschrank in der Laube fand ich noch eine Flasche Crémant, öffnete sie und schenkte mir ein Glas ein. Ich war mir nicht zu schade, das Glas mit einem blöden Spruch zu mir selbst hinunterzukippen: »Für meine Nerven!« So weit hatte mein Ex mich schon gebracht.

Vielleicht hätte ich mir einfach eine Parzelle in einem komplett anderen Gartenverein suchen sollen, ohne irgendwelche Männer. Es gab bestimmt auch einen reinen Frauengartenverein. Ich musste das zu Hause mal googeln. Jetzt schenkte ich mir noch ein Glas ein und trank es, darauf, dass Lars – anscheinend – endlich eine Anwältin mit der Scheidung beauftragt hatte. Ich fühlte mich angenehm beduselt, so konnte ich gut zum Fest gehen. Hoffentlich war Tammaro auch da. Oder lieber nicht.

Auf dem Weg zum Vereinsheim stieß ich auf meine Gartennachbarn Gerda und Rudolf, und sie erzählten mir von früheren Vereinsfesten. »Die sind ja legendär, zu uns kommen die Menschen selbst aus ganz anderen Vereinen, weil wir immer die leckersten Bratwürstchen haben und das kälteste Bier und …«, Gerda machte eine Pause und guckte verschwörerisch, »… die beste Musik! Das ist nämlich die einzige Gelegenheit, bei der ich noch mal richtig tanze!«

Rudolph lachte. »Ja, ich kriege dich dann den ganzen Abend nicht von der Tanzfläche!« Er drehte sich zu mir. »Letztes Jahr bin ich schon mal in die Laube schlafen gegangen, da kam sie dann erst morgens um vier!«

»So lange geht das Fest?« Ich war wirklich überrascht. Als wir uns dem Vereinsheim näherten, ertönte plötzlich ein Schrei. Meine Begleiter und ich guckten uns fragend an und als ich den Ruf hörte: »Ein Arzt! Haben wir hier einen Arzt?«, rannte ich los. Ich war zwar keine Ärztin, aber mein letzter Erste-Hilfe-Kurs war noch nicht lange her und ich kannte mich immerhin ein bisschen aus.

Das gab es ja wohl nicht, der Verunfallte war mein Patient! »Herr Klempowsky? Hallo? Herr Klempowsky?« Ich hatte keine Zeit, mich zu wundern, was er ausgerechnet hier, in meinem

Gartenverein, machte, denn er lag mit angstgeweiteten Augen und hechelndem Atem auf der Bank vor dem Vereinsheim. Er schien mich gar nicht sofort zu erkennen. Die Umstehenden riefen wild durcheinander; dass ich nur »Spinne« und »Panik« verstand, reichte mir. »Herr Klempowsky, ich nehme jetzt Ihre Hand und zwicke Sie. Spüren Sie den Schmerz? Und noch mal!«

»Au!«, kam es von ihm und er guckte mich an.

»Gut so! Gucken Sie mich ganz genau an. Welche Augenfarbe habe ich?« Ich sah ihm mit beruhigendem Blick in die Augen. Sein Atem ging immer noch viel zu schnell.

»Sie kennen ihn? Sollen wir einen Notarzt holen?«, fragte ein Herr mit Stirnband.

»Nein, das brauchen Sie nicht, außer er ist gestürzt.«

»So viel ich weiß, nicht.«

»Herr Klempowsky hatte eine Panikattacke, das fühlt sich ganz, ganz schrecklich an, man hat Todesangst, manche haben das Gefühl, dass sie einen Herzinfarkt bekommen, andere, dass sie verrückt werden, aber auch wenn der Körper mit maximalen Stresssymptomen reagiert, so besteht bei einer Panikattacke doch keine Lebensgefahr«, erklärte ich den Umstehenden.

Ich bat Lennart, die Leute wegzuschicken, was er sofort machte, dann wandte ich mich wieder an meinen Patienten. »Wir atmen jetzt mal zusammen. Wie Sie es kennen. Tief durch die Nase einatmen und den Atem anhalten, dann durch den Mund laaaaangsam wieder aus. Und ein.« Er hielt sich an meinem Blick fest und wurde allmählich etwas ruhiger.

»Manfred! Hier steckst du!« Eine Frau stürzte sich auf den kreidebleichen Herrn Klempowsky. »Was ist denn passiert?«

Ich wollte natürlich meine Schweigepflicht nicht verletzen, daher war ich froh, dass er stammelte: »Da war eine Riesenspinne, Erika, ich glaube, ich wurde ohnmächtig.«

Erklärend wandte sich die Frau an mich. »Er hat eine mächtige Spinnenphobie. Er ist in Behandlung.« Ich nickte wissend und sagte nur »Ich bin Psychologin. Wir kriegen das hin«, und machte weiter mit der Atemübung.

Nach ein paar Minuten hatte er sich so weit beruhigt, dass er sich aufsetzen konnte. »Es war eine Hauswinkelspinne. Ein Riesending. Ich hatte das Brot fürs Büfett nur kurz auf die Bank gelegt, weil mein Handy klingelte, und nach dem Telefonat wollte ich es nehmen und reintragen, da saß dieses Monster darauf und wollte gerade auf meine Hand, da habe ich nur geschrien und bin umgekippt.«

»So, zunächst mal, schön, dass wir uns sehen, Herr Klempowsky, wenn auch die Umstände nicht so toll sind.«

»Das ist meine Therapeutin!«, erklärte er hastig seiner Bekannten, Erika, sodass ich das nicht machen musste, was ich sehr gut fand.

»Scheint ja richtig toll zu sein, deine Therapeutin!« Ich hörte deutlich den sarkastischen Tonfall, den die Person hinter mir draufhatte und drehte mich unwillkürlich um, um zu sehen, wer das gesagt hatte.

Aber mein Patient beeilte sich, zu erklären: »Sie ist wirklich gut. Vor ein paar Monaten wäre ich gar nicht zum Sommerfest gekommen, geschweige denn alleine über das Vereinsgelände spaziert. Du, Erika, hast mich schon so oft eingeladen, aber ich wollte nie herkommen. Zu viel Natur. Und dann habe ich auch noch sehr wenig geschlafen die letzten Nächte, weil ich etwas Angst vor dem Gartenbesuch und lange an meiner Miniatureisenbahn herumgeschraubt hatte und dann habe ich heute Morgen auch noch zwei Kannen Kaffee getrunken, obwohl ich weiß, dass ich das nicht soll. Also, Sie sind wirklich unschuldig!«

»Danke«, ich setzte mich neben ihn auf die Bank, »wollen wir jetzt direkt nach der Spinne gucken und uns ihr noch mal mit ein paar Übungen nähern?«

Er sah mich entsetzt an. »Wenn es nicht unbedingt sein muss, lieber nicht …«

»Es wäre schon gut. Einfach, dass Sie sie noch mal sehen und merken, Spinnen sind eigentlich gar nicht so schlimm und Sie überleben so eine Panikattacke.« Ich wandte mich an die Gartenfreunde, die jetzt wieder näher gekommen waren. »Hat jemand die Spinne gesehen? Wo ist sie hin?«

Aus der Gruppe schälte sich eine mir nur allzu gut bekannte Person. »Ich habe sie totgeschlagen!«, erklärte Lars stolz.

»Was?!«, »Oh nein!«, »Die stehen unter Naturschutz!«, ertönte es von allen Seiten und selbst Herr Klempowsky schimpfte. »Das hätten Sie nicht tun dürfen! Das arme Tier. Das kann doch nichts für meine Angst!«

Sofort rechtfertigte sich Lars. »Na ja, es gibt ja wirklich Hunderttausende davon. Sie könnten mir ruhig ein bisschen dankbar sein!« Er streckte ihm die Hand hin, die Herr Klempowsky – immer noch verwirrt – ergriff. »Ich bin Lars. Schön, mal einen Patienten von meiner Frau kennenzulernen! Passiert nicht oft.«

»Ex-Frau!«, stellte ich richtig, zischte in seine Richtung »Das war wirklich unnötig!« Und zu meinem Patienten sagte ich: »Ich fände es wirklich richtig gut, wenn wir noch eine Spinne finden würden.«

Alle, die das mitbekommen hatten, machten sich auf die Suche und nach kurzer Zeit kam Lennart mit einem mit Papier abgedeckten Glas und einem riesigen, behaarten Achtfüßler an und überreichte ihn mir strahlend.

»Hier, Maren!«

Hatte Lennart mir zugezwinkert? Und wurde ich etwa rot, als ich das Glas nahm und unsere Hände sich kurz berührten?

»Danke.« Therapeutische Professionalität, wo bist du? Ich sah mich um. »Herr Klempowsky, wir suchen uns erst einmal ein ruhigeres Plätzchen, ohne Leute. Geht es Ihnen so gut, dass wir ein Stück gehen können?«

»Ich komme mit und unterstütze Dich!«, erklärte Lars, was meinen Puls weiter in die Höhe trieb. »Danke, ich brauche keine Unterstützung. Und schon gar nicht von dir, Spinnenmörder!«

Herr Klempowsky, die Spinne und ich schlenderten in einen kleinen Seitenweg, von dem ich wusste, dass dort eine Sitzbank stand. »Sie können sehr stolz auf sich sein, dass Sie sich entschieden haben, heute zum Sommerfest in den Garten zu kommen. Und jetzt gucken Sie sich mal in aller Ruhe um. Sehen Sie nur, da drüben der Apfelbaum, der trägt ja schon ordentlich! Und die Rosen, was für eine tolle Farbe, pfirsichfarben, gefallen sie Ihnen auch? Ach, Bougainvilleen erinnern mich immer so an Urlaub! Kennen Sie die?«

Mein Patient ließ sich auf die ganzen Eindrücke ein und kommentierte zustimmend.

»Spüren Sie den Boden unter Ihren Füßen? Atmen Sie die warme, würzige Luft. Was riechen Sie?«, fragte ich ihn und endlich war er so mit seinen Sinneseindrücken beschäftigt, dass er sich immer mehr beruhigte und nicht mehr ununterbrochen nervös auf die Spinne schielte. Wir setzten uns und ich stellte das Tier zwischen uns auf die Bank.

»Elisabeth. Das ist Elisabeth.« Herr Klempowsky freute sich offensichtlich, dass ihm ein schöner Name für die Spinne eingefallen war.

»Wie geht es Ihnen? Wie hoch ist die Angst, jetzt, wo Elisabeth zwischen uns steht, auf einer Skala von eins bis zehn?«

»Vielleicht eine Sieben.«

»Sehr gut. Haben Sie eine Idee, was Sie jetzt tun können, um sich von ihrer Angst nicht so eingeschränkt zu fühlen?«

Er machte es wirklich toll, schien alle Übungen und Leitsätze verinnerlicht zu haben und war nach etwa zwanzig Minuten schon so weit, dass er selbst das Glas nahm und das Tier, wenn auch mit hektischem Schütteln und einem beherzten Satz nach hinten, ins Gebüsch entließ. Vermeintlich. Leider rannte es in die falsche Richtung und ich spürte sie über die Zehen in meinen offenen Schuhen krabbeln. Kurz entfuhr mir ein kleiner Schrei, ich schüttelte meine Füße, das Tier flog in hohem Bogen hinunter und flitzte dann endlich in die Ligusterhecke. Herr Klempowsky sah mich mit großen Augen an.

Schulterzuckend erklärte ich: »Ich bin erschrocken. Ein wenig. Und zugegeben, so richtig angenehm finde ich das jetzt auch nicht, wenn solch ein Tier über meinen Fuß krabbelt, aber ich fürchte mich jetzt auch nicht vor ihm … Diese Stunde heute stelle ich Ihnen übrigens nicht in Rechnung.«

Wir lachten beide und Herr Klempowsky bedankte sich für meine Hilfe. Zurück im Vereinsheim stießen wir mit einem Glas Sekt an.

Kapitel 31

Unser Festausschuss hatte sich richtig Mühe gegeben, überall hingen Lampions in den Bäumen, Helene Fischer dudelte aus den Lautsprechern und es duftete nach Grillwürstchen. Es waren richtig viele Gartenfreundinnen zum Fest gekommen und ich lernte eine Menge netter Leute kennen. Sylvie etwa hatte ihren Garten auch erst seit diesem Jahr und wir tauschten bei einem Getränk Tipps zur Gartengestaltung aus. Magnus und Harry waren schon seit knapp zehn Jahren dabei und luden mich bei einem Bier ein, die Tage mal in ihrem »Rosengarten« vorbeizukommen. Elsa hatte seit Jahrzehnten Stress mit ihren Gartennachbarn, die sich »überhaupt nicht im Verein engagierten« und wohl auch nie zu den Festen kamen, was sie mir ausführlich bei ein paar Bier berichtete, und Carsten, Franka und ihre Töchter waren überglücklich, dass sie letztes Jahr nach zwei langen Jahren Wartezeit doch noch eine große Parzelle bekommen hatten, worauf ich gerne mit ihnen anstieß.

Als dann endlich die Musik lauter gedreht und die Tanzfläche geentert wurde, war ich angenehm angeheitert. Zum Glück hatte der DJ die Hits der Achtziger und Neunziger drauf und ich genoss es, mich zu »Jump Around«, »Like the Way I Do« und »Just Can't Get Enough« richtig auszutoben. Ich hüpfte und ließ meine Hüften kreisen, sang laut mit und spielte Luftgitarre, alberte mit Gartenfreundinnen herum, die ich noch nie gesehen hatte, und hatte so viel Spaß wie lange nicht. Auch verschwendete ich keinen Gedanken daran, dass mich vielleicht eine Patientin oder ein Patient so erleben konnte. Es war, als würde ich einmal alles abschütteln, was mit der Scheidung, mit meinen Sorgen um Emilie und den Gefühlen für Tammaro zu tun hatte, ich kam immer mehr bei mir an und fühlte mich leicht und frei und stark.

Als ich Lennart am Rand stehen sah, zog ich ihn, ohne groß nachzudenken, an der Hand zu mir auf die Tanzfläche, was er lachend geschehen ließ. Warum auch nicht? Es war Sommer, wir hatten leckere Getränke und gute Musik und waren frei wie die Wildgänse! Wir alberten eine Weile herum, umkreisten uns tanzend und versuchten uns kurzzeitig am Tango. Gemeinsam grölten wir »Don't You Forget About Me« und »Rhythm Is a Dancer«, bis wir heiser waren, und lachten uns scheckig dabei. Zwischendurch holte Lennart ab und zu Getränke, wofür wir aber nur kurze Pausen einlegten, um uns dann sofort wieder auf der Tanzfläche zu vergnügen. Wir hatten uns gerade bei »Wannabe« von den Spice Girls inbrünstig angesungen, als die Beleuchtung heruntergefahren wurde und die ersten Akkorde der Softrockballade »More Than Words« ertönten.

Wir wippten getrennt voneinander ein bisschen mit, da zog Lennart mich nah an sich heran und legte meine Arme um seine Schultern. »Engtanz!«, ließ er mich im besten Hamburger Slang wissen, ich musste kichern und schmiegte mich an ihn.

Überrascht stellte ich fest, dass er nach Seife duftete, nach gewöhnlicher Seifenseife, erwartet hätte ich irgendeinen teuren Schnöselduft. Er bewegte sich geschmeidig und nahm mich intuitiv mit. Nach dem ausgelassenen Gehopse tat es gut, mich jetzt einfach nur im Takt zu wiegen und den Körper von Lennart ganz nah zu spüren. So wie ich mich eben auf der

Tanzfläche hatte fallen lassen können, so konnte ich mich jetzt völlig entspannt an seine Brust anlehnen. Das Tanzen und der Alkohol hatten mich träge gemacht. Doch als der DJ zu »Kiss Me« von Sixpence None the Richer überging und Lennart das als Aufforderung zu begreifen schien, meinen Kopf sanft zu sich zu drehen und mir einen weichen Kuss auf die Lippen zu geben, den ich umgehend erwiderte, war ich auf einen Schlag hellwach. Ich nahm ihn bei der Hand und zog ihn in eine dunkle Ecke neben einen Stapel Bierkisten, mein Mund fand den seinen und beide öffneten wir unsere Lippen und küssten uns. Ich fuhr ihm mit der einen Hand durchs Haar und berührte mit der anderen seinen kleinen Leberfleck am Hals, der mir vorher nicht aufgefallen war.

War es unfair, dass ich an Tammaro dachte, an seine Küsse, seine Stimme, seinen Duft, während ich nicht aufhören wollte, Lennart zu küssen? Er zog mich von der dunklen Ecke hinters Vereinsheim, nur vage nahm ich wahr, wie sich kleine Tiere – hoffentlich nur Mäuse – in die Büsche schlugen, als wir uns eng umschlungen, Mund an Mund durch Efeu und hohe Gräser kämpften.

»Du bist so hot!«, stohnte er und wenn ich normalerweise deshalb gekichert hätte, war es mir in diesem Moment vollkommen egal. Seine Küsse waren wild und ungestüm, und genau das war es, was mir gefiel. So wahnsinnig oft hatte er wahrscheinlich noch nicht geküsst, so jung, wie er war – egal, wir küssten uns jetzt und das war alles, was zählte. Eine Mücke summte an meinem Ohr, wieder raschelte etwas neben meinen Füßen und Gelächter von den Feiernden schallte zu uns herüber. Als ein augenscheinlich angetrunkener Festbesucher wenige Meter von uns anfing, in die Büsche zu pinkeln, schlug ich Lennart vor, ob wir uns »zum Küssen, aber nicht mehr«, wie ich klarstellte, in meinen Garten zurückziehen wollten. Er willigte ein und so saßen wir kurze Zeit später wild knutschend auf meiner Hollywoodschaukel. Schläfrig geworden, fiel mir die Hängematte ein. »Die ist noch gemütlicher«, säuselte ich ihm in einer winzigen Atempause ins Ohr und schob ihn in deren Richtung.

Ich genoss es, endlich mal wieder ohne Ende zu knutschen, alles um mich herum zu vergessen und nur zu küssen, wenn es auch nicht der war, den ich eigentlich wollte.

Die Liegeposition begünstigte unsere Schläfrigkeit und bald wurden die Küsse weniger und ich dämmerte ein wenig ein. Die Party schien noch in vollem Gang zu sein, leise Stimmen und das Gewummer der Bässe drang zu uns herüber und überlagerte das vereinzelte Rascheln und Schnaufen nachtaktiver Tiere und den gelegentlichen Ruf eines Greifvogels.

Aber was war das? Das war kein Tier. Mein Gartentor quietschte und ein Mensch näherte sich mit energischen Schritten unserem Kokon, in dem der süß verstrubbelte Lennart angefangen hatte, leise vor sich hin zu schnorcheln.

»Maren?«

Scheiße, das war Tammaro! Ich hätte seine Stimme unter Hunderten erkannt.

»Maren, ich weiß, dass du hier bist, dein Gartentor ist offen!«

»Miau!«, machte Kollege, der ihn anscheinend begleitet hatte. Und weil Katzen erfahrungsgemäß am liebsten dort sitzen, wo es am wärmsten ist, sprang er mit einem Satz zu uns in die Hängematte, was Lennart mit einem kurzen, lauten Schrei derart aufschrecken ließ, dass wir beide fast hinausgefallen wären. Jetzt sah ich auch den Schein von Tammaros Taschenlampe, die Lennart und mir nämlich genau in die Gesichter leuchtete, weshalb ich das seine nicht erkennen konnte. Ich hörte, wie er einen italienischen Fluch in Zusammenhang mit meinem Namen ausstieß und dann davonrannte, als hätte er den Allmächtigen gesehen.

Kollege war das auch zu hell gewesen, und er war, nicht ohne beim Absprung noch einen tiefen Kratzer auf meinem Arm zu hinterlassen, verärgert maunzend wieder hinuntergesprungen.

»Aua!«, rief ich.

Und Lennart guckte mich verschlafen und verdutzt an: »Was war das denn? Und wer war das? Bist du verheiratet?«

»Ja, also nein, so gut wie geschieden, aber das war Kollege, von Tammaro, einem … guten Bekannten, der war auch da.«

»Hä? Welcher Kollege?«

Ich musste sehr schnell gesprochen haben, also erklärte ich es ihm noch mal deutlicher. »Tammaro war das, ein Gartenfreund, mit seinem Kater, der heißt Kollege. Und ich bin geschieden, wenn mein Mann endlich die Papiere unterschreibt.«

»Und warum latscht der Gartenfreund mitten in der Nacht in deinen Garten?«, wollte er gähnend wissen und war gerade im Begriff, sich wieder an mich zu kuscheln.

Worauf ich, ohne auf seine Frage einzugehen, erklärte: »Ich muss jetzt nach Hause, ins Bett« und mich aus der Hängematte schälte, in die Laube schlich und eine Wasserflasche halb hinunterstürzte.

»Nimmst du mich mit?«, fragte er mit schräg gelegtem Kopf, wie ich im Schein der Straßenlaterne erkennen konnte, während er hinter mir herkam.

»Nein, ich denke, ich muss jetzt wirklich ins Bett. Alleine. Das war sehr schön, aber ich muss schlafen. Sorry.« Ich reichte ihm die Wasserflasche.

»Oh. Okay.« Er klang erst enttäuscht, dann trotzig. »Hey, ich feiere vielleicht noch!« Er trank das restliche Wasser.

»Ja, mach das, gute Idee.« Ich versuchte, ein Gähnen zu unterdrücken. »Ich jedenfalls fahre nach Hause.« Ich machte mich daran, die Laube abzuschließen.

»Okay, okay, verstanden. Und wann sehen wir uns wieder?«, fragte er, während er die Nase hochzog, und den Kragen seines

Polohemds hochstellte. Eigentlich fand ich hochgestellte Polokragen ganz fürchterlich.

»Ich … ich weiß nicht.« Tatsächlich war ich gerade sehr durcheinander und müde und dann bohrte sich auch noch ein ganz schlimmes Gefühl in meinen Magen, weil Tammaro mich mit diesem Mann erwischt hatte. Anscheinend war ich inzwischen nämlich wieder viel nüchterner und es fühlte sich nicht mehr alles so leicht an wie noch vor zwei, drei Stunden.

Natürlich besaß Lennart Visitenkarten und eine davon streckte er mir jetzt entgegen. »Du bist der Hammer!«, ließ er mich noch wissen, küsste mich und sagte im Weggehen: »Ruf mich an! Schon allein, damit ich deine Nummer hab! Ansonsten weiß ich ja, wo ich dich finde!«

Es klang ein bisschen wie eine Drohung, dennoch rief ich ihm mit gedämpfter Stimme ein fröhlich gemeintes »Ja-ah!« hinterher.

Kapitel 32

»Schrecklich fühle ich mich, entsetzlich.« Ich hing mehr, als dass ich saß, auf meiner Wohnzimmercouch, hatte schon ein Glas Wasser mit aufgelöstem Aspirin getrunken, einen Kaffee daneben stehen und konnte mir beim besten Willen nicht vorstellen, das Rührei, das ich mir gemacht hatte, auch tatsächlich zu verspeisen. *Elektrolyte!*, hämmerte es in meinem Schädel, *Danach gehts dir besser!* Als Evi am anderen Ende der Leitung genau das auch sagte, nahm ich eine Gabel von dem Rührei und schob sie mir widerwillig in den Mund. Ich schluckte und erklärte: »Aber es sind nicht nur die Kopfschmerzen und die Übelkeit. Es ist mir einfach so wahnsinnig unangenehm, dass ausgerechnet Tammaro uns entdeckt hat. So ein Riesenmist. Was denkt er nur jetzt von mir?«

»Warum hast du es denn überhaupt gemacht? Mit einem so jungen Mann?«

Aufgestautes Begehren, da war es wieder.

Ich nahm einen Schluck Kaffee, bevor ich antwortete. »Meine Güte, ich habe keine Ahnung, wie alt Lennart ist, ich meine, er studiert ja, wahrscheinlich, aber das Alter ist ja nun wirklich komplett egal. Ich verstehe mich selbst nicht, ich habe so etwas noch nie gemacht, keine Ahnung, was mit mir los war. Gut, ich war angeschickert, ich fühlte mich begehrt, die Stimmung war danach, ich habe nicht nachgedacht und einfach nur …«

Evi nutzte meine Pause, um zu ergänzen: »Mit einem jungen Typen geknutscht. Alles richtig gemacht. Also, warum dann jetzt dieser Kater? Oder war es nicht schön?«

Pause. »Ja, es hat Spaß gemacht, er hat sich gut angefühlt, aber es war natürlich überhaupt nicht wie die Küsserei mit Tammaro, da war viel mehr, das war so viel schöner. Und jetzt hat er mich mit diesem Mann erwischt. Und er weiß ja auch gar nicht, dass wir ›nur‹ geküsst haben. Und es ist ja so schon schlimm genug. Er wird mich für ein Flittchen halten und eine, der er zu alt ist oder was. Ich habe keine Ahnung. Es ist wirklich schrecklich.«

»Hmm.« Anscheinend wusste Evi auch nicht viel dazu zu sagen und guckte in den Himmel, sodass eine längere Pause entstand, nach der sie fragte: »Warum um alles in der Welt bist du dann nicht mit Tammaro zusammen?«

»Na, das ist ja jetzt sowieso ums Eck. Oder glaubst du, er will mit einer Dirne, also einem leichten Mädchen wie mir etwas zu tun haben?«

Ich hörte ein leichtes Kichern und wie Evi »Dirne« wiederholte. »Das ist doch schlimm, dass man als Frau noch immer als leichtes Mädchen abgestempelt wird, wo man als Mann durch alle Betten dieser Welt hüpfen kann, ohne als Stricher bezeichnet zu werden! Oder was ist das Pendant? Callboy? Siehst du, es gibt nicht einmal ein Wort dafür? Oder bin ich zu anständig, es zu kennen? Auf jeden Fall bist du keine Dirne! Ihr seid beide Single …« Sie stockte. »Oder? Lennart ist doch Single?«

Seufzend erklärte ich: »Ich hab keine Ahnung, aber ich denke schon. Sonst hätte er das doch nicht gemacht! Ich weiß nichts von ihm. Und bedaure das auch nicht.«

Sie fuhr fort. »Dann kann man ja wohl knutschen. Und Tammaro bist du auch zu nichts verpflichtet, denn ihr seid kein Paar. Und ich verstehe dennoch, dass du dich damit nicht gut fühlst. Weil du nämlich eigentlich in Tammaro verliebt bist.«

Zögernd gestand ich: »Ich hab sogar an ihn gedacht, während ich mit Lennart geknutscht habe …«

»Oh-oh, das, äh, das ist allerdings krass. Okay. Gut. Du musst mit ihm sprechen, meine Liebe. Dringend.«

»Mit Lennart?«

»Neiiiin!«, schrillte sie, sodass ich mein Telefon ein Stück vom Ohr weghalten musste. »Mit Tammaro, natürlich. Und ihm erklären, dass du eigentlich mit ihm geknutscht hast. Meine Güte, Maren, das war doch wirklich nur ein Ersatz! Weil dein seltsamer Verstand es dir mit Tammaro nicht erlaubt hat, hast du es mit Lennart an seiner Stelle gemacht! Sag ihm – also Tammaro – endlich, was du für ihn empfindest, Herrgott noch mal!« Sie überlegte. »Und außerdem: Warum blieb es eigentlich beim Knutschen?«

»Weil ich so was nicht mache!«

»Aha! Ich bin also die Dirne, oder wie? Weil ich mit Markus …«

Ich fiel ihr ins Wort: »Das war etwas ganz anderes bei euch! Bei euch war ja kein Alkohol im Spiel und außerdem wart ihr beide verliebt ineinander, im Gegensatz zu Lennart und mir.«

»Weißt du denn, wie er empfindet? Lennart?«

»Wir haben uns doch gestern beim Sommerfest das erste Mal gesehen! Er KANN einfach nicht viel empfinden.« Eine kurze Weile hingen wir beide unseren Gedanken nach. Dann fragte ich: »Und wie geht es dir jetzt mit Markus?«

»Na ja, es war ja schon vorher schwierig, ihn mal an die Strippe zu kriegen, jetzt ist es mir völlig unmöglich. Ist vielleicht auch besser so. Wir brauchen wahrscheinlich beide Zeit.«

»Würdest du denn gerne noch mal mit ihm darüber sprechen?«

»Ja. Mir würde es guttun. Ich will ihn einfach nicht als guten Freund verlieren.« Sie seufzte. »Vielleicht kommt es irgendwann einmal dazu. Bis dahin werde ich versuchen, schöne Sachen für mich zu machen.« Es entstand eine kurze Pause. »Ich überlege, ob ich mich zu einem Kurs anmelde.«

»Das klingt nicht schlecht, aber was denn für einen Kurs?« Ich nahm noch einen Schluck von dem inzwischen kalten Kaffee.

»Keine Ahnung. Irgendwas, was mich ablenkt. 'ne Sprache oder ein Sport oder so.«

»Wenn du eine Idee hast, was du machen möchtest, erzähl es mir gerne! Vielleicht komme ich ja mit.«

Wir verabschiedeten uns und ich blieb in Gedanken bei gestern Nacht, machte mir Vorwürfe, ärgerte mich. Warum hatte ich das gemacht? Stimmte es mit diesem Ersatzknutschen, was Evi gesagt hatte? Warum war ich so doof gewesen, noch mit Lennart in die Hängematte zu gehen, statt einfach nach Hause zu fahren? Ich hatte doch gar nichts von diesem Mann gewollt! Und: Musste ich jetzt ihm gegenüber auch ein schlechtes Gewissen haben? Oder reichte das schlechte Gewissen Tammaro gegenüber? Es war so fürchterlich, dass er uns erwischt hatte. Ich musste wirklich mit ihm sprechen und ihm erstens erklären, dass es beim Küssen geblieben war und dass es zweitens überhaupt nichts zu bedeuten hatte.

Was war ich nur für eine dumme Kuh, warum hatte ich das überhaupt gemacht? Lennart vielleicht verletzt und Tammaro auch, den Mann, den ich doch eigentlich wollte! Ich wurde mir immer sicherer darüber. Vielleicht hatte ich sogar den »Fehltritt« mit Lennart gebraucht, um endlich aus diesem gelähmten Zustand herauszukommen?

Lustlos stocherte ich in meinem Rührei. Und überhaupt, sollte ich nicht auch ein bisschen mehr an meine Freundin denken? Was war mit Markus? Sollte ich mit Markus sprechen? Wahrscheinlich brauchten die beiden tatsächlich einfach Zeit. Es war gut, dass er jetzt endlich wusste, was Evi für ihn empfand. Und Evi sich auch sicher sein konnte. Vielleicht war es ja wirklich nicht zu spät und Melli nur ein Strohfeuer. Warum war das mit der Liebe immer so kompliziert? Ach, Tammaro … Ich musste mit ihm sprechen. Aber noch nicht jetzt. Erst musste Lars die Papiere unterschrieben haben. Oder? Die Gedanken sausten durch meinen Kopf wie Blätter im Herbststurm, ich bekam gar keinen klaren Kopf. Irgendwie musste ich mich ablenken, ein bisschen raus, es war zwar bewölkt, aber nicht kalt, ich würde duschen, mich fertig machen und zum Garten fahren.

Ich fuhr extra einen langen Umweg zu meinem Garten, weil ich beim Radfahren so gut nachdenken konnte. Es half alles nichts, ich musste mit Tammaro reden, mein Bauch schmerzte, und ich war mir sicher, dass es nicht vom Alkohol kam. Lennart tat mir auch leid, ich wusste gar nicht, was da in mich gefahren war, so kannte ich mich wirklich nicht, aber am meisten schämte ich mich wegen Tammaro. Hoffentlich hatte ich es mir mit ihm nicht vollends verdorben.

Statt in meinen Garten zu fahren, lenkte ich mein Rad zum Haus am Parkplatz. Mein Herz schlug bis zum Hals, ich konnte mich gerade überhaupt nicht leiden und fürchtete mich vor Tammaros Reaktion. Was, wenn er mich gar nicht sehen wollte, vielleicht machte er ja nicht einmal die Türe auf? Ich hätte es ihm nicht verübeln können.

Mein Rad lehnte ich an die Bank, ich hatte kaum ein Auge für die Clematis, die die linke Hauswand mit ihren prächtigen pinkfarbenen Blüten komplett eingenommen hatte und sah mich nach Kollege um, in der Hoffnung, dass er mir ein bisschen Halt geben würde, aber weit und breit war keine Spur von ihm. Sollte ich erst noch anrufen? Vielleicht war Tammaro ja gar nicht da und dann konnte ich mich wieder verkrümeln

… *Sei nicht so feige*, ermahnte ich mich, *du hast Mist gebaut, jetzt steh auch dafür ein! Meine Güte, du bist fast dreiundvierzig und Psychotherapeutin, es ist wirklich peinlich, wie du dich benimmst,* ging ich mit mir ins Gericht und drückte mit zittriger Hand auf die Klingel, deren melodiösen Glockenklang ich noch gar nicht kannte, wie mir jetzt auffiel. Ich holte tief Luft, um mich zu beruhigen, doch es gelang mir nicht. Während ich wartete, ließ ich meinen Blick über das gepflegte Chaos von Tammaros Garten schweifen. Wie es hier summte und brummte über den zahllosen Blumen, Stauden und Sträuchern! Mohnblumen und Margeriten, Butterblumen, Sonnenhüte, Wildrosen und andere Bienensträucher boten einen gedeckten Tisch für alle Arten von Insekten und ich wusste, wie wichtig das für Tammaro war. Der mich vielleicht durchs Fenster entdeckt hatte und nicht aufmachen wollte? Ich wollte mich gerade halb erleichtert, halb enttäuscht wieder umdrehen, da öffnete sich die Tür und Tammaros eiskalter Blick traf mich bis ins Mark. An seinen Beinen nahm ich Kollege wahr, der sich bei meinem Anblick nicht wie sonst auf mich stürzte, sondern mit eiligem Trippeln Richtung Schrebergärten davonmachte, als wolle er mich bestrafen. Er hatte ja recht.

»Hey, Tammaro, können wir reden?«, fragte ich, nachdem ich mich geräuspert hatte.

»Es ist gerade sehr schlecht. Ich sitze an einem Artikel.« Er fuhr sich mit beiden Händen übers Gesicht und schien schon kurz davor zu sein, die Türe wieder zu schließen.

»Bitte, nur ganz kurz, ich kann alles erklären. Auch wenn sich das jetzt anhört wie aus einem kitschigen amerikanischen Spielfilm, aber es stimmt wirklich: Es ist nicht so, wie du wahrscheinlich denkst, es ist nichts weiter passiert mit dem Mann, wir haben nur geknutscht und ich …«

Er hob abwehrend die Hände und machte ein völlig entnervtes Gesicht. »Es ist mir egal, wirklich, mach, was du möchtest, du bist frisch geschieden, ach so, nein«, er lachte bitter auf, »noch nicht einmal frisch geschieden, aber du musst dich anscheinend austoben, mach das, aber halte mich da bitte raus!«

Vielleicht hätte ich in einem Film den Fuß in die Tür gestellt, aber das hier war leider Realität und ich hätte mich das sowieso nicht getraut, also flehte ich nur: »Bitte, Tammaro, bitte lass uns reden, richtig reden, es tut mir alles so leid, ich will dich nicht verlieren!«

Er zuckte nur mit den Schultern und ließ mich wissen: »Das geht so nicht. Ich muss jetzt wieder an die Arbeit. Mach's gut, Maren.« Seine Stimme war leise, er schüttelte den Kopf und schloss die Türe. Das letzte Bild, das ich von ihm wahrnahm, war sein sehr trauriges Gesicht.

* * *

Ich war gerade dabei, in Grübeleien versunken verblühte Rosen abzuschneiden, als ich eine Stimme an meiner Gartenpforte hörte. »Hey Maren, bist du da? Ach, da ist ja dein Rad. Ich komme rein, ja?«

Lennart. Oh Mann! Warum? »Ich weiß ja, wo ich dich finde« – ich hatte es noch im Ohr. Er kam auf mich zu und neigte sich herunter, um mich zu küssen, ich drehte den Kopf aber schnell genug zur Seite, sodass er nur meine Wange erwischte. »Hey, Süße. Ich wollte dir nur sagen, wie schön ich es gestern fand. Ich konnte überhaupt nicht schlafen, weil ich nur an dich denken musste.« Erneut startete er einen Küssversuch, den ich diesmal völlig ins Leere laufen ließ, indem ich mich auf eine weiter entfernte verblühte Rose stürzte, um sie abzuschneiden. Wie er dastand, das Polohemd ragte wieder mit aufgestelltem Kragen aus dem Sweatshirt, kaugummikauend, mit ein paar Haarsträhnen im Gesicht und einem müden, jungenhaften Grinsen im Gesicht, wie hatte ich nur mit diesem, diesem, ja,

Langeweiler rummachen können? Oder vielleicht war er gar kein Langeweiler, vielleicht studierte er Kunstgeschichte und konnte mir eine Menge über Konstruktivistische Malerei in der Weimarer Republik oder über die Rolle Francisco de Goyas am Hof Karls des Vierten erzählen? Ich wusste nichts über ihn, hatte mir nicht einmal seine Visitenkarte angeschaut – wo war die überhaupt? Mit all meinen Gedanken tat ich ihm unrecht. Wann war ich so oberflächlich geworden? Und dennoch wollte ich nicht, dass er hier war. Und dass wir über gestern sprachen. Ich merkte, dass er mir lästig war und schämte mich gleichzeitig so sehr dafür, dass ich andere Gründe vorschob: Hatte so ein gut aussehender Mann mit Manieren nicht an jeder Hand Dutzende Jessicas, Felicitas und Merves, ja, Merves, weil die jungen Frauen heute tolle Namen hatten – was wollte er mit einer wie mir?

»Wollen wir einen Kaffee zusammen trinken?«, fragte er. »Ich könnte uns einen machen.« Er deutete fragend auf die Laubentür.

»Okay.« Ich musste mit ihm sprechen. Es nutzte nichts.

Wenig später saßen wir mit unserem Kaffee und einer angebrochenen Prinzenrolle hinter der Laube und ich wollte mich gerade entschuldigen und ihm sagen, dass das alles eigentlich nicht meine Art war, und der Alkohol und überhaupt, da fing er schon an: »Du bist eine wirklich faszinierende Frau. Ich habe mich gestern sofort in dich verliebt, schon als du mit dem Möhrenkuchen …«

»… Rüblitorte«, fiel ich ihm ins Wort.

Er guckte irritiert und fuhr dann fort: »Gut, Rüblitorte, du hast so eine wahnsinnig weibliche Ausstrahlung, du bist sexy und selbstbewusst und gefällst mir einfach unheimlich gut. Ich mag deine Augen. Und du hast Hammerbeine!«

Eine kleine Schwebfliege landete genau auf dem Rand meiner Kaffeetasse und ich versuchte, sie dazu zu bewegen, auf meinen Zeigefinger zu klettern, aber sie lief behäbig vor mir davon. »Lennart, gestern, das tut mir leid, ich hätte es nicht so weit kommen lassen sollen.«

»Das sah gestern ganz anders aus. Und warum, es hat uns beiden doch Spaß gemacht, oder? Ich meine, es war toll!« Er guckte mich fragend an und griff nach meiner Hand, die ich aber wegzog. Ich kam mir zwar schäbig dabei vor, aber ich musste es einfach fragen: »Wie alt bist du? Ich bin fast dreiundvierzig. Und du?«

»Ich bin auch schon siebenundzwanzig. Und jetzt sag bitte nicht, du bist zu alt für mich! Ich kann mit jungen Frauen nichts anfangen. Ich steh auf dich. Heidi Klum ist auch mit einem jüngeren Mann zusammen. Oder Brigitte Macron!«

Wieso redete er überhaupt von »Zusammensein«? Das musste ich sofort in die richtige Bahn lenken.

»Das war eine einmalige Sache. Ja, es war schön, es hat Spaß gemacht, mit dir herumzualbern und danach das Küssen hat auch Spaß gemacht. Aber das war gestern. Wir haben gefeiert, getrunken …«

Er fiel mir ins Wort: »Schieb das bitte nicht auf den Alkohol! Das gilt nicht! Es hat schon gefunkt, als du den Kuchen, äh, die Rübentorte gebracht hast. Das hast du doch auch gemerkt, oder etwa nicht?« Er sah mich mit einer Mischung aus Wut und Verletztsein an.

»Na ja, gefunkt würde ich jetzt nicht direkt sagen.« Die Schwebfliege flog auf Lennarts Tasse, wie um ihn zu unterstützen, »natürlich fand ich dich supersympathisch und du bist ein hübscher Kerl. Und es war echt lustig mit dir auf der Tanzfläche.«

»Das ist alles?«

»Mehr weiß ich doch nicht von dir! Wir kennen uns nicht!«, ließ ich ihn eindringlich wissen und dachte mir im Stillen: Und das kann von mir aus auch so bleiben.

»Aber wir können uns kennenlernen! Du und ich!« Er klang flehend. »Ich will dich so gern kennenlernen! So richtig! Den Menschen Maren. Die wunderbare Frau. Es ist mir so was von egal, wie alt du bist und wie alt ich bin. Ich finde dich großartig!«

Ogottogott! Was sollte ich nur machen? »Hör zu, Lennart, schon allein, dass das Alter überhaupt ein Thema ist, sagt doch schon jede Menge aus. Und es tut mir wirklich furchtbar leid, wenn ich dir Hoffnung gemacht haben sollte, aber mit uns wird das leider nichts – ich bin gerade erst frisch getrennt, beziehungsweise fast geschieden und ich brauche erst einmal nur Zeit für mich. Ich möchte keine Beziehung.«

»Dann Freundschaft? Ich bin mir sicher, wenn du mich richtig kennenlernst, sagst du nicht Nein.« Er sah sich um. »Du musst deine Obstbäume im frühen Frühjahr unbedingt richtig schneiden, damit sie ordentlich tragen. Und dein Kompost sollte eigentlich mehr im Schatten stehen. Ich kann dir bei all dem helfen! Meine Eltern haben mir viel beigebracht beim Gärtnern. Und ich liebe es! Wusstest du, dass Königskerzen gegen Wühlmäuse helfen? Die hassen nämlich deren Gestank. Und gehst du gerne tanzen? Wir könnten einen Salsakurs machen, oder ich bringe dir erst einmal die Grundschritte bei, ich …«

»Lennart, stopp!«, unterbrach ich ihn. »Es gibt kein Wir. Es war eine einmalige Sache. Es war falsch und es tut mir wirklich leid. Ich hätte dir das gestern schon sagen müssen und dafür bitte ich um Entschuldigung.«

»Es hätte nichts geändert. Du bist toll«, erwiderte er, jetzt ein bisschen leiser.

»Aber du kennst mich nicht! Wie gesagt – das gestern war schön und du bist ein sympathischer Mann, aber nicht mehr. Sorry.«

Wie um sich selbst aufzumuntern, sagte er fröhlich. »Okay. Falls du es dir anders überlegst – du hast meine Nummer. Gibst du mir deine? Es gibt eine tolle Giacometti-Ausstellung im Barlachhaus, wollen wir da zusammen hingehen?«

War er etwa tatsächlich Kunststudent? Und noch dazu so einer, der es einfach nicht verstehen wollte? So einer, der etwas einfach nicht einsehen wollte, was er nicht, äh, einsehen wollte? »Lennart, ich gebe dir meine Nummer nicht und ich gehe auch nicht mit dir in irgendwelche Ausstellungen.«

Er schüttelte den Kopf. »Echt jetzt? Schade.« Seine Mundwinkel gingen nach unten. »Das, das ist wirklich schade.«, wiederholte er. »Ich wünsche dir jedenfalls alles Gute!«

Hatte er es jetzt doch kapiert? Ich hoffte es so sehr! »Danke, ich dir auch.«

Jetzt fing er an zu schluchzen und ich konnte nicht anders, als ihn in den Arm zu nehmen, aber meine Gefühle dabei waren durch und durch mütterlich. Er war ganz süß, ja, aber eigentlich gar nicht mein Typ und ich verstand mich selbst nicht. Komisch, ich hatte nicht gewusst, dass ich so abgebrüht sein konnte.

Aber so etwas würde mir nie wieder passieren, da war ich mir sicher.

Kapitel 33

Ein paar Mal hatte Lennart noch vor meinem Gartentor gestanden, wir hatten kurz geredet und ich hatte mittels Körpersprache und Kurz-Angebundensein mehrmals meinen Standpunkt wiederholt. Einmal war Emilie mit mir im Garten, als wir ihn trafen, und sie fand ihn »hübsch, aber lame« und fragte mich, woher ich ihn kannte. Ich erklärte ihr, dass man sich in einem Gartenverein eben einfach kannte. Ihr Blick verriet mir, dass sie mehr vermutete, und ich war ihr sehr dankbar dafür, dass sie nicht nachhakte.

Nach einer Weile kam er nicht mehr und ich war froh darüber. Meine Gedanken kreisten sowieso die meiste Zeit um Tammaro. Wie um alles in der Welt konnte ich mich ihm erklären? Sollte ich ihm einen Brief schreiben? In dem stand, dass ich die ganze Zeit einfach nur Angst gehabt hatte, Angst davor, dass ich aus der Beziehung mit Lars vielleicht doch nicht genug gelernt hatte, um eine Beziehung mit ihm, Tammaro, nicht gegen die Wand zu fahren?

Lars und Tammaro waren doch wirklich sehr unterschiedliche Männer und ich hatte mich verändert – es würde sich nichts wiederholen. Ich musste endlich diese innere Lähmung überwinden und mich ihm offenbaren, bevor es zu spät war. Aber wie? Die Idee mit dem Brief verwarf ich schnell wieder, Geschriebenes konnte man so leicht missverstehen, außerdem konnte Körpersprache ja auch eine Menge zum gegenseitigen Verstehen beitragen. Ich musste ihn dazu bringen, mich anzuhören.

* * *

Emilies Französischkurs hatte angefangen und sie war mit Feuereifer dabei. Wir trafen uns jetzt ab und an zu dritt, mit Xenia, was mir sehr gut gefiel. Ich lernte die Frau besser kennen, mit der mein Mädchen im nächsten Jahr nach Paris gehen würde, und ich schloss sie immer mehr in mein Herz.

* * *

Die Tage wurden wieder kürzer und die Luft duftete nach reifem Obst, Evi und ich ernteten Zwetschgen und Äpfel, und in der ganzen Zeit sah und hörte ich nichts von Tammaro. An einem lauen Spätsommerabend war ich vor seinem Haus herumgelungert, in der Hoffnung, ihm zufällig zu begegnen (Tommy Seiffert lässt grüßen!), was natürlich nicht passierte.

* * *

Ich schämte mich so sehr und wusste einfach nicht, was ich tun konnte. Noch einmal so barsch abgewiesen zu werden, hätte ich nicht ausgehalten. Vielleicht brauchte er einfach Zeit.

Um mich abzulenken, konzentrierte ich mich erst einmal auf meine Patienten.

Herr Klempowsky hatte seine letzte Sitzung an diesem Mittwoch Anfang September und er erzählte mir, dass er immer öfter bei seiner Freundin Erika im Garten war, weil ihm die Spinnen nicht mehr so viel ausmachten. Er hatte einen Blumenstrauß für mich dabei, was mich sehr freute und ich erzählte Evi davon, als wir uns trafen.

»Das gibt einem ja immer so ein gutes Gefühl, wenn die Patienten einen großen Schritt gemacht haben und das auch selbst bemerken. Und wenn sie DANN auch noch verstehen, dass man als Therapeutin gut mitgeholfen hat, dass es dazu kam – Jackpot!« Evi freute sich richtig mit mir. Es war schön, dass ich diese beruflichen Erfolge mit jemandem teilen konnte, der das auch kannte.

Evi und ich saßen in unserer Mittagspause zusammen in »unserem« Feinkostgeschäft und genossen Trüffelspaghetti und einen kleinen Salat.

Ich sah durch das Fenster in den Hamburger Nieselregen und wurde wehmütig. »Jetzt ist der Sommer bald vorbei und ich habe im Garten nur einen Bruchteil von dem geschafft, was ich eigentlich wollte.«

»Ach, Maren, was wolltest du denn da noch machen, außer mit mir Kaffee und Wein trinken? Sei nicht so streng zu dir, es ist dein erstes Gartenjahr, da muss man ja wohl erst mal gucken, was es überhaupt zu tun gibt und was man pflanzen möchte und so. Und schließlich gab es viel zu besprechen diesen Sommer und …«, sie hielt inne und guckte fragend, »… hat Lars jetzt eigentlich endlich …?«

»Nein. Immer noch nicht. Aber immerhin nervt er auch gerade nicht. Ich denke manchmal daran, ihn noch mal zu erinnern, und dann habe ich nicht die Energie dafür, weil ich echt keinen Bock auf Diskussionen und blödes Lars-Gelaber habe.« Lustlos stocherte ich in meinem Salat. Das Thema verhagelte mir immer noch die Stimmung. »Eigentlich habe ich derzeit sehr wenig Kontakt zu Lars und das finde ich ehrlich gesagt ziemlich angenehm. Wir haben noch über Emilies und Xenias Auswanderung nach Frankreich gesprochen. Da klang er ganz vernünftig. Seither nicht mehr. Übrigens hat Xenia von ihrem Konservatorium die Zusage bekommen für eine kleine Zweieinhalbzimmerwohnung mit Balkon. Das ist wirklich richtig toll, denn Wohnungen in Paris sind sonst praktisch nicht zu kriegen. Aber die haben da wohl ein paar für ihre Dozenten auf dem Campus.«

Evi nickte anerkennend, bestellte noch ein Acqua Panna und fragte mich dann: »Und was ist mit deinen anderen Männern?«

Ich wunderte mich nur kurz, warum sie von mehreren Männern sprach, ich hatte Lennart tatsächlich komplett vergessen, den armen Kerl. »Äh, also der Jungspund hat es anscheinend jetzt doch endlich mal verstanden, dass da nichts mehr läuft zwischen uns, der soll sich eine schicke BWLlerin rauslassen. Mit hochgestelltem Polokragen. Ich meine das ernst, eine junge Frau passt doch viel besser zu ihm!« Ich nahm gerade den letzten Bissen von meinen cremigen Trüffelnudeln, als ich hörte, wie die Tür aufging und Evi mir gegen das Schienbein trat.

»Aua! Was ist denn los mit …«

Da sah ich den Grund, warum sie plötzlich außer sich war. Tammaro hatte sich, vollgepackt mit einem Korb voller Obst und Gemüse in der einen und einem Strauß Blumen in der anderen Hand, in Richtung Tresen geschoben und die Verkäuferin mit einem italienischen Wortschwall begrüßt. Uns hatte er anscheinend noch nicht bemerkt. Mein Herz schlug sofort bis zum Hals, meine Hände wurden feucht, der Mund trocken und ich nahm einen Schluck Wasser und guckte Evi panisch an.

»Geh hin!«, zischte sie, »na, los!«

Hunderte Gedanken schossen gleichzeitig durch mein Hirn. Ich freute mich, ihn zu sehen, fürchtete mich aber davor, von ihm nicht beachtet oder wieder abgewiesen zu werden, und fragte mich, für wen er wohl die Blumen gekauft hatte. Alles gleichzeitig.

»Ich trete gleich noch mal, wenn du jetzt nicht hingehst!«, drohte Evi mir und ich war ziemlich sicher, dass das keine leere Drohung war, also stand ich auf, schob meinen Stuhl nach hinten und ging mit wackligen Knien in Richtung Tresen. Tammaros sanfter Duft betörte mich schon einen Meter hinter ihm und es kostete mich große Überwindung, ihn nicht in den ausrasierten Nacken zu küssen. Er hatte gemerkt, dass jemand hinter ihm stand und drehte sich zu mir um. Es war erstaunlich zu sehen, wie schnell ein freudiger zu einem enttäuschten Gesichtsausdruck wechseln konnte, gerade so, als hätte er sich aufrichtig gefreut, mich zu sehen, und ihm wäre im selben Moment mein Betrug wieder eingefallen, denn nach Betrug fühlte es sich auch für mich an und jetzt, wo er so dicht vor mir stand, schämte ich mich wieder unsäglich dafür.

»Hallo, Maren«, sagte er knapp, um sich dann direkt wieder umzudrehen und einen Klumpen Parmesan nebst einer Schale mit Kapernäpfeln von der Verkäuferin entgegenzunehmen.

Ich freute mich so sehr, ihn zu sehen, wollte ihn umarmen, aber sein ganzer Körper wies mich ab. Er bezahlte und wollte sich schon auf den Weg zur Tür machen, da stellte ich mich ihm in den Weg. »Wir müssen reden. Bitte. Es tut mir alles so leid.«

»Ich denke nicht, dass wir das müssen. Du hast mir ja schon alles gesagt.« Pause. »Und gezeigt.« Er klang bitter.

»Tammaro, das hat mir nichts bedeutet, im Gegenteil, ich …«

Eigentlich wollte ich ihm von der Idee mit dem Ersatzknutschen erzählen, zügelte mich aber zum Glück gerade noch rechtzeitig, denn ich war mir plötzlich nicht mehr sicher, ob es ein Mann wirklich als Kompliment auffasste, wenn man ihm erzählte, dass man beim Küssen mit einem anderen an ihn gedacht hatte.

»Maren, ich muss los. Mach's gut.« Er nickte Evi zu, die stocksteif, mit der Gabel wie mit einem Zepter in der Hand sitzen geblieben war und das Geschehen vom Tisch aus verfolgt hatte, und schloss die Tür hinter sich.

Nachdem ich meiner Freundin die paar Worte, die wir gewechselt hatten, wiedergegeben hatte, sah sie mir tief in die Augen. »Maren, du musst das aus der Welt schaffen. Wie er dich ansieht. So tieftraurig. Er will dich noch immer. Aber du musst den ersten Schritt machen. Du willst ihn doch auch. Du bist ja kreidebleich. Süße, du hast da wirklich was verbockt, aber es ist nicht in Stein gemeißelt! Ihr MÜSST sprechen. Miteinander.«

»Wahrscheinlich hast du recht, aber wie? Er will nichts mehr von mir wissen! Und er hat recht damit, so wie ich rumgeeiert bin die ganze Zeit. Und dann diese Knutscherei mit einem anderen Mann … Ich kann das vergessen. Ihn.«

Ich musste der resoluten Verkäuferin hinterm Tresen nur kurz ein Zeichen geben und sie wusste sofort, dass ich einen Espresso wollte.

Evi schloss sich mir an und nahm meine Hände in ihre. »Süße, er berührt dich so sehr. Und zwischen euch, da ist eine Energie – es hätte mich nicht gewundert, wenn ihr den Laden hier in Flammen gesetzt hättet. Er lässt dich einfach nicht in Ruhe. Und du weißt, dass ich an sich eine sehr rationale Frau bin, aber ist das nicht Schicksal, dass ihr euch hier begegnet, weit weg vom Garten?«

»Na ja, er ist Halbitaliener und das hier ist ein italienisches Feinkostgeschäft …«

Die Kellnerin brachte uns den Espresso.

»Dann eben kein Schicksal. Aber ich bitte dich, noch ist es nicht zu spät, alles aufzuklären und euch noch eine Chance zu geben!«

»Und für wen waren die Blumen?« Die bittere Wärme des Kaffees tat gut, ich nahm gleich noch einen Schluck.

»Das kann doch nicht wahr sein!« Evi lachte ein bisschen. »Gerade noch ›Ich weiß nicht‹ und schon eifersüchtig! Er mag doch auch Blumen, wahrscheinlich sind sie für ihn. Oder für seine Schwester! Frag ihn! Sprich mit ihm, ich bitte dich!«

»Evi, ich hab es doch versucht. Ich kann ihn ja schlecht entführen und fesseln, dass er mir zuhört. Ich weiß einfach nicht, wie ich es anstellen kann.« Auf einmal merkte ich, dass ich keine Lust mehr hatte, mit ihr darüber zu sprechen. Am besten war ein Themenwechsel, zu dem, was mich auch brennend interessierte: Was war eigentlich mit Evi und ihrem Herzschmerz? »Und du, hattest du noch mal Gelegenheit, mit Markus zu sprechen?«

Evi trank ihren Espresso aus und bestellte sich direkt noch einen. »Ich habe mit ihm telefoniert. Es läuft anscheinend derzeit nicht so wahnsinnig super mit Melli.«

»Wow, ihr habt gesprochen? Aber das ist ja super! Das freut mich sehr!«

Sie seufzte und schüttelte nachdenklich den Kopf. »Nein, das ist weit entfernt von super. Ich habe wirklich keine Lust, Markus' Sorgentante zu sein. Hör mal, wir haben uns gegenseitig unsere Liebe gestanden, wir haben miteinander geschlafen und dann macht er nix anderes als mir vorzujammern, dass seine Beziehung nicht so gut läuft? Dass er deswegen ›emotional am Ende‹ ist?«

Ich überlegte kurz. »Vielleicht ist er emotional am Ende, weil es jetzt zwei Baustellen gibt, Melli und dich oder dich und Melli, die Reihenfolge weiß ich nicht.« Nach einer kurzen Pause, in der ich meinen inzwischen lauwarmen Espresso runterkippte, fragte ich sie: »Ist es nicht schön, dass er sich dir anvertraut? Oder ist es nur blöd? Ich meine, wegen Freundschaft und so …«

Evi guckte auf ihre Handyuhr und winkte der Kellnerin wegen der Rechnung. »Ich finde es einfach unpassend. Aber ich will darüber nachdenken, vielleicht hast du ja auch recht. Schließlich hattest du schon öfter mal recht.«

»Was ist eigentlich aus deiner Idee geworden, einen Kurs zu machen?«

Sie guckte mich irritiert an, während sie ihre Jacke anzog. »Was denn für einen Kurs?«

»Das wusstest du selbst noch nicht, aber irgendwas für dich eben.«

»Ach so. Ich habe mal kurz überlegt, einen Malkurs zu machen. Das machen doch kinderlose Catladys.«

»Du bist doch keine kinderlose Catlady!«, widersprach ich ihr vehement. »Du hast ja gar keine Katze!« Ich zwinkerte ihr zu. »Vielleicht gucken wir mal zusammen. Wenn jetzt Herbst und Winter kommen und man nicht mehr in den Garten kann, ist es gut, eine Alternative zu haben!«

Als wir uns verabschiedeten, um weiterzuarbeiten, waren wir beide in Gedanken und das weiß Gott nicht nur über einen Malkurs.

* * *

Zum Glück hatte ich nachmittags nur noch eine Patientin, Frau Bröker, die mir, wenn es ihr, wie seit einiger Zeit, sehr gut ging, am liebsten die ganze Dreiviertelstunde von ihrem Dackel Moritz erzählte und von mir nur an manchen Stellen (vornehmlich den richtigen) ein »Mhm« oder »Ach so« erwartete. So konnte ich ausnahmsweise ungestört meinen Überlegungen nachhängen: Wie erschrocken ich war, als ich Tammaro – noch dazu auf völlig ungewohntem Terrain – begegnete, wie sehr diese Begegnung mich aufwühlte! Was hatte dieser Mann an sich? Was, wenn er gar nicht so toll war, wie ich immer gedacht hatte? Quatsch, völliger Blödsinn! Wahrscheinlich wollte er mich ja gar nicht mehr. Ich hatte ihn anscheinend tief verletzt. Und warum um alles in der Welt machte ich mir seit Monaten Gedanken um und über einen Mann, wo ich doch eigentlich froh war, mein Leben für mich zu haben und ganz neu anzufangen! Vielleicht war die Idee mit dem Kurs nicht schlecht. Einfach mal etwas

Neues ausprobieren. Nachdem ich Frau Bröker mit ein paar guten Ratschlägen entlassen hatte (»Hören Sie sich einfach mal an, was Ihr Mann zu sagen hat!«, »Reden Sie mit Ihrer Tochter und, vor allem, hören Sie ihr zu!«), setzte ich mich an meinen Rechner und suchte nach Sportkursen in dem Fitnessstudio bei mir in der Nähe. Einerseits fand ich Boxen interessant, hatte aber überhaupt keine Lust, jemanden zu verdreschen, geschweige denn, verdroschen zu werden; auf einen Boxsack einzuprügeln stellte ich mir jedoch befreiend vor. Die Kursbeschreibung gab leider nicht her, ob man es hier mit Körperkontakt zu tun hatte. Bogenschießen, was ich oft Patientinnen und Patienten empfahl, die Probleme mit dem Loslassen hatten, wäre vielleicht auch eine Option gewesen, die mir gutgetan hätte. Allerdings lag der Termin des Kurses ungünstig. Nach der Arbeit, abends, gab es eigentlich nur etwas wie Zumba, Spinning oder Ballett. Ballett. Warum eigentlich nicht? Gut, ich war keine zwölf mehr und auch keine vierzig, aber etwas für meine Körperhaltung und -spannung zu tun, war bestimmt nicht schlecht. Noch dazu würde die Musik mir besser gefallen als beim Zumba. Also, ich würde das irgendwann ausprobieren. Neues war gut fürs Gehirn und meines schien dringend eine Neuausrichtung zu brauchen. Ich schrieb Evi eine Nachricht und fragte sie, ob sie mich mal zu einer Ballettstunde begleiten würde. Sie antwortete mit einem begeisterten

Ja!

Nach wenigen Sekunden folgte:

Was ziehen wir an???? und ein Grübel-Emoji. Ich musste lachen.

Ich habe mir schon ein Tutu gekauft!, antwortete ich und wartete etwas, bis ich das Zwinker-Emoji sendete.

Kapitel 34

Rasenmähen machte mir an der ganzen Gartenarbeit am meisten Spaß. Sobald man einmal über die Wiese gemäht hatte, erschien einem der ganze Garten viel aufgeräumter, fand ich. Und vor allem sah man schnell ein Ergebnis. Die Hälfte hatte ich schon geschafft, und ich leerte gerade zum wiederholten Male den Grasschnitt aus dem Auffangkorb auf den Kompost, als ich an diesem sonnigen Septembersamstag nebenan meinen Ex-Mann hörte: »Maren? Bist du das?«

»Nein!«, rief ich nach drüben, »Das ist mein Butler, Alfred. Er mäht mir doch alle vierzehn Tage die Wiese.« Was für eine dämliche Frage.

»Ich komme mal kurz rüber!«

Ohne mein »Okay« abzuwarten, stand er plötzlich neben mir und guckte mich mit hochgezogenen Augenbrauen an. »Ich will gar nicht lange drumherum reden, Maren: Du weißt schon, dass du einen Ruf zu verlieren hast, oder? Schließlich bist du Psychotherapeutin!«

Weil wir uns beim Mähen schlecht unterhalten konnten und ich trotz allem wissen wollte, was er jetzt schon wieder hatte, ob er etwa irgendwas von meinem erotischen Abenteuer mitbekommen hatte und ich ihn in die Schranken weisen musste, schnappte ich mir den manuellen Kantenschneider, kniete mich auf das Gartenkissen und begann den Beetrand freizuschnippeln, während ich Lars seufzend fragte: »Was ist denn jetzt schon wieder los?«

»Ich sage nur: Sommerfest!« Sein Blick hatte etwas wirklich Strafendes und einmal mehr fragte ich mich, wo der Mann hin war, in den ich mich einmal, vor Jahrzehnten, volle Kanne verliebt hatte?

»Ja, wo warst du überhaupt beim Sommerfest? Ich habe dich gar nicht gesehen!«

»Ich war nicht da. Aber mir wurde einiges zugetragen. Und das, meine Liebe, ist wirklich mehr als peinlich.«

Ich hatte beim Kantenschneiden mehrere Brombeerranken im Beet entdeckt, die ich ausgraben wollte, also holte ich mir Handschuhe und eine Gartenschaufel aus der Laube. Lars blieb mit verschränkten Armen und vorwurfsvollem Blick am selben Fleck stehen. Als ich wieder auf die Knie gegangen war, fuhr er fort. »Es wäre mir ja egal, wenn du damit nicht auch unsere ganze Familie in Verruf bringen würdest!«

Ich stand auf und sah ihm direkt in die Augen. »Was wurde dir denn zugetragen? Und von wem?«

»Nun, unsere Tochter hat es erzählt bekommen, sie kam zwar erst später zum Fest, aber da haben ja alle davon gesprochen!«

Ach du liebe Zeit, stimmte ja, Emilie hatte ja mit Xenia auch noch kommen wollen, war am Ende nicht nur Tammaro ein ungebetener Gast in meinem Garten gewesen? Wie peinlich! Ich hatte mit ihr gar nicht mehr über das Fest gesprochen. Nach allem, was passiert war, war ich froh gewesen, dass sie mich nicht darauf angesprochen hatte! Ich wollte jetzt nicht vor Lars rot anlaufen und außerdem ging ihn das alles überhaupt nichts an, also tat ich betont gleichgültig und ging wieder in die Hocke, um die Brombeeren auszubuddeln.

»Du weißt, dass du sogar deine Lizenz verlieren kannst!«, belehrte er mich.

»Was willst du? Es geht dich wirklich überhaupt nichts an, was ich mache, und außerdem wüsste ich auch nichts, was ich gemacht haben könnte!« Wütend stieß ich die Gartenschaufel in die Erde und zog an der störrischen Brombeere, die sich mit aller (Wurzel-)Kraft wehrte.

Lars lachte hämisch. »Ich sag nur: Schweigepflicht.«

»Was?«

»Och bitte, Maren, jetzt tu nicht so, als ob du das nicht wüsstest. ALLE im Gartenverein wissen jetzt, dass Herr Klempowsky, Manfred, der Freund von Erika, bei dir in Behandlung ist. In psychotherapeutischer Behandlung! Das geht doch nicht!«

»Oh, sie sind zusammen? Das wusste ich nicht. Das muss nach seiner Therapie passiert sein. Das freut mich aber für ihn! Ein feiner Mensch.« Ich atmete erleichtert aus. Er wusste nichts vom Hängematten-Gate. Emilie wahrscheinlich auch nicht. Puh! Ich rupfte weiter.

»Emilie hat erzählt, dass Gerda erzählt hat, dass sie gar nicht wusste, dass Manfred – Herr Klempowsky – dein Patient ist. Und dass er wohl eine Spinnenphobie hat. Und das, meine Liebe, geht ja wohl nie-man-den etwas an! Wenn ich irgendwas hätte, würde ich doch auch nicht wollen, dass alle Welt erfährt, was ich habe!« Jetzt grinste er triumphierend und ich wollte ihn am liebsten mit einer Brombeerranke strangulieren, blieb aber ruhig. »Du machst dich strafbar, bis zu einem Jahr kannst du dafür in den Knast kommen, ich habe Tante Google gefragt! Du kannst von Glück sagen, wenn Manfred oder irgendjemand anderes dich dafür nicht anzeigt!«

Ich war so müde. Warum konnte dieser Typ mich nicht in Ruhe lassen? »Dann verklag du mich doch.«

Jetzt tat er entsetzt. »Aber meine Liebe, das würde ich doch nie tun, ich will dir doch nur helfen! Wir als Familie müssen zusammenhalten! Bei uns im Orchester, Heinz, dessen Bruder ist Rechtsanwalt. Wir gehen einfach mal zu dem und lassen uns beraten, was wir da jetzt am besten machen.«

Ich hatte nun keinen Bock mehr und war wirklich sehr, sehr müde. »Geh einfach, Lars. Geh. Und mach hinter dir das Gartentor zu. Und komm bitte nicht wieder.«

Er nahm mich am Arm. »Wirklich, ich will dir helfen! Was genau hast du gesagt? Da kann der genaue Wortlaut wahnsinnig wichtig sein! Erinnere dich bitte!«

Mir platzte der Kragen und ich brüllte ihn an: »Nichts hab ich gesagt, gar nichts! Ich bin doch nicht bescheuert! Für wie dämlich hältst du mich eigentlich? Ich mache diesen Beruf doch schon eine ganze Weile und ich weiß um meinen Verhaltenskodex! Und jetzt verschwinde endlich! Ich will und kann dich echt nicht mehr sehen, du, du … Nacktschnecke!«

»Aber, ich will doch nur … Wieso Nacktschnecke?«

»Weil ich mir nicht sicher bin, was das wirklich Schlimme ist am Garten, dass du nebenan bist oder die Nacktschnecken, die alles auffressen? Verpiss dich. Sofort.«

Nicht einmal verprügeln durfte ich ihn, weil man das nicht machte und wenn ich ihn verprügelt hätte, dann hätte er das auch nur gegen mich verwendet, deshalb drosch ich, als er endlich weg war, mit der Gartenschaufel auf meinen armen Komposthaufen ein.

* * *

Nachdem ich alle Beetumrandungen befreit und verblühte Blütenstände abgeschnitten hatte, die sich nicht weiter ausbreiten sollten, wie etwa von Akelei und Nachtkerze, machte ich mir einen Kaffee und dachte an den anderen Mann, der mich unterschwellig die ganze Zeit nicht in Ruhe gelassen hatte und mich weiterhin aufwühlte. Vor allem nach unserer Begegnung neulich im Feinkostladen. Seine Reaktion war ja wohl eindeutig gewesen, aber wie hätte ich reagiert, wenn es andersrum passiert wäre? Mich hatte ja schon gestört, dass er Blumen dabeigehabt hatte, wahrscheinlich wäre ich völlig durchgedreht, hätte ich ihn in den Armen einer anderen erwischt. Er musste doch unbedingt erfahren, dass mir nichts an Lennart lag, dass das eine einmalige Sache gewesen war und dass ich mich dafür verfluchte! Ich wollte diesen Mann. Herrgott noch mal, warum waren wir uns überhaupt begegnet!

Vielleicht sollte ich doch einfach zum Ballett gehen und mir noch ein weiteres Hobby suchen und endlich mal anfangen, mein Singledasein zu genießen. Dazu war ich bislang noch nicht gekommen. Während ich das dachte, spürte ich eine große Traurigkeit in mir. Tammaro hatte etwas in mir gesät, woraus sich ein zartes Pflänzchen entwickelt hatte, und obschon ich immer wieder neue Erde daraufgekippt hatte und es nicht goss, reckte es sich doch der Sonne entgegen und war weit davon entfernt, einzugehen. Oder?

Mit klopfendem Herzen schickte ich Tammaro eine Nachricht, in der stand, dass ich unbedingt mit ihm reden musste. Und löschte sie wieder. Ich hatte Angst, dass er nicht darauf antworten würde.

Kapitel 35

»Beim Sommerfest haben alle so vom Lichterfest im Herbst geschwärmt, wann ist das denn eigentlich?« Emilie guckte mich fragend an, während sie weiter Kartoffeln schälte. Es sollte Kartoffelgratin geben, das hatte Xenia sich gewünscht. Ich war zum ersten Mal in Xenias Wohnung und freute mich, dass auch sie sehr ordnungsliebend zu sein schien, das würde es erleichtern, wenn Emilie und sie zusammenzogen. Alles war aufgeräumt, in klaren, hellen Farben, und wenn doch mal etwas herumstand, war es Kunst.

»Mama?«, riss Emilie mich aus meinen Gedanken.

»Das Lichterfest? Ende Oktober, denke ich. Denn dann kommen ja schon die Advents- und Weihnachtsfeiern.« Ich brauchte etwas Zeit, um meine Frage so zu formulieren, dass sie möglichst belanglos klang. »Ach so, ihr wart ja auch auf dem Sommerfest, hat Papa erzählt, wie fandet ihr es?«

Ich legte den Porree, den ich gerade geschnitten hatte, in ein Sieb und stand auf, um ihn zu waschen. »Wir waren so spät dort, keine Ahnung, wie das Fest war. Wir hatten den Fehler gemacht, davor noch ins Open-Air-Kino zu gehen, und der Film hatte Überlänge. Dann haben wir noch etwas gegessen, und als wir zum Fest kamen, war kaum noch jemand da. Auch du leider nicht.« Emilie klang so arglos, dass sie beim besten Willen nichts mitbekommen haben konnte, stellte ich erleichtert fest. Vorsichtshalber guckte ich ihr noch mal direkt in die Augen. »Habt ihr mich denn gesucht?«

Sie druckste ein bisschen herum. »Ehrlich gesagt, nein. Ich hab deine Gartennachbarn – wie heißen die noch mal, Gerda und Rudolf? – gefragt, ob sie dich gesehen hatten, und sie sagten, du seist schon vor einer ganzen Weile gegangen. Und dann haben sie noch die Geschichte mit deinem Patienten erzählt!«

Xenia nickte und hörte auf, Käse zu reiben. »Das wird doch genügen, oder?« Sie strahlte mich an. »Toll, dass du quasi ›Erste Hilfe‹ bei einem Psychoproblem geleistet hast! Alle fanden das super.«

»Na ja, fast alle.« Ich konnte mir die Bemerkung nicht verkneifen.

»Och nö, hat Papa dir wieder Quatsch erzählt? Von wegen Schweigepflicht verletzt und so? Das hat er mir auch so verklickert. Ich weiß nicht, was mit ihm ist, aber uns wurde auf jeden Fall gesagt, dass Manfred allen ganz stolz erzählt hat, dass er mit dir an seiner Spinnenphobie gearbeitet hat und dass es ihm schon viel besser ging! Und dass er am liebsten eine Verlängerung der Therapie beantragt hätte, weil ihm die so gutgetan hat.«

Xenia nickte dazu. Wieder stieg die Wut auf meinen Ex-Mann hoch. Konnte er diesen Mist nicht endlich mal sein lassen?

»Das freut mich.« Ich schüttelte den Porree ein letztes Mal trocken und fragte: »Schichten wir?«

Die beiden waren gerade ein Wochenende in Paris gewesen und hatten jede Menge zu erzählen, über die Gegend, in der ihre Wohnung lag, das Konservatorium und überhaupt, Paris. Es war herzerfrischend, ihre sprudelnde Vorfreude zu erleben. Sie waren durch den Jardin des Tuileries spaziert, hatten das

Musée d'Orsay besucht und sündhaft teuren Café au Lait in einem zauberhaften Café an der Sacré-Coeur getrunken. Ich bekam bei ihren begeisterten Erzählungen richtig Lust, auch mal wieder nach Paris zu fahren. Als sie gerade von einem romantischen Bootsturn auf der abendlichen Seine erzählt hatten, fragte Xenia: »Ach ja, was ist denn eigentlich dieses Lichterfest im Garten genau?«

Ich zuckte mit den Schultern, während ich die Temperatur des Backofens überprüfte. »Das Gratin kann jetzt rein! Ich bin ja erst seit diesem Jahr dabei und war noch auf keinem Lichterfest, aber ich glaube, alle, die mitmachen möchten, machen in ihrem Garten ein kleines Feuer oder zünden viele Kerzen an und haben Wein und Snacks da und dann geht man sich gegenseitig besuchen, von Garten zu Garten, und überall leuchtet es und ist gemütlich und man lernt seine Gartennachbarn kennen oder besucht alte Freunde. So habe ich es jedenfalls verstanden.«

»Das hört sich zauberhaft an«, Emilies Augen leuchteten, »da will ich auch dabei sein, gib mir bitte Bescheid, wenn du den genauen Termin hast!« Sie küsste ihre Freundin und die beiden sahen so glücklich aus, dass mir ganz warm ums Herz wurde.

* * *

Ich traf mich jetzt öfter mit den beiden, sie halfen mir im Garten, wir besuchten Galerien und veranstalteten Spieleabende, bei denen auch Evi gerne dabei war.

Eines Abends, als ich mit Emilie alleine vor dem Fernseher saß und wir uns eine fürchterliche Schmonzette anguckten, mit Freude über deren übertriebene Handlung lästerten und uns über die Schauspieler lustig machten, bekam meine Tochter eine Textnachricht von Xenia. »Mama, Xeni hat in der Nähe ihrer Gesangslehrerin eine Galerie, da ist Freitag eine Vernissage, die sie interessiert. Sie fragt, ob wir da mit hinwollen?«

Ich guckte kurz in meinen Terminkalender und freute mich: »Ja, gerne! Wann und wo?« Es war eine Galerie in der Neustadt, die ich noch nicht kannte, und seit ich in Xenias Wohnung gewesen war, wusste ich, dass ich auf ihren Geschmack vertrauen konnte. Dann fiel mir ein: »Wofür braucht Xenia denn eine Gesangslehrerin? Sie gibt doch selbst Unterricht!«

Emilie stoppte den Stream. »Jetzt drücke ich doch mal Pause. Schließlich wollen wir nicht zu viel von diesem cineastischen Highlight verpassen. Mit der Gesangslehrerin ist das so wie mit deiner Supervisorin. Ab und zu geht sie da hin, um zu überprüfen, dass sie noch alles richtig macht. Und es gibt ja auch immer wieder neue Erkenntnisse in der Gesangspädagogik und so. Außerdem ist diese Lehrerin wohl eine Koryphäe auf dem Gebiet, sie ist auch schon fast siebzig.«

»Toll, wenn man so eine Mistress Yoda hat! Los, lass uns weitergucken, ich bin sooo gespannt, wie der Film ausgeht …«

Wir lachten beide. Ich genoss die Zeit mit meiner Tochter so sehr und mir war etwas bang davor, dass sie bald so weit weg sein würde.

* * *

Freitagabend hatten wir uns alle schick gemacht zum Essen in einem schwäbischen, winzig kleinen Lokal in der Neustadt, Evi würde später direkt zur Vernissage kommen. Ich freute mich auf meine Käsespätzle, während wir mit einem Glas Grauburgunder anstießen.

»Wer genau stellt da eigentlich aus, Xenia?«, fragte ich meine »Schwiegertochter«.

»Oh, ich konnte mir den Namen nicht merken, aber das Bild auf dem Plakat sah super aus. Es sah nach Acryl aus, eher sanfte Farben, Rosé- und Hellblautöne, total ansprechend.«

Die junge, fröhliche Kellnerin brachte die geschmälzten Maultaschen für Xenia, Gemüsemaultaschen in der Brühe für Emilie und meine duftenden Käsespätzle mit Salat. »En Guada!«, wünschte sie uns und wir machten uns mit großem Appetit über die Köstlichkeiten her.

Bald darauf genossen wir einen Spaziergang zur Galerie und während wir an den Schaufenstern der inhabergeführten kleinen Geschäfte entlangbummelten, spürte ich immer mehr, wie ein kleines Störgefühl in mir wuchs. Acryl, pastellige Farben. Na, wo hatte ich solche Bilder zuletzt gesehen?

Und richtig, als wir an der Galerie ankamen, entdeckte ich auf dem Aufsteller davor ein Bild von Giulia und ihren Namen. Herrje, ich sollte fliehen! Da bog auch schon Evi um die Ecke. Sie bemerkte natürlich sofort meinen panischen Blick, guckte auf das Plakat und konnte eins und eins zusammenzählen. Meine Tochter und ihre Freundin bemerkten auch, dass irgendwas los war.

»Was habt ihr denn da zu tuscheln? Gehen wir rein?« Emilie nahm mich am Arm und wollte mich mit hineinnehmen.

Evi nickte mir zu und flüsterte: »Er muss ja nicht hier sein. Außerdem ist das so voll, da kannst du untertauchen. Und wenn ihr euch doch seht, ist das ja vielleicht eine Gelegenheit, zu sprechen!«

Jetzt fiel bei Emilie der Groschen. »Ach so, die Künstlerin ist Tammaros Schwester? Krass! Cool! Ich bin sehr gespannt!«

Mich wunderte, dass ihr das nicht peinlich war, nach der seltsamen Anbagger-Aktion mit Tammaro, aber anscheinend gab es ihr sehr viel Sicherheit, mit ihrer Partnerin hier zu sein und sie hatte sich selbst wahrscheinlich schon längst verziehen.

Es drängten sich wirklich sehr viele Menschen in den kleinen Raum der blau gekachelten Off-Galerie. »Hier vorne war früher ein Hundesalon, hab ich irgendwo gelesen«, erklärte mir Xenia, »und dann haben sie eine Wand durchgebrochen und da hinten, in dem größeren Saal, war mal ein Kostümverleih, und davor war es eine Näherei.« Sie zeigte auf eine große Flügeltür, hinter der die großformatigen Arbeiten von Giulia zu sehen waren.

»Ah, verstehe, ich habe mich schon gewundert, der vordere Teil ist ja doch recht übersichtlich.« Aber auch hier gab es Bilder von Giulia, die mir fast alle sehr gut gefielen, kleine Bleistiftzeichnungen, teilweise mit Aquarellfarbe koloriert.

Auch in der großen Halle gab es viel Gedränge um die beeindruckenden Gemälde an den riesigen Stellwänden, nur bei den hohen Säulen stand kaum jemand. Erst als ich direkt vor einer stand, sah ich, dass sie über und über mit weißen Mosaiksteinchen beklebt war. Prima, da würde ich bleiben, denn dahinter würde mich niemand entdecken.

Die Vernissage war diesmal größer, es war auch Presse da, ich sah Giulia, wie sie jemandem vor ihrem Bild »Liebe« ein Interview gab, das mich sofort an Tammaro und unseren Besuch bei ihrer letzten Ausstellung erinnerte und mein Herz galoppieren ließ. Am Ende des Saals war eine Bar aufgebaut und daneben erkannte ich ein Rednerpult.

»Ich hole mir ein Glas Sekt, kommst du mit?«, fragte Evi und ich schüttelte den Kopf.

»Nein, mir ist das zu stressig, mich durchs Volk zu quetschen, ich trinke lieber später noch irgendwo anders was mit euch.«

Emilie und Xenia wollten sie jedoch begleiten und mir auch etwas mitbringen, was ich dankend ablehnte, in dem Tumult wollte ich gar nichts trinken. Ich lehnte mich an meine Säule und guckte die Leute an. Es war immer wieder interessant, Menschen auf Vernissagen zu beobachten. Schwarz war die vorherrschende Kleidungsfarbe, stylishe Frisuren, auffälliger Schmuck und ungewöhnliche Brillenformen rundeten das Bild von exzentrischen Kunstliebhabern ab. Im Meer von scherzenden, plaudernden und mit Kennermiene vor den

Stellwänden fachsimpelnden Damen und Herren suchte ich nach Giulia, und, natürlich, ihrem Bruder. Und fand weder sie noch ihn. Plötzlich schoss mir ein beunruhigender Gedanke durch den Kopf: Was, wenn er in weiblicher Begleitung hier war? Und vielleicht gerade nicht nur einen Lagerraum, sondern auch ihren Körper erkundete? War ich vielleicht nicht die Einzige, machte er das eventuell öfter? Quatsch, beruhigte ich mich selbst, ich durfte nicht von mir auf andere schließen.

Gerade schob sich eine ältere Dame mit feuerrot gefärbter Punkfrisur zum schwarzen, eng anliegenden Kleid mit Fledermausärmeln und extravagantem Silberschmuck an mir vorbei, da bemerkte ich, wie die Menge ruhiger wurde. Alle Köpfe wandten sich jetzt nach vorne in Richtung Rednerpult – dahinter stellte sich jetzt: Tammaro. Er würde anscheinend heute die Rede für seine Schwester halten. Mir stockte der Atem, ich holte tief Luft und versuchte, mein wild gewordenes Herz zu beruhigen. Bis hier, hinter meiner Säule, meinte ich seinen zarten Zitronenduft wahrzunehmen. Ich erschrak, wie vertraut mir seine Bewegungen schon waren, und verspürte den Drang, sein lockiges Haar zu verwuscheln. Frisch rasiert, im petrolfarbenen Anzug mit Weste und hellblauem Hemd mit offenem Kragen sah er einfach umwerfend aus. Er strahlte, suchte den Blick seiner Schwester, als er begann.

»Giulia, du beste aller Schwestern. Ich bin so dankbar und stolz, dass ich heute ein paar Worte über dich und deine Kunst verlieren darf. Wieso heißt es eigentlich ›Worte verlieren‹? Man sollte mit Worten nicht so leichtsinnig umgehen, dass man sie verlieren kann. Worte sollten einem so viel bedeuten, dass man auf sie achtet, sie behütet und sorgsam auswählt.« Ich war schon jetzt völlig hingerissen von seinen sorgsam gewählten Worten und erwartete voller Spannung und Vorfreude seine Rede.

»Ich habe es mir auch nicht leicht gemacht und versucht, all meine Wertschätzung deiner Person und deiner Kunst in

Worte zu legen, die mehr als angemessen sind für dich und das, was du tust. Du bist ein Mensch mit einem riesigen Herzen, du bist immer für alle da, die deine Hilfe brauchen und vergisst dabei nicht, dich um dich selbst zu kümmern. Deshalb bist du ein so fröhlicher, positiver Mensch. Das sehen wir in deinen Werken. Ja, tatsächlich. Gerade weil sie verhalten sind, nicht überschäumend, nicht protzig oder knallig, sondern in pastelligen Tönen und sanften Farben, verkörpern sie dein ausgeglichenes Wesen, deine feine Art, mit der du die Welt siehst, annimmst und das Beste aus ihr herauslockst.

Es ist schwer, aus all deinen fantastischen Werken eines herauszusuchen, was mich besonders berührt, aber eines hat mich gefunden, direkt angesprochen sogar, das ist ›Liebe‹.« Er zeigte auf »unser« Lieblingsbild aus der ersten Ausstellung. »Es verkörpert so viel mehr als Sinnlichkeit, es verdeutlicht für mich Yin und Yang und dadurch Einheit und Vollkommenheit, wie ich sie noch nirgendwo sonst erleben durfte, und bleibt dabei in seiner Bildsprache so zurückhaltend und doch tief, dass man das Werk mit all seinen Sinnen, nicht nur den Augen, erfahren kann.« Seine Worte bewegten mich, man spürte die Wertschätzung, den Stolz, den er für seine Schwester empfand. Tränen der Rührung stiegen mir in die Augen. »Du bist für mich Heimat, Vertrautheit, Geborgenheit, auch wenn du meine kleine Schwester bist, und ich liebe dich und bewundere dich. Ich gratuliere dir, dass du so viel aus deinem Talent machst, und wünsche dir weiterhin den Erfolg, den du verdienst. Solo la migliore, amata sorella.«

Applaus brandete auf, Bravorufe, und am meisten applaudierte ich, mit Tränen in den Augen – was für eine wundervolle Rede, was für eine Liebe zwischen den beiden, was für ein feiner, besonderer Mensch. Lange standen sie in fester Umarmung und auch Giulia wischte sich Tränen aus dem

Gesicht. Die Geschwister küssten sich herzhaft auf die Wangen und ein DJ begann leise Loungemusik abzuspielen.

Tammaros Rede war einfach so herzerwärmend und bezaubernd gewesen, dass ich komplett fix und fertig war, ich fühlte mich plötzlich so fehl am Platz hier zwischen all diesen Menschen, lieber wollte ich alleine sein und nachdenken und nachspüren. Und am allerliebsten wäre ich jetzt mit Tammaro bei ihm oder mir zu Hause gewesen und hätte ihm gesagt, wie tief berührt ich von seiner Rede war und – ja, was? Wie hatte ich ihn nur die ganze Zeit so hinhalten können, mir einreden können, nicht sicher zu sein, wo ich doch schon seit unserer ersten Begegnung gespürt hatte, dass zwischen uns etwas ganz Besonderes war, dass er jemand ganz Besonderes war?

Weil ich jetzt nicht bei ihm sein konnte, wollte ich mich wenigstens auf meinem Sofa mit etwas klassischer Musik und einem Becher Tee einkuscheln und meinen Gedanken an ihn nachhängen. Ich hatte keine Lust, meine Begleiterinnen in dem Gewühle zu suchen und schrieb Evi und Emilie in einer Textnachricht, dass ich mich aus dem Staub machen würde.

Kaum saß ich im Taxi, klingelte schon mein Handy. Evi. »Meine Süße, was für ein Mann!«, schallte es mir entgegen, als ob ich das nicht selbst gewusst hätte … »Wieso fährst du nach Hause? Du solltest hier sein und endlich mit ihm reden! Das war ja wohl der Hammer. Wundervolle Worte eines wundervollen Mannes! Komm sofort zurück!«

»Ich muss nach Hause und nachdenken.«

»Herrgott noch mal, worüber musst du denn JETZT noch nachdenken? Reicht das denn immer noch nicht?«

»Ich fahre jetzt heim und wir sprechen die Tage, okay? Habt noch einen schönen Abend!« Ich legte auf und versuchte, mich irgendwie zu sortieren.

Kapitel 36

Immer deutlicher machten sich im Garten erste Herbstboten bemerkbar, Herbstzeitlosen und Pilze kamen hier und da aus dem Boden. Die Sonne, Ruhe und Natur um mich herum taten gut, um nachzudenken. Wobei Denken auch nicht immer das Mittel der Wahl war, jedenfalls nicht bei mir, die ich mich gerne mal gründlich in meinen Gedanken verhedderte: Hätte ich ihn gestern direkt, noch im Taxi, anrufen sollen? War er ohne Begleitung auf der Vernissage gewesen? Hätte ich dortbleiben sollen? Und wenigstens Giulia gratulieren sollen? Und vielleicht einmal die Lage sondieren? Oder vor Ort mit ihm sprechen?

Als ich nachts wach gelegen hatte, war mir immer klarer geworden, dass ich über beide Ohren in diesen Mann verliebt war. Es hatte keinen Sinn, das vor mir weiter zu leugnen, auch heute nicht, bei Tageslicht. Alleine bleiben, zu mir finden, warum? Ich hatte doch jemanden gefunden, den ich wollte und der zu mir passte! Lieber alleine bleiben, als das Wagnis einer neuen Beziehung einzugehen? War Vermeiden in der Verhaltenstherapie nicht DAS große Thema? Ich hoffte sehr, dass ich ihn noch irgendwie bekommen konnte, ich es mir nicht mit ihm verscherzt hatte. Es tat richtig körperlich weh, an ihn zu denken und fürchten zu müssen, dass ich meine Chance vertan und er vielleicht längst das Interesse an mir verloren hatte.

Jetzt wollte ich ihn. Mit jeder Faser meines Körpers und meinem ganzen Sehnen und Verstand. Die wunderbare Rede hatte es mir mehr als deutlich gezeigt, dass er es war, den ich wollte und niemand anderen. Aber wie konnte ich ihn wieder für mich gewinnen? Wir hatten in den letzten Wochen ja kaum mehr Kontakt gehabt, seit der Sache mit L. (Ich dachte kaum noch an ihn, und wenn doch, nur mit einem Buchstaben, als könnte ich es so ungeschehen machen, als würde er dadurch noch bedeutungsloser.)

Es war schon etwas Laub von meinen Obstbäumen gefallen und auch von Lars' Garten lagen Blätter in meinem Garten, die ich zusammenrechte. Etwas körperliche Betätigung tat gut, um mich zu sortieren. Wenn ich ihn anrief, was sollte ich ihm dann sagen? Dass ich ihn treffen wollte? Dass ich verstand, wenn er verletzt war? Dass das mit L. viel zu einfach gewesen war und das zeigte, dass mir nichts an ihm lag? Ich aber auch keine kaltherzige Sugar Mummy war, die reihenweise Studenten vernaschte? Dass ich es bereute – und dabei an ihn gedacht hatte? Letzteres wohl eher immer noch nicht, aber das würde sich vielleicht in Zukunft im Laufe eines Gesprächs einmal ergeben. Wenn es überhaupt eine Zukunft gab.

Dafür musste ich mich ihm offenbaren, ihm sagen, dass ich in ihn verliebt war und mit ihm zusammen sein wollte. Ein Telefonat hätte mir dafür nicht ausgereicht, ich musste ihn sehen und riechen und berühren, wenigstens umarmen – wir mussten uns verabreden. Mit klopfendem Herzen drückte ich auf meinem Handy auf das Anrufsymbol unter seinem Namen. Einen festen Text hatte ich mir nicht zurechtgelegt, schließlich hatte mich die Erfahrung gelehrt, dass es immer, wirklich immer komplett anders kam als erwartet.

So auch dieses Mal. Er ging nicht dran, es war aber auch keine Mailbox eingeschaltet. Auch wenn es ziemlich unwahrscheinlich war, ging ich zunächst davon aus, dass mit dem Telefon etwas nicht stimmen konnte, und wiederholte den Anruf. Nichts. Sofort fing das Gedankenkarussell wieder an: Hatte er mich gesperrt? Oder eine neue Handynummer? Wollte er wirklich nichts mehr von mir wissen und ging einfach nicht ans Handy, wenn ich anrief?

Ich rief mich selbst zur Ruhe. »Nein, ich drehe jetzt nicht durch. Es kann tausend Gründe haben, weshalb man nicht ans Telefon geht. Es ist sogar sympathisch, dass er nicht unentwegt auf das Handy starrt. Vielleicht liegt es in einem anderen Raum oder er hat gerade eine Videokonferenz – nein, es ist Sonntag, aber er skyped vielleicht mit seiner Familie in Italien …« Es war schlimm. Ich musste mich ablenken und es später noch mal versuchen oder ich schrieb ihm eine Textnachricht. Aber wenn er sich darauf dann auch nicht meldete, würde mir nichts anderes übrig bleiben, als tatsächlich durchzudrehen.

Während meiner Überlegungen hatte ich einen beachtlichen Haufen Laub zusammengerecht und in eine windgeschützte Ecke geschoben, sodass Igel dort einen heimeligen Ort für den Winter vorfinden würden. Dann machte ich mich daran, Gras aus den Beeten zu zupfen. Warum wuchs das denn eigentlich nicht einfach nur auf der Wiese? Es tat gut, hier herumzupusseln und etwas einigermaßen Sinnvolles zu machen, während ich an Tammaro dachte, und als Kollege plötzlich aus dem Nichts auftauchte und um meine Beine strich, sagte ich ihm das auch. »Ach, du Süßer, weißt du, dass du ein ganz tolles Herrchen hast?« Ich streichelte sein seidiges Fell und er antwortete mit einem freundlichen »Miau!«.

»Wenn du die Rede für seine Schwester gehört hättest, wärst du sogar noch begeisterter von ihm. Damit hat er mich noch mal vollkommen umgehauen! So ein einfühlsamer, tiefgründiger

Mensch. Und dann noch diese Liebe zu seiner Schwester! Das ist so ergreifend. Und, natürlich, dass er so ein niedliches Katertierchen hat, das gefällt mir auch.« Kollege warf sich auf den Rücken und ich kraulte ihm den Bauch, mit eingezogenen Krallen schnappte er sich meine Hand und biss sanft hinein. Ich war mir sicher, dass er mir nicht wehtun würde. »Du bist so ein fröhliches, sanftmütiges Katerchen, und so ein Hübscher noch dazu – wie dein Herrchen! Oh ja, das kommt ja auch noch dazu, dass dein Herrchen auch noch so unverschämt gut aussieht. Aber sag mir doch bitte mal, ist er denn wirklich frei oder hat er Familie in Italien? Eine Frau und Kinder? Ich glaube es ja nicht, aber ganz sicher bin ich mir auch nicht, am liebsten wüsste ich es einfach von ihm direkt.« Kollege hob den Kopf, sprang wieder auf alle viere und trippelte eilig zum Gartentor. Dort stand Tammaro und schüttelte den Kopf.

»Das ist nicht dein Ernst!«, rief er mehr, als dass er es sagte.

Was war denn los? Warum war Tammaro so wütend? »Kollege ist freiwillig hier, er wollte sich nur ein paar Streicheleinheiten abholen«, erklärte ich, »schön, dich zu sehen!«

Mit festen Schritten kam er zornig auf mich zu. »Was faselst du da von Familie in Italien? Klar hab ich Familie in Italien, und das weißt du auch.« Mir blieb kurz das Herz stehen, da legte er richtig los. »Onkel, Tanten, Cousins, Cousinen, Neffen, Nichten – sogar einen Großonkel habe ich noch! Aber eine Frau und Kinder: Nein! Natürlich nicht! Meinst du, ich lüge dich an?« Der arme Kater wurde jetzt richtig von seinem Herrchen durchgeknetet, es schien ihm aber zu gefallen, er schnurrte laut und sabberte sogar ein bisschen.

Völlig konsterniert fragte ich: »Lauschst du?«

»Das brauche ich Gott sei Dank nicht! Ich ging gerade nichts ahnend hinter der Hecke entlang.«

Hoffentlich ließ meine Sommerbräune die rote Rübe nicht allzu sehr leuchten, mir war heiß und ich schwitzte. Er schüttelte wieder den Kopf. »Ich bin so enttäuscht von dir! Wie kannst du glauben, dass ich dich anlüge? Und dann lieber mit einem Jungen rummachen, als mir deine Bedenken zu erzählen? Wie zur Hölle kommst du überhaupt darauf?«

Kleinlaut fing ich an: »Lars hat gesagt …« Weiter kam ich nicht.

»Aha, dein Ex! Er bedeutet dir anscheinend doch immer noch eine ganze Menge! Weißt du, ich müsste eigentlich derjenige sein, der sich fragt, ob du überhaupt frei bist! Ich glaube das nämlich nicht. Von wegen, du musst alleine sein! Immerzu Lars hier, Lars da. Dann geh doch zurück zu deinem Lars!« Er machte sich auf zu gehen, drehte sich aber doch noch mal um. »Oder geh zu deinem Studenten. Dem kannst du bestimmt auch noch einen vom Pony erzählen.«

»Pferd«, wollte ich sagen, es heißt »einen vom Pferd erzählen«, aber ich traute mich nicht. Ich fühlte mich so schrecklich wie lange nicht mehr.

»Es tut mir so furchtbar leid, Tammaro, bitte, lass uns reden, in Ruhe, ich habe so viele Fehler gemacht, dabei will ich doch nur dich!«, rief ich ihm hinterher und pfiff darauf, ob gerade jemand hinter der Hecke einherging.

Tammaro drehte sich nicht um, also rannte ich ihm hinterher. »Bitte, bitte lass uns reden!«, bettelte ich.

Für einen kurzen Moment flackerte in seinem Gesicht die Zärtlichkeit auf, die ich schon einmal bei ihm gesehen hatte, aber genauso schnell verhärteten sich seine Züge wieder.

Ich nutzte den Moment und bat erneut: »Es tut mir alles so schrecklich leid, ich war eine Idiotin und ich will doch nur, dass du mir verzeihst! Können wir nicht noch einmal von vorne anfangen?«

Er lachte bitter auf. »Von vorne anfangen? Ernsthaft? Mit all dem Ja und Nein und hin und her und ich will ja, aber lieber doch nicht? Ich weiß nicht, ob ich das aushalte …«

»Ich will um dich kämpfen. Du bist es wert, dass ich um dich kämpfe«, ließ ich ihn wissen und es schien mir, als horche er auf.

Er seufzte und fuhr sich übers Gesicht. »Ich bin mir aber nicht sicher, ob ich möchte, dass du um mich kämpfst. Es ist für mich sehr anstrengend, weißt du das überhaupt?«

Ich ging auf ihn zu und hob meine Hände: »Oh ja, das kann ich mir vorstellen, und ich will, dass du weißt, wie unendlich leid es mir tut! Ich schäme mich wirklich, für alle Fehler, die ich gemacht habe, besonders für die Knutscherei mit dem Studenten. Aber bitte, bitte, lass uns in Ruhe sprechen, nur ein Mal!«

»Maren, ich glaube nicht, dass das Sinn hat.« Er schüttelte resigniert den Kopf.

»Hat es ganz bestimmt! Bitte lass mich dir alles erklären, ich habe mich oberdämlich benommen und es tut mir so furchtbar leid. Ich hatte einfach nur Angst und habe es nicht gemerkt. Bitte lass uns reden.« Mit Tränen in den Augen flehte ich ihn an.

Er holte tief Luft und blies sie geräuschvoll wieder aus.

»Okay, wir sprechen. Heute Abend um sechs bei mir.« Als könnte er es selbst nicht fassen, dass er noch mal eingeknickt war, ging er kopfschüttelnd weg.

Gott sei Dank. Ich war so froh und hatte gleichzeitig fürchterliche Angst vor dem Abend. Hoffentlich würde er meine Entschuldigung annehmen und hoffentlich würde er mich verstehen.

* * *

Wofür hatte man Freunde, wenn nicht für solche Aussagen: »Mach dich nicht kleiner, als du bist! Wenn er weiter so mauert, hat er eben Pech gehabt. Natürlich hast du einiges verbockt, aber du hast ihm auch nie irgendwelche Versprechungen gemacht, ihr wart auch nicht zusammen!« Evi schnäuzte sich. »Du hast ihm gesagt, dass du noch nicht so weit bist, für eine feste Beziehung, und dann hast du in der Gegend rumgeknutscht – halt nicht mit ihm. Und das verletzt so ein männliches Ego natürlich.« Meine beste Freundin hatte zugesagt, sich in der Mittagspause notfallmäßig mit mir zu treffen, zwar nicht bei unserem Lieblingsitaliener, aber zu einem kleinen Spaziergang, weil Evi gerade fastete. »In der Gegend rumgeknutscht! Hallo? Mit einem einzigen Herrn habe ich geknutscht, bitte sehr! Nicht mehr! Und zum ersten Mal in meinem Leben hab ich so was gemacht!«, protestierte ich.

»Und dennoch fühlt es sich für Tammaro anders an, da bin ich mir relativ sicher.« Sie nahm einen großen Schluck aus ihrer Wasserflasche. »Mann, bin ich hungrig! Aber das ist am zweiten Tag immer so. Ich kenne das ja schon.«

»Ich bewundere deine Disziplin. Echt, Hut ab! Und: Ich finde auch, dass ich ihm nichts vorgemacht habe. Ich war immer ehrlich zu ihm, denke ich.«

Die Sonne ließ Evis Haare besonders glänzen. »So sagst du ihm das auch. Ohne das ›denke ich‹, natürlich.« Sie überlegte kurz. »Blöd ist allerdings, dass er gehört hat, wie du mit seinem Kater über ihn gesprochen hast. Du hättest ihn das mit der Familie wirklich schon längst mal fragen sollen!«

»Das weiß ich selbst. Ja, schade, dass er anscheinend erst das gehört hat, und nicht, wie ich Kollege erzählt habe, was für ein tolles Herrchen er hat. Vielleicht wäre er dann nicht so sauer.« Ich machte eine kurze Pause und überlegte. »Ich hab mich einfach nicht getraut, ihn nach der Familie zu fragen. Was, wenn es doch wahr gewesen wäre?«

»Dann wärst du jetzt mit dem Bubi zusammen.« Evi lachte. »Sorry, Spaß, guck mich nicht so böse an! Und denk daran: Es ist immer gut, miteinander zu reden, das weißt du ja. IMMER.«

Und genau das würde ich an diesem Abend tun. Gestärkt durch die Worte meiner Freundin würde ich das wieder hinbiegen können. Hoffte ich.

Kapitel 37

Wir saßen in Tammaros Küche, er hatte Tee gemacht und ich hatte ein paar selbst gebackene Käsekräcker mitgebracht, von denen er noch keinen einzigen angerührt hatte. Wahrscheinlich gab es Tee und keinen Rotwein, weil er Angst hatte, mit Alkohol die Kontrolle zu verlieren, mutmaßte ich. Wir hatten bisher nur ein bisschen Small Talk gemacht, über die Ausstellung seiner Schwester gesprochen und ich hatte von Emilies Paris-Plänen erzählt.

Stundenlang hatte ich am Nachmittag vor dem Kleiderschrank gestanden, ich wollte ja appetitlich aussehen, mich aber auch nicht anbiedern, seriös und gleichzeitig überwältigend erscheinen; also hatte ich mich letztendlich für meine bestsitzende Jeans mit weiten Beinen und einen eng anliegenden schwarzen, leichten Rollkragenpullover entschieden, dazu die braunen Stiefeletten mit dem halbhohen Absatz angezogen, was mir, wie ich fand, eine sportlich-elegante Note gab und auch meine Sommerbräune gut zur Geltung brachte. Die Haare waren zu einem lockeren Pferdeschwanz hochgebunden und Wimperntusche und Lipgloss rundeten den legeren Look ab. Ich bemerkte Tammaros bewundernden Blick und auch er hatte sich bei dem weißen T-Shirt in der nicht zu engen Jeans und den frisch gewaschenen, noch feuchten Haaren, bestimmt etwas gedacht, da war ich mir sicher und ich freute mich darüber, denn ich hatte fast schon vergessen gehabt, WIE wahnsinnig gut er mir gefiel. Und dann natürlich der Zitronenduft … Ich schloss kurz die Augen und nahm einen tiefen Zug.

»Langweile ich dich?« Diese Augen! So sanft war sein Blick, diese tiefbraunen, fast schwarzen Augen, in die ich am liebsten hineingetaucht wäre, guckten belustigt. Vielleicht war er mir doch nicht so böse.

»Äh nein, natürlich nicht, toll, dass Giulia bald in Rom ausstellen kann! Das ist mehr als verdient. Da wird sie ja wohl richtig gut verkaufen!«

Seine Hand lag neben der Teetasse, die schlanken, gepflegten Finger machten mich ein bisschen wahnsinnig, ich wollte sie berühren, seine Hand zum Mund führen und sie küssen, aber ich durfte nicht. Und deshalb war ich ja auch nicht hier.

Ich fasste mir ein Herz und legte los. »Tammaro, ich weiß nicht, was in mich gefahren ist, dass ich mit diesem jungen Mann geknutscht habe, und ja, wir haben wirklich nur geknutscht, es war so einfach, so unbedeutend und hatte überhaupt nichts mit dir zu tun. Mit dir war es mir die ganze Zeit ernst, deshalb habe ich mich so schwergetan.«

Er sah mich entrüstet an, nahm seine Hände vom Tisch und legte sie in den Schoß. »Wie, das verstehe ich nicht, wir haben uns doch auch geküsst.«

»Ja, und das hat mir so viel bedeutet, so viel mehr als mit dem Bürschchen«, beeilte ich mich zu erklären, »bei ihm war es mir egal, was danach sein würde, ich konnte nichts kaputtmachen, verstehst du? Es war nur Spaß für den Moment. Wirklich.« War jetzt der Zeitpunkt gekommen, ihm zu sagen, woran ich dabei gedacht hatte? Nein, vielleicht immer noch nicht. Unsere Konservation lief noch auf rohen Eiern.

»Du sagst, es war dir mit mir die ganze Zeit ernst! Aber was meinst du damit? Warum warst du dann immer so zögerlich?«

»Weil ich wusste, wenn ich mit dir zusammenkomme, dann ist es etwas Ernstes. Und ich war noch nicht bereit dafür. Dachte ich. Erst wollte ich mir Zeit nehmen, um nicht von einer Beziehung einfach in die nächste zu schlittern, aber dahinter steckte viel mehr. Das wurde mir erst spät bewusst. Ich hatte einfach Angst, dass ich in einer Beziehung mit dir dieselben Fehler mache wie in meiner letzten. Dass es nicht funktioniert. Aber du gehst mir die ganze Zeit einfach nicht aus dem Kopf und ich habe gemerkt, wie wichtig du mir bist und als ich dann noch die Rede für deine Schwester gehört habe, da war es mir auf einen Schlag klar: All mein Gerede von ›Ich brauche Zeit für mich‹ war Quatsch, denn ich will einfach mit dir sein, ich brauche keine Zeit für mich, wenn, dann brauche ich Zeit mit dir. Und Zeit für mich, in der ich weiß, dass wir zusammen sind. Ich bin mir sicher, das geht!«

»Du hast meine Rede gehört?« Er zog seine Augenbrauen hoch. »Du warst da und hast dich nicht zu erkennen gegeben?«

Ich hob entschuldigend die Schultern. »Ich wusste nicht, wie du reagieren würdest … aber ich war und bin begeistert, es war wunderschön!«

Er stand auf und holte – endlich – eine Flasche Rotwein und einen Korkenzieher und schenkte uns Wein in die Teetassen. »Eine Tasse wird doch gehen, oder?«, fragte er zweifelnd.

»Jaja«, stimmte ich ihm zu, »eine Tasse geht.«

Wir grinsten uns an, dann wurde er wieder ernst. »Weißt du, ich bin ein sehr treuer Mensch. Ich halte nichts von offenen Beziehungen und so. Ich kann das nicht.«

»Ich doch auch nicht! Ich hatte auch noch nie einen One-Night-Stand und ich habe Lars nie betrogen! Ich möchte das doch gar nicht!«

Er seufzte und nahm einen großen Schluck. »Lars, schon wieder.«

»Hey«, ich legte meine Hand auf seinen Arm, »er ist der Vater meiner Tochter. Wir waren sehr lange zusammen. Die Beziehung zu ihm ist quasi mein einziger Erfahrungswert, aber mehr auch nicht. Ich war ehrlich zu dir und bin es noch: Ich bin wirklich so froh, dass ich ihn los bin.«

»Seid ihr denn jetzt endlich geschieden?«

Jetzt war es an mir, zu seufzen. »Er muss noch unterschreiben. Er hat die Papiere und alles, er hat nur bisher immer noch nicht seine Unterschrift daruntergesetzt.«

Tammaro lehnte sich zurück und verschränkte die Arme. Man sah ihm deutlich an, dass das nicht die Antwort war, die er hören wollte.

»Ich weiß nicht, was ich machen kann, damit er endlich, endlich, endlich die Papiere fertig macht. Hast du vielleicht eine Idee?«

Er schüttelte den Kopf. »Maren, meine Gefühle für dich haben sich eigentlich nicht geändert, trotzdem muss ich darüber nachdenken, wie es weitergehen soll und kann.« Plötzlich richtete er sich auf und grinste. »Und ich bin also ein Hübscher? Ein ganz ein Hübscher, oder wie? Und auch ein Feiner?«

»Ogottogott, ich habe ganz vergessen, zu fragen, wie lange du schon vor der Hecke gestanden hast!« Mir war auf einmal sehr heiß, aber als er anfing zu lachen, stimmte ich ein.

Es blieb bei einer Tasse Wein, denn als wir die ausgetrunken hatten, wurde Tammaro unruhig, gähnte und gab mir deutlich zu verstehen, dass ich gehen sollte. Er widersprach auch nicht, als ich ihm sagte, dass ich losmusste, wenn ich auch viel lieber dageblieben wäre und mich an ihn gekuschelt hätte, aber ich verstand, dass er noch Zeit zum Nachdenken brauchte.

Als wir uns zum Abschied umarmten, hielten wir uns länger als nötig fest. »Also, hab ich's nicht völlig verbockt? Du gibst mir – uns – noch eine Chance?«

»Jetzt ist es an mir, Zeit zu brauchen. Regle deinen Kram.« Er küsste mich auf den Kopf und ich ging, froher, als ich gekommen war, und relativ zuversichtlich. Mir war klar: Ich würde meinen Kram regeln.

* * *

Direkt am nächsten Morgen klingelte ich bei Lars zu Hause, ich wollte eine ruhige Atmosphäre und auch, dass er nicht einfach verschwinden konnte.

Er sah frisch aus, als er an die Türe kam, sein Haar war weiter gewachsen und der Sport tat ihm gut. Wenn er jetzt noch gelächelt hätte, dann hätte ich ihn wahrscheinlich ganz attraktiv gefunden. »Hallo, Maren, mit dir habe ich ja überhaupt nicht gerechnet! Was machst du hier, was ist los?«, fragte er misstrauisch. Zu Recht.

»Ich muss dringend mit dir reden. Und nein, keine Sorge, es ist nichts mit Emilie. Kann ich reinkommen?«

Er hatte bei der Trennung unbedingt in unserer Wohnung bleiben wollen, es war ja »sein Zuhause«. Nein, eigentlich hatte er natürlich »unser Zuhause« gesagt. Mir war es gerade wichtig gewesen, einen Neuanfang in einer unbelasteten Umgebung zu starten, und deshalb kamen wir uns nicht in die Quere.

Ich war gespannt, wie es drinnen aussah, es war ewig her, dass ich hier gewesen war; wenn es etwas zu besprechen gegeben hatte, konnten wir das immer am Telefon oder im Garten erledigen.

Die Schrift auf dem »Trautes Heim, Glück allein«-Fußabtreter war nicht mehr ganz so gut zu lesen wie damals, als er ihn angeschafft hatte und ich das sehr spießig gefunden hatte. Im Flur stand der Schuhschrank mit der abgestoßenen Ecke und selbst der kleine, runde Ikeaspiegel hing noch darüber, bemerkte ich, als ich eintrat. »Mein Vater ist gerade hier, aber das stört doch nicht, oder?«, fragte er kleinlaut, während er meinem Blick folgte.

»Ich freue mich, Werner mal wieder zu sehen! Er ist ja doch nicht so oft im Garten.«

Jetzt beugte sich mein Ex-Mann verschwörerisch zu mir herunter und flüsterte: »Nein, denn er hat eine Freundin, mit der er sehr viel unternimmt!«

»Oh, das freut mich aber!«

Wir betraten das Wohnzimmer, wo Werner sofort von der mir wohlbekannten Couch aufsprang und mich umarmte. »Maren! Viel zu lange haben wir uns nicht gesehen! Wie geht es dir?«

»Danke, mir geht's gut bis auf Weiteres, ich dachte, ich seh dich vielleicht auf dem Sommerfest.« Mist, das war mir rausgerutscht. Eigentlich wollte ich mich daran ja gar nicht erinnern und auch niemanden mit der Nase darauf stoßen.

Wir setzten uns und Lars verschwand in der Küche, um Kaffee zu machen. Mein Schwiegervater (das würde er immer bleiben) strahlte. »Das Sommerfest … Da war ich mit Elvira auf Sylt. Das war ganz toll!«

Ich wollte alles wissen und freute mich mit ihm über seine neue Liebe, die er beim Tanzen kennengelernt hatte. Weil Lars sehr lange brauchte, fragte Werner mich mit einem vorsichtigen Blick Richtung Küche: »Du sagst, bis auf Weiteres geht's dir gut. Was ist los?«

Ich schloss kurz genervt die Augen und erklärte ihm dann: »Dein Sohn unterschreibt einfach die Papiere nicht. Ich möchte das Ganze ein für alle Mal abschließen. Ich weiß nicht, warum er immer noch nicht einsieht, dass es wirklich und wahrhaftig zu Ende ist, wie kann er sich denn immer noch Hoffnungen machen?«

Werner zuckte nur mit den Schultern, als Lars mit einem großen Tablett hereinkam. »Ich hatte Zimtschnecken gebacken und die habe ich kurz aufgewärmt, die sind ja eigentlich von gestern.« Mit diesen Worten verteilte er Teller und Tassen und die wirklich köstlich duftenden Teilchen.

»Du hast schon wieder gebacken?«, fragte ich ungläubig und er nickte selbstzufrieden.

»In mir steckt eben auch ein richtiger Hausmann!«

Ich schenkte uns Kaffee ein und kam direkt zur Sache. »Lars, wieso hast du mir so einen Mist über Tammaro erzählt? Dass er Familie hat und so?«

Er hob abwehrend die Hände. »Das weiß ich nur von Ulf. Ich habe damit gar nichts zu tun!«

»Du kannst doch nicht einfach etwas weitererzählen, von dem du nicht weißt, ob es stimmt! Man sollte mit der Wahrheit immer besonders sorgfältig umgehen. Faktencheck! Du wolltest, dass es stimmt, richtig?«

Werner guckte betreten und stellte seinem Sohn pantomimisch die Frage, ob er selbst vielleicht lieber gehen sollte. Dieser seufzte. »Nein, Papa, bleib gerne hier.« An mich gewandt fragte er: »Warum ist dir dieser Typ überhaupt so wichtig?«

Ich holte tief Luft. »Ich habe mich in ihn verliebt und möchte mit Tammaro zusammen sein.« So. Endlich war es raus.

Während Werner mir freundlich zunickte, sprang Lars auf und zeigte hektisch mit dem Zeigefinger auf mich. »Du, du, das habe ich schon vermutet! Du und der kleine Italiener! Er ist viel zu jung für dich! Und außerdem ist er …«

Weiter ließ ich ihn nicht kommen. »Du kannst darüber denken, was du möchtest, es ist mir egal, aber behalte es bitte für dich. Es geht dich nichts an, schon lange nicht mehr. Ich bitte dich ein letztes Mal: Unterschreibe endlich die Scheidungspapiere!«

Werner bedeutete Lars, sich zu setzen, und sprach mit ruhiger Stimme: »Lars, wirklich, sei nicht kindisch. Maren hat recht. Ihr habt es versucht, es hat nicht geklappt, wirf ihr doch nicht weiterhin so viele Steine in den Weg. Im Leben muss man eben auch mal etwas akzeptieren. Auch wenn es etwas wie eine Trennung ist. Und ich erfahre gerade selbst, wie schön es ist, wenn man sich neu verliebt. So was passiert. Und das hat nichts mit deiner Mutter zu tun. Es ist einfach ein neues Kapitel. Vielleicht schlägst du ja auch irgendwann eines auf. Aber lass Maren endlich los und zieh den Schlussstrich. Das tut doch euch beiden gut!«

Ich sah, wie Lars'Augen sich mit Tränen füllten, sein Mundwinkel zuckte und er sich hektisch mit der Hand durchs Gesicht fuhr. »Maren, war es denn wirklich so schlimm mit mir?« *Nein, natürlich nicht, wir hatten auch viele schöne Jahre,* wollte ich sagen, *wir haben eine tolle Tochter, aber irgendwann ging es nicht mehr, und das schon vor Jahren, wir sollten uns nicht weiter im Kreis drehen,* wollte ich erklären, aber bevor ich etwas sagen konnte, sprang Werner mir zu Hilfe und ich nickte nur dazu.

»Lars, bitte. Dazu ist doch wirklich alles gesagt. Es ist nur noch eine Formalie. Mach es euch doch nicht schwerer, als es ist. Und denke bitte auch mal an eure Tochter. Dieses ewige Festhalten an etwas, was nicht mehr da ist, ist doch nur Zeitverschwendung, es hat doch keinen Zweck.«

Endlich nickte auch Lars, presste seine Lippen zusammen, stand auf und holte die Scheidungsunterlagen. Theatralisch setzte er seinen Kugelschreiber an und unterschrieb mit Riesenschrift an den mit Post-its markierten Stellen. Dann überreichte er mir den Stapel mit Tränen in den Augen.

»Ich werde dich immer lieben«, ließ er mich wissen, ich nickte nur und umarmte ihn.

Puh! Endlich war das geschafft. Ich lobte ausführlich seine Zimtschnecken, bat um das Rezept und ließ mich nicht von ihm abhalten, mitzuhelfen, das Geschirr in die Küche zu tragen. Als ich ein Taschentuch in den Müll warf, sah ich die Verpackung der Ikea-Zimtschnecken und seufzte nur kurz.

Von Werner wollte ich wissen: »Seh ich dich beim Lichterfest?«

Er hob die Schultern, als wolle er sich für seinen Sohn entschuldigen und sagte: »Ich denke schon, ich möchte meiner Liebsten mal den Garten zeigen. Lars meinte, wir könnten ihn übernehmen, wenn ihr geschieden seid.«

»Ach?«

»Ja«, erklärte mein Ex-Mann kleinlaut, »ich bin ja eigentlich gar nicht so der Gartenfreund, habe ich festgestellt. Und jetzt im Herbst sind wieder mehr Konzerte und Werners Elvira ist auch so eine Gartentante, da dachte ich, vielleicht ist der Garten bei ihnen besser aufgehoben. Ich kann ja mal zu Besuch kommen, oder?«

»Jederzeit, mein Junge, natürlich!«

Obschon mich das natürlich unglaublich erleichterte, konnte ich nicht glauben, dass Lars das schon mit seinem Vater besprochen hatte, sich also eigentlich schon bewusst gewesen war, dass wir uns wirklich scheiden lassen würden, und trotzdem noch so ein Theater gemacht hatte, die ganze Zeit. Er war unglaublich. Hoffentlich hatten wir bald einen Gerichtstermin.

Kapitel 38

»Ich hab meinen Kram geregelt. Sehen wir uns beim Lichterfest? M.« Diese Nachricht hatte ich Tammaro im Auto geschickt und er hatte – sehr spröde – mit »Gut. Ja.« geantwortet.

* * *

Und jetzt war es endlich so weit. Heute war Lichterfest. Zwar wollten sowohl Evi und Markus »als Freunde« dorthin kommen, als auch Emilie und Xenia, aber ich hatte allen gesagt, dass sie ohne mich hingehen mussten, weil ich noch etwas vorhatte. Sie konnten gerne die anderen Gärten besuchen, aber meinen diesmal bitte nicht. Evi war natürlich eingeweiht und drückte mir die Daumen, Emilie überlegte, dann doch lieber mit Xenia auf ihrem Balkon zu bleiben.

Sweatshirt, Jeans und Turnschuhe waren die Kleidung der Wahl für mich, dazu eine warme Strickjacke für später. Alles Klamotten, bei denen es nichts ausmachte, wenn sie nach Rauch rochen, und die warm genug waren, um stundenlang draußen sein zu können. Ich hatte mir extra Feuerholz und Kaminanzünder gekauft, damit meine Feuerschale ordentlich zur Geltung kommen konnte, und sämtliche Windlichter sowie

Wein, Käse, Oliven und Gebäck von zu Hause mitgenommen. Bei allem, was ich tat, dachte ich praktisch nur an Tammaro. Wie würden ihm die griechischen Zitronenoliven schmecken, was würde er zu dem Windlicht sagen, das Emilie als Kind bemalt hatte? Hoffentlich war er warm genug angezogen, um einen Großteil der Nacht draußen verbringen zu können und, vor allem, wann sah ich ihn endlich, und wo? Sollte ich ihm noch mal schreiben, wenn ich angekommen war, machte er mit seinem Garten eigentlich auch mit und wie war das mit dem offenen Feuer im eigenen Garten, wenn man andere besuchte? Ob er wohl schon einmal oder mehrere Male an einem Lichterfest teilgenommen hatte? Ob ich noch Stockbrotteig hätte machen sollen?

Wie immer machte ich mir viel zu viele Gedanken und gleichzeitig freute ich mich so sehr auf ihn und war so aufgeregt wie zuletzt mit sechzehn. Hoffentlich hatte er es sich auch nicht noch mal anders überlegt, ich musste unbedingt eine Powerbank für mein Handy mitnehmen, nicht, dass er mir schrieb und mein Akku war leer.

Ich fuhr mit dem Rad, einen großen Rucksack auf dem Rücken und vollbepackte Taschen am Rad, zum Garten, schließlich wollte ich etwas Wein trinken und dann später wieder über Radwege nach Hause radeln.

Es dämmerte, als ich unterwegs war. In den Parzellen leuchteten vereinzelt schon kleine Lichter und brannten große Feuer. Als ich bei meinem Garten angekommen war, lehnte Tammaro bereits mit Kollege an die Beine geschmiegt an meinem Gartentor.

»Hey!«, begrüßte er mich und hauchte mir einen Kuss auf die Wange, bevor er mir mit dem Fahrrad und dem Gartentor half. Erst jetzt sah ich den großen Korb voller Leckereien zu seinen Füßen und bemerkte zufrieden die dicke Strickjacke, die er über dem Arm hatte.

Zwar war ich ja gar nicht so erpicht auf Besuch im Garten, aber dennoch richteten wir alles dafür her, schweigend und konzentriert arbeiteten wir Hand in Hand. Ab und zu berührten wir uns wie zufällig und sahen uns tief in die Augen, bevor wir weiter alles für die Gäste vorbereiteten. Gartenstühle mussten aus dem Schuppen geholt und mit Kissen bestückt werden, Holz in die Feuerschale geschichtet und unsere Köstlichkeiten als Büfett auf dem Gartentisch arrangiert werden. Während Tammaro Windlichter in Position brachte, kümmerte ich mich um das Feuer in der Feuerschale. Wie angenehm es war, dass wir uns ohne Worte verstanden und alles so unkompliziert und leicht von der Hand ging. Doch während der ganzen Zeit hatte ich so sehr das Verlangen, ihn endlich anzufassen und zu küssen. Ob es ihm wohl auch so ging, dass sein Herz Purzelbäume schlug?

Als wir alles vorbereitet hatten, setzten wir uns, fest in Decken eingemummelt, nebeneinander auf zwei Liegestühle vor dem flackernden Feuer. Mit pochendem Herzen vertiefte ich mich in das Feuer, spürte die Wärme auf meinen Wangen, lauschte dem Knistern und erfreute mich an den tanzenden Flammen. Ich traute mich kaum, zur Seite zu Tammaro zu gucken. Als ich seinen Blick auf mir spürte, drehte ich endlich meinen Kopf. Er strich mir mit einem leisen Seufzer eine Strähne aus dem Gesicht und sah mich ernst an.

»Lächle bitte mal, ich mag deine Wangengrübchen so gern«, bat ich ihn.

Er tat mir den Gefallen. Süß. Ich räusperte mich. »Lars hat endlich unterschrieben. Werner, sein Vater, hat mich bei dem Gespräch unterstützt. Es fühlt sich so gut an. Lars wird den Garten abgeben, mir fällt ein ganzer Felsbrocken vom Herzen.«

Er sah mich ruhig an, es war, als betrachtete er im Feuerschein jeden Zentimeter meines Gesichts, das kleine Muttermal neben der Nase, den ungleichmäßigen Haaransatz, die frisch gezupften

Augenbrauen. »Es ist gut, es ist endlich gut«, sagte er und nahm meine Hand. Wir sahen uns tief in die Augen.

Dann küsste er mich lange und sanft.

»Hast du es dir überlegt? Haben wir also noch eine Chance?«, fragte ich ihn mit klopfendem Herzen in einer kleinen Atempause.

»Ach, Maren, ich habe dich immer schon gewollt, seit ich dich das erste Mal im Vereinsheim gesehen habe, und ich habe nie aufgegeben, an uns zu glauben. Ja, wir haben eine Chance. Natürlich!« Wir küssten uns wieder. Alle Anspannung fiel von mir ab, ich fühlte mich wohl und geborgen in seinen Armen, das Feuer prasselte, die Windlichter funkelten und wir küssten uns, als würde das Lichterfest nur für uns stattfinden.

»Ich liebe dich«, sagte ich, während ich ihm tief in die Augen sah, und er erwiderte fast im selben Moment: »Und ich liebe dich und gebe dich nie wieder her.«

Wir hatten Glück, den ganzen Abend und die ganze Nacht kam niemand zu Besuch – oder wir bekamen es vielleicht auch einfach nicht mit, weil wir bis in die frühen Morgenstunden eng umschlungen am Feuer saßen und uns aus unseren Leben erzählten, wenn wir uns nicht gerade küssten.

Folge der Autorin auf Amazon

Wenn dir dieses Buch gefallen hat, folge Käthe Lachmann auf Amazon. Dann erhältst du eine Benachrichtigung, wenn die Autorin ihr nächstes Buch veröffentlicht. Um der Autorin zu folgen, gehe bitte folgendermaßen vor:

Desktop:

1) Suche auf Amazon.de oder in der Amazon App nach dem Namen der Autorin.
2) Klicke auf den Namen der Autorin, um auf die Autorenseite zu gelangen.
3) Klicke auf den »Folgen«-Button.

Smartphone und Tablet:

1) Suche auf Amazon.de oder in der Amazon App nach dem Namen der Autorin.
2) Klicke auf einen Titel der Autorin.
3) Klicke auf den Namen der Autorin, um auf die Autorenseite zu gelangen.
4) Klicke auf den »Folgen«-Button.

Kindle eReader und Kindle App:

Wenn du dieses Buch auf einem Kindle eReader oder in der Kindle App liest, wird dir automatisch angeboten, der Autorin zu folgen, nachdem du die letzte Seite des Buches gelesen hast.

Printed in Poland
by Amazon Fulfillment
Poland Sp. z o.o., Wrocław

51394192R00157